教/育/部/实/用/型/信/息/技/术/人/才/培/养/系/列/教/材

边用边学

Photoshop&Illustrator 平面设计

王维 李秋菊 编著　全国信息技术应用培训教育工程工作组 审定

U0095512

人民邮电出版社

北京

图书在版编目（CIP）数据

边用边学Photoshop+Illustrator平面设计 / 王维,
李秋菊编著. -- 北京 : 人民邮电出版社, 2012.1
教育部实用型信息技术人才培养系列教材
ISBN 978-7-115-26583-8

Ⅰ. ①边… Ⅱ. ①王… ②李… Ⅲ. ①平面设计－图
象处理软件，Photoshop、Illustrator－教材 Ⅳ.
①TP391.41

中国版本图书馆CIP数据核字(2011)第209627号

内 容 提 要

本书以 Photoshop CS3 和 Illustrator CS3 为平台，讲述了 Photoshop CS3 和 Illustrator CS3 在图像处理与设计方面的相关知识和典型应用。

全书共 12 章。第 1 章主要介绍了平面设计的基础知识。第 2 章～第 6 章主要介绍了 Photoshop CS3 的相关知识，主要包括 Photoshop CS3 的基础操作，选择、绘制和修饰图像，使用图层、蒙版和通道，应用路径和文字以及调整图像与应用滤镜。第 7 章～第 10 章主要介绍了 Illustrator CS3 的相关知识，主要包括 Illustrator CS3 的基本操作，创建与编辑图形，应用文字与图表工具以及使用混合和滤镜。第 11 章～第 12 章介绍了杂志设计和笔记本电脑广告设计两个综合实例的设计与制作。

本书在讲解时采用了案例教学法，先举例讲解，再补充和总结相关知识，真正做到"边用边学"。在知识讲解完成后，通过"应用实践"不仅可以巩固所学知识，还可以掌握将所学知识灵活应用于相关行业的方法，提高分析问题、解决问题的能力，达到学以致用的目的。同时每章最后提供了大量习题，主要有选择题和上机操作题，供读者练习巩固。

本书可作为各类院校和企业的培训教材，也可作为各类培训班的教学用书，还可以作为使用 Photoshop 和 Illustrator 进行图像处理与设计的相关人员的学习参考书。

教育部实用型信息技术人才培养系列教材

边用边学 Photoshop+Illustrator 平面设计

◆ 编　著　王 维　李秋菊
　　审　定　全国信息技术应用培训教育工程工作组
　　责任编辑　李 莎

◆ 人民邮电出版社出版发行　　北京市崇文区夕照寺街 14 号
　　邮编　100061　电子邮件　315@ptpress.com.cn
　　网址　http://www.ptpress.com.cn
三河市潮河印业有限公司印刷

◆ 开本：787×1092　1/16
　　印张：14.5
　　字数：377 千字　　　　　　　2012 年 1 月第 1 版
　　印数：1－3 000 册　　　　　　2012 年 1 月河北第 1 次印刷

ISBN 978-7-115-26583-8

定价：35.00 元（附光盘）

读者服务热线：**(010)67132692**　印装质量热线：**(010)67129223**
反盗版热线：**(010)67171154**
广告经营许可证：京崇工商广字第 0021 号

出 版 说 明

信息化是当今世界经济和社会发展的大趋势，也是我国产业优化升级和实现工业化、现代化的关键环节。信息产业作为一个新兴的高科技产业，需要大量高素质复合型技术人才。目前，我国信息技术人才的数量和质量远远不能满足经济建设和信息产业发展的需要，人才的缺乏已经成为制约我国信息产业发展和国民经济建设的重要瓶颈。信息技术培训是解决这一问题的有效途径，如何利用现代化教育手段让更多的人接受到信息技术培训是摆在我们面前的一项重大课题。

教育部非常重视我国信息技术人才的培养工作，通过对现有教育体制和课程进行信息化改造、支持高校创办示范性软件学院、推广信息技术培训和认证考试等方式，促进信息技术人才的培养工作。经过多年的努力，培养了一批又一批合格的实用型信息技术人才。

全国信息技术应用培训教育工程（简称 ITAT 教育工程）是教育部于 2000 年 5 月启动的一项面向全社会进行实用型信息技术人才培养的教育工程。ITAT 教育工程得到了教育部有关领导的肯定，也得到了社会各界人士的关心和支持。通过遍布全国各地的培训基地，ITAT 教育工程建立了覆盖全国的教育培训网络，对我国的信息技术人才培养事业起到了极大的推动作用。

ITAT 教育工程被专家誉为"有教无类"的平民教育，以就业为导向，以大、中专院校学生为主要培训目标，也可以满足职业培训、社区教育的需要。培训课程能够满足广大公众对信息技术应用技能的需求，对普及信息技术应用起到了积极的作用。据不完全统计，在过去 11 年中共有 150 余万人次参加了 ITAT 教育工程提供的各类信息技术培训，其中有近 60 万人次获得了教育部教育管理信息中心颁发的认证证书。ITAT 教育工程为普及信息技术、缓解信息化建设中面临的人才短缺问题做出了一定的贡献。

ITAT 教育工程聘请来自清华大学、北京大学、中国人民大学、中央美术学院、北京电影学院、中国传媒大学等单位的信息技术领域的专家组成专家组，规划教学大纲，制订实施方案，指导工程健康、快速地发展。ITAT 教育工程以实用型信息技术培训为主要内容，课程实用性强，覆盖面广，更新速度快。目前工程已开设培训课程 20 余类，共计 50 余门，并将根据信息技术的发展，继续开设新的课程。

本套教材由清华大学出版社、人民邮电出版社、机械工业出版社、北京希望电子出版社等出版发行。根据教材出版计划，全套教材共计 60 余种，内容将汇集信息技术应用各方面的知识。今后将根据信息技术的发展不断修改、完善、扩充，始终保持追踪信息技术发展的前沿。

ITAT 教育工程的宗旨是：树立民族 IT 培训品牌，努力使之成为全国规模最大、系统性最强、质量最好，而且最经济实用的国家级信息技术培训工程，培养出千千万万个实用型信息技术人才，为实现我国信息产业的跨越式发展做出贡献。

全国信息技术应用培训教育工程负责人　薛玉梅
系列教材执行主编

编 者 的 话

Photoshop 是当今世界上功能最强大、应用最广泛的图像处理软件之一，Illustrator 则是一款矢量图形绘制和编辑软件，两款软件被广泛应用于包装设计、产品造型、平面广告、数码影像处理和效果图后期处理等众多行业，从而让用户能够设计出具有丰富视觉效果的各种创意作品。

本书从一个图像处理初学者的角度出发，结合大量实例和应用实践进行讲解，全面介绍了 Photoshop CS3 的图像处理功能和 Illustrator CS3 的矢量图形绘制于编辑功能，让读者在较短的时间内学会并能运用这两款软件创作出优秀的平面作品。

写作特点

（1）面向工作流程，强调应用。

有不少读者常常抱怨学过 Photoshop 与 Illustrator 软件却不能够独立完成设计任务。这是因为目前的大部分此类图书只注重理论知识的讲解而忽视了应用能力的培养。

对于初学者而言，不能期待一两天就能成为设计高手，而是应该踏踏实实地打好基础。而模仿他人的做法就是很好的学习方法，因为"作为人类行为模式之一，模仿是学习的结果"，所以在学习的过程中通过模仿各种经典的案例，可快速提高自己的图形图像处理与设计能力。基于此，本书通过细致剖析各类经典的运用 Photoshop 与 Illustrator 进行平面设计的案例，例如卡通插画、广告、DM 单、海报、商业插画、宣传单、包装和杂志封面等，逐步引导读者掌握如何运用这两款软件进行平面设计。

同时，为了让读者能真正做到"学了就能干活"，每一个行业的应用案例均紧密结合该领域的工作实际，介绍必备的专业知识。比如讲解插画设计时会介绍插画的构图与色彩选择方法，在介绍讲解海报设计时会介绍海报的各种构成要素等。

（2）知识体系完善，专业性强。

本书通过精选实例详细讲解了 Photoshop 软件各种实用功能，比如选择、绘制和修饰图像，使用图层、蒙版、通道，应用文字、路径，调整图像与应用滤镜等，同时也全面介绍了 Illustrator 的各种功能，包括创建与编辑图形，应用文字和图表工具，使用混合和滤镜效果等。本书的最后两章分别通过综合实例——杂志设计与笔记本电脑广告设计带领读者强化巩固所学知识，并掌握平面设计的一般工作流程及方法。

同时，本书是由资深图形图像处理与设计师精心编写的，融会了多年的实战经验和设计技巧。可以说，阅读本书相当于在工作一线实习和进行职前训练。

（3）通俗易懂，易于上手。

本书每一章基本上是先通过小实例引导读者了解所介绍软件中各个实用工具的操作步骤，再深入地讲解这些小工具的知识，以使读者更易于理解各种工具在实际工作中的作用及其应用方法，最后通过"应用实践"引领读者体验实际工作中的设计思路、设计方法以及工作流程。不管是初学者还是有一定基础者只要按照书中介绍的方法一步步学习、操作，都能快速领会应用 Photoshop 与 Illustrator

进行平面设计的精髓。

本书体例结构

本书每一章的基本结构为"本章导读＋基础知识＋应用实践＋练习与上机＋知识拓展"，旨在帮助读者夯实理论基础，锻炼应用能力，并强化巩固所学知识与技能，从而取得温故知新、举一反三的学习效果。

- 本章导读：简要介绍知识点，明确所要学习的内容，便于读者明确学习目标，分清主次、重点与难点。
- 基础知识：通过小实例讲解 Photoshop/Illustrator 软件中相关工具的应用方法，以帮助读者深入理解各个知识点。
- 应用实践：通过综合实例引导读者提高灵活运用所学知识的能力，并熟悉平面设计的流程，掌握运用 Photoshop/Illustrator 做平面设计的方法。
- 练习与上机：精心设计习题与上机练习。读者可据此检验自己的掌握程度并强化巩固所学知识，提高实际动手能力，拓展设计思维，自我提高。选择题的答案位于本书的附录。对于上机题，则在光盘中提供了相关提示和视频演示。
- 知识拓展：用于介绍相关的行业知识、设计思路与设计要点等，从而使读者设计出的作品更能满足客户的需求且更富有创意。

配套光盘内容及特点

为了使读者更好学习本书的内容，本书附有一张光盘，光盘中收录了以下相关内容。

- 书中所有实例的素材文件和实例效果文件。
- 书中"应用实践"和上机综合操作题的案例演示文件。这类文件是 Flash 格式，读者可以使用 Windows Media Player 等播放器直接播放。
- 供考试练习的模拟考试系统，提供相关权威认证考试及各类高等院校考试的试题。
- 介绍印前技术与印刷知识的 PDF 文档。
- PPT 教学课件。
- PDF 格式的教学教案。

本书创作团队

本书由王维、李秋菊、肖庆、黄晓宇、牟春花、蔡长兵、熊春、李凤、高志清、耿跃鹰、蔡飓、马鑫等编著。

为更好地服务于读者朋友，我们提供了有关本书的答疑服务，若您在阅读本书过程中遇到问题，可以发邮件至 dxbook@qq.com，我们会尽心为您解答。若您对图书出版有所建议或者意见，请发邮件至 lisha@ptpress.com.cn。

编 者
2011 年 10 月

目　　录

第1章

平面设计的基础知识

📖 **本章要点**

● 位图与矢量图
● 像素与分辨率
● 色彩模式
● 文件格式
● 页面设置和印前准备
● 平面设计的相关软件

📖 **内容简介**

本章主要讲述有关平面设计的基础知识，包括位图与矢量图、像素与分辨率、色彩模式、文件格式、页面设置和印前准备，以及平面设计的相关软件。

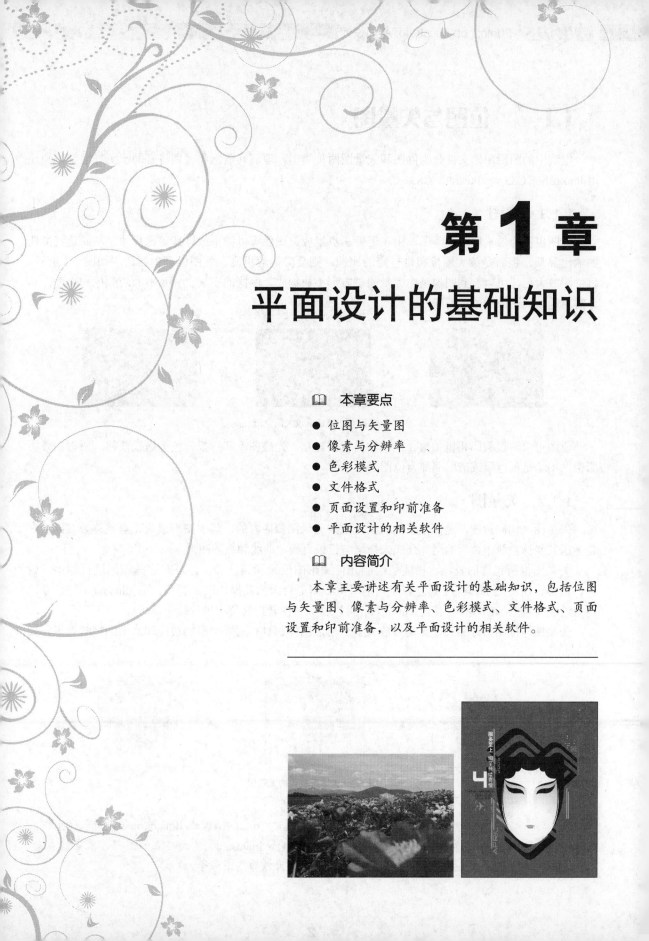

1.1 位图与矢量图

电脑中的图形图像文件分为位图和矢量图两种类型，理解其概念和区别将有助于更好地学习和使用 Photoshop CS3 及 Illustrator CS3。

1.1.1 位图

位图也称为像素图或点阵图，由多个像素点组成。图像可以缩小或维持等比尺寸，从而达到最佳的输出品质，但若是放大图像超过一定的比例，则会降低解析度，使图像产生锯齿，如图 1-1 所示。将位图放大后，可以看到图像是由大量的正方形小块构成，不同的小块上显示不同的颜色和亮度，其分辨率越高，图像的效果越好。

图 1-1 被逐渐放大的位图

位图可以通过数码相机拍摄、电脑软件直接建立、光碟图库和扫描分色等途径获得，所有扫描的影像，不论是反色稿或透射稿都为位图。

1.1.2 矢量图

矢量图又称向量图，是以数学的矢量方式来记录图像内容的，其中图形组成元素被称为对象。它是运用其坐标系统中数学的运算公式来描绘与记录直线、曲线和点等图形。

矢量图像所包含的资讯，描述了绘制几何图形的位置和属性等，并可对这些图形进行缩小、放大、延伸、扭曲变形和改变颜色等，且不用担心图形会因为其操作产生锯齿，而 Illustrator 便是专门用来绘制矢量图形的软件。使用 Photoshop 可以将矢量图转换为位图进行编辑。

矢量图与位图恰好相反，无论被放大多少倍，图像都具有同样平滑的边缘和清晰的视觉效果，如图 1-2 所示。

图 1-2 被逐渐放大的矢量图

提示：矢量图无法通过扫描获得，只能通过 CorelDRAW 或 Illustrator 等设计软件生成，Photoshop 不能生成矢量图。在排版的软件（如 InDesign）中所建立的图形，本身就为矢量图，包括各种色块、线段、文字图像框和贝兹曲线图形等。

1.2　像素与分辨率

Photoshop CS3 的图像是基于位图格式的，而位图图像的基本单位是像素，因此在创建位图图像时需为其指定分辨率大小。图像的像素与分辨率均可以体现图像的清晰度。

1.2.1　像素

像素是组成图像最基本的单位，可以把像素看成一个极小的方形颜色块，每个小方块为一个像素，也可称之为栅格。

一个图像通常由许多像素组成，这些像素被排列成横行和竖行。使用工具箱中的缩放工具 🔍 放大图像后，就可以看到类似马赛克的效果，如图 1-1 所示的小方块即为图像的像素。每个像素都有不同的颜色值。单位面积内的像素越多，分辨率（像素 / 英寸）越高，图像就越清晰。

1.2.2　图像分辨率

分辨率指的是单位面积内图像所包含像素的数目，通常用像素 / 英寸或像素 / 厘米表示。分辨率的高低直接影响图像的效果，使用太低的分辨率会导致图像粗糙，在排版印刷时图片会变得非常模糊，而使用较高的分辨率则会增加文件的大小，并降低图像的打印速度。Photoshop CS3 默认的分辨率为 72 像素 / 英寸，这是满足普通显示器的分辨率。

图像分辨率主要用于确定图像的像素数目，其单位有"像素 / 英寸"和"像素 / 厘米"。如一幅图像的分辨率为 300 像素 / 英寸，则表示该图像中每英寸包含 300 个像素。

　　提示：用于制作多媒体光盘的图像分辨率通常设置为 72 像素 / 英寸即可，而用于彩色印刷品的图像则需要设置为 300 像素 / 英寸左右，这样，印出的图像才不会缺少平滑的颜色过渡。

1.2.3　屏幕分辨率

屏幕分辨率是指显示器上每单位长度显示的像素或点的数目，单位为"点 / 英寸"。如 80 点 / 英寸表示显示器上每英寸包含 80 个点。普通显示器的典型分辨率约为 96 点 / 英寸，苹果计算机显示器的典型分辨率约为 72 点 / 英寸。

1.2.4　输出分辨率

输出分辨率也称为打印分辨率，是指绘图仪或激光打印机等输出设备在输出图像时每英寸所产生的油墨点数。如果使用与打印机输出分辨率成正比的图像分辨率，则会产生较好的输出效果。

1.3　色彩模式

在 Photoshop 中，色彩模式决定显示和打印电子图像时采用的模型，即一幅电子图像用什么样的方式在计算机中显示或打印输出。选择【图像】/【模式】命令，在弹出的子菜单中选择所需的命令

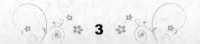

即可转换色彩模式，如图1-3所示。

图1-3　打开的菜单

1.3.1　CMYK 模式

CMYK 模式是印刷时常用的一种颜色模式，由 Cyan（青）、Magenta（洋红）、Yellow（黄）和 Black（黑）4 种颜色组成。为避免和 RGB 三基色中的 Blue（蓝色）发生混淆，黑色用 K 来表示。

在平面印刷中，一个全新的图像经由 4 次油墨上色过程，在 CMYK 模式下，任何全彩影像都有 CMYK 4 个色板，每一个色板上的影像有 0%～100% 深浅不同的颜色组合，在"颜色"和"通道"控制面板中显示的颜色和通道信息如图1-4所示。

1.3.2　RGB 模式

RGB 模式由红、绿和蓝 3 种颜色按不同的比例混合而成，也称真彩色模式，是最常见的色彩模式。在"颜色"和"通道"控制面板中显示的颜色和通道信息如图1-5所示。

RGB 模式下的每种颜色都有从 0（黑）到 255（白）个亮度级，所以 3 种色彩组合就产生了 256×256×256=1670 万种颜色。

图1-4　CMYK 模式

图1-5　RGB 模式

提示：将 RGB 色彩模式或 CMYK 色彩模式中图像的任何一个通道删除时，图像模式会自动转换为多通道色彩模式。

1.3.3　其他图像色彩模式

常用的色彩模式除了 RGB 模式和 CMYK 模式外，还包括 HSB（表示色相、饱和度、亮度）模式、Lab 模式、灰度模式、索引模式、位图模式、双色调模式和多通道模式等，下面具体进行讲解。

- HSB色彩模式：该模式是基于人眼对色彩的观察来定义的，所有的颜色都是由色相、饱和度和亮度来描述。色相表示颜色的主波长属性，不同波长的可见光具有不同的颜色，众多波长的光以不同的比例混合可以产生不同的颜色；饱和度表示色彩的纯度，即色相中灰色成分所占的比例，黑、白和其他灰色色彩没有饱和度。在最大饱和度时，每一色相具有最纯的色光。亮度是色彩的明亮度，0%时表示黑色，100%时表示白色，范围为0%～100%。

- Lab色彩模式：该模式是国际照明委员会发布的一种色彩模式，由RGB三基色转换而来。其中L表示图像的亮度，取值范围为0～100；a表示由绿色到红色的光谱变化，取值范围为-120～120；b表示由蓝色到黄色的光谱变化，取值范围和a分量相同。在"颜色"和"通道"控制面板中显示的颜色和通道信息如图1-6所示。
- 灰度色彩模式：该模式中只有灰度颜色。在灰度模式的图像中，每个像素都有一个0（黑色）～255（白色）之间的亮度值。当一个彩色图像转换为灰度模式时，图像中的色相及饱和度等有关色彩的信息将被消除掉，只留下亮度。在"颜色"和"通道"控制面板中显示的颜色和通道信息如图1-7所示。

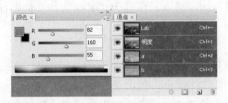

图 1-6　Lab 色彩模式　　　　　　　　　　图 1-7　灰度色彩模式

- 索引色彩模式：该模式是系统预先定义好的一个含有256种典型颜色的颜色对照表。当图像转换为索引色彩模式时，系统会将图像的所有色彩映射到颜色对照表中，图像的所有颜色都将在它的图像文件里定义。
- 位图色彩模式：该模式由黑和白两种颜色来表示。只有处于灰度模式或多通道模式下的图像才能转化为位图模式。
- 双色调色彩模式：该模式是用灰度油墨或彩色油墨来渲染一个灰度图像的模式，可以打印出比单纯灰度图像更有趣的图像效果。该模式采用两种彩色油墨来创建，由双色调、三色调和四色调混合色阶来组成的图像，最多可向灰度图像中添加四种颜色。
- 多通道色彩模式：在该模式下，图像包含了多种灰阶通道。将图像转换为多通道模式后，系统将根据原图像产生相同数目的新通道，每个通道均由256级灰阶组成。在进行特殊打印时，多通道模式十分有用。

1.4 文件格式

在 Photoshop 和 Illustrator 中提供了多种图形文件格式，用户在保存文件或导入、导出文件时，可根据需要在"存储为"对话框中的"格式"下拉列表框中选择不同的文件格式。下面对几种常用的文件格式分别进行讲解。

1.4.1 PSD 和 AI 格式

PSD 文件格式是 Photoshop 自身生成的文件格式，而 AI 文件格式则是 Illustrator 软件的专用文件格式，下面针对这两种文件格式进行具体讲解。

1. PSD 文件格式

PSD 格式是唯一能支持全部图像色彩模式的格式，以 PSD 格式保存的图像可以包含图层、通道和色彩模式以及调整图层和文本图层，因此在完成作品设计时，若非特殊情况，一般都是将文件保存

为 PSD 的格式，以便后期修改。保存为 PSD 格式的文件图标为 。

2. AI 文件格式

AI 格式是 Illustrator 软件的专用文件格式，其兼容性较高，并可以在 CorelDRAW 中打开，也可以将 CDR 格式的文件导出为 AI 格式。保存为 AI 格式的文件图标为 。

1.4.2 TIF（TIFF）格式

TIFF 格式可在多个图像软件之间进行数据交换，其应用较广泛，支持 RGB、CMYK、Lab 和灰度等色彩模式，而且在 RGB、CMYK 和灰度等模式中支持 Alpha 通道。保存为 TIF 格式的文件图标为 。

1.4.3 JPEG 和 EPS 格式

JPEG 格式主要用于图像预览及超文本文档，如 HTML 文档等，支持 RGB、CMYK 和灰度等色彩模式。使用 JPEG 格式保存的图像经过压缩，可使图像文件变小，但会丢失掉部分像素。

EPS 格式为压缩的 PostScript 格式，是为 PostScript 打印机上输出的图像而开发的格式，其优点在于在排版软件中可以以低分辨率进行预览，而在打印时以高分辨率输出，但不支持 Alpha 通道，可支持裁切路径。

ESP 格式支持 Photoshop 中所有的颜色模式，可用来存储点阵图和向量图，在存储点阵图时，还可将图像的白色像素设置为透明效果，在位图模式下也支持透明效果。

1.5 页面设置和出血

在设计制作平面作品之前，要根据客户的要求在 Photoshop 或 Illustrator 中设置页面文件的尺寸。下面具体讲解如何根据制作标准或客户要求来设置页面文件的尺寸。

1.5.1 在 Photoshop 中设置页面

选择【文件】/【新建】命令，将打开如图 1-8 所示的"新建"对话框。其中，可在"名称"文件框中输入新建图像的文件名，在"预设"下拉列表中用于自定义或选择其他固定格式文件的大小，在"宽度"和"高度"数值框中可以输入需要设置的宽度和高度的数值，在"分辨率"数值框中可输入需要设置的分辨率。

图像的宽度和高度可以设置为像素或厘米，单击"宽度"和"高度"后面的按钮，将弹出相关的计量单位。"分辨率"可以设定每英寸的像素数或每厘米的像素数，一般在进行屏幕练习时，设定为 72 像素 / 英寸。在进行平面设计时，设定为输出的半调网屏频率为 1.5～2 倍。通常情况下为 300 像素 / 英寸，单击 确定 按钮，新建文档。

图 1-8 打开"新建"对话框

1.5.2 在 Illustrator 中设置页面

在实际工作中，往往要利用 Illustrator 来完成印前的制作任务，然后才是出胶片，最后送印刷厂。这要求在设计制作前，设置好作品的尺寸。

选择【文件】/【新建】命令，将打开如图 1-9 所示的"新建文档"对话框，在其中，可在"名称"

文件框中输入新建图像的文件名；在"新建文档配置文件"下拉列表框中可以根据所需的输出来选择新文档配置文件以启动新文档；"大小"下拉列表框用于选择系统预先设置的文件尺寸；在"宽度"和"高度"数值框中可以输入需要设置的宽度和高度的数值；"单位"下拉列表框用于设置文件采用的单位；"取向"选项用于设置新建页面是竖向还是横向排列。

单击 按钮，将显示隐藏的"高级"栏，如图 1-10 所示。在其中，可设置新建文件的颜色模式、栅格效果（即文档中的栅格效果指定分辨率）和预览模式。

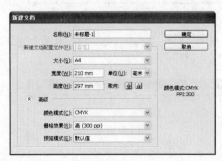

图 1-9　打开"新建文档"对话框　　　　　　　　　图 1-10　显示"高级"栏

单击 确定 按钮，根据设置的选项新建一个文件。

若选择【文件】/【从模板新建】命令，将打开"从模板新建"对话框，选择一个模板，单击 新建(N) 按钮，即可新建一个文件。

1.5.3　在 Photoshop 和 Illustrator 中设置出血

印刷装订工艺要求接触到页面边缘的线条、图片或色块，需跨出页面边缘的成品裁切线 3mm，这称之为出血。出血是防止裁刀裁切到成品尺寸里面的图文或出现白边。下面以名片的制作为例，对任何在 Photoshop 和 Illustrator 中设置名片的出血操作进行具体讲解。

1．在 Photoshop 中设置出血

在制作之前，首先需要确定名片的尺寸。名片的一般尺寸为 90mm×55mm，如果名片有底纹或花纹，则需将底色或花纹跨出页面边缘的成品裁切线 3mm。

【例 1-1】在 Photoshop 中制作名片，并制作出血线。效果如图 1-11 所示。

所用素材：素材文件\第1章\背景.psd
完成效果：效果文件\第1章\名片背景.tif

图 1-11　出血线效果

Step 1　双击桌面上的 Photoshop 图标 ，启动 Photoshop CS3，按"Ctrl+N"快捷键打开"新建"对话框，设置文档尺寸为 96mm×61mm，如图 1-12 所示。

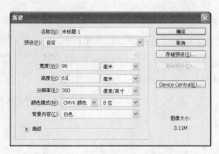

图 1-12 "新建"对话框

Step 2 单击 确定 按钮，效果如图 1-13 所示。

图 1-13 新建文档

Step 3 选择【视图】/【新建参考线】命令，打开"新建参考线"对话框，选中"水平"单选项，设置位置为 0.3 厘米，如图 1-14 所示。

Step 4 使用相同的方法在 5.8cm 处新建一条水平参考线，效果如图 1-15 所示。

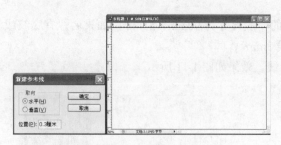

图 1-14 新建参考线

Step 5 使用相同的方法在垂直方向的 0.3 厘米和 9.3 厘米处建立参考线，如图 1-16 所示。

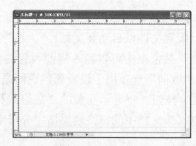

图 1-15 建立参考线

图 1-16 建立垂直参考线

Step 6 按"Ctrl+O"快捷键，打开"背景 .psd"图像文件，选择工具箱中的移动工具，按住"Shift"键将其拖曳到新建的图像窗口中，如图 1-17 所示。

图 1-17 移动图像文件

Step 7 按"Ctrl+S"快捷键打开"存储为"对话框，将其命名为"名片背景"，保存为 TIFF 格式，单击 保存(S) 按钮，在打开的"TIFF 选项"对话框中单击 确定 按钮保存图像。

2. 在 Illustrator 中设置出血

下面对在 Illustrator CS3 中设置出血进行具体讲解。

【例 1-2】在 Illustrator CS3 中对"背景 .psd"图像设置 3mm 的出血，最终效果如图 1-18 所示。

所用素材：素材文件\第1章\背景.psd

完成效果：效果文件\第1章\名片背景.ai

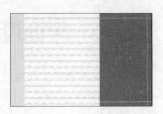

图 1-18 出血线效果

Step 1 双击桌面上的 Illustrator CS3 的快捷图标，启动 Illustrator CS3。

Step 2 按 "Ctrl+N" 快捷键打开 "新建文档" 对话框，相关设置如图 1-19 所示。

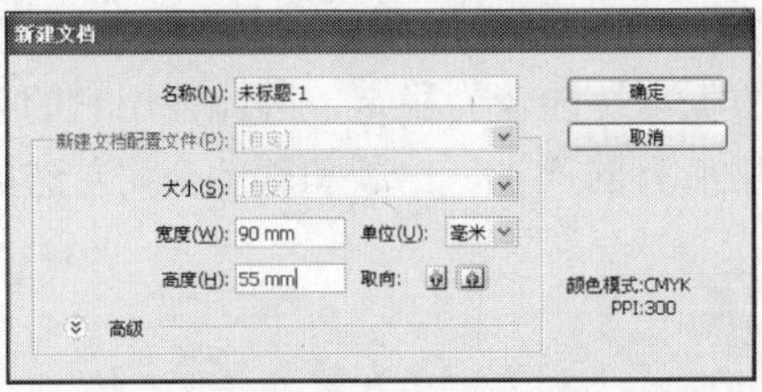

图 1-21 打开 "变换" 控制面板

图 1-19 打开 "新建文档" 对话框

Step 3 单击 确定 按钮后即可新建文档，选择【文件】/【置入】命令，打开 "置入" 对话框，选择 "背景.psd" 图像文件，如图 1-20 所示。

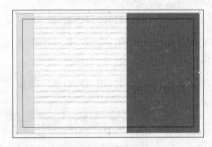

图 1-22 对齐图片

Step 6 选择【对象】/【裁剪区域】/【建立】命令，在页面中显示有 3mm 出血的裁切区域，如图 1-23 所示。

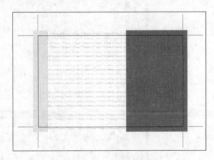

图 1-20 打开 "置入" 对话框

Step 4 单击 置入 按钮，在打开的 "Photoshop 选项" 对话框中单击 确定 按钮置入素材。

Step 5 选择【窗口】/【变换】命令，打开 "变换" 控制面板，在其中进行如图 1-21 所示的设置后，按 "Enter" 键将置入的图片与页面居中对齐，如图 1-22 所示。

图 1-23 显示裁切区域

Step 7 完成后，按 "Ctrl+S" 快捷键打开 "存储为" 对话框，将其命名为 "名片背景"，保存为 AI 格式，单击 保存(S) 按钮保存文件即可。

提示：选择工具箱中的文字工具，在页面中单击可输入名片的相关文字信息。

1.6 平面设计的相关软件

平面设计就是利用平面设计软件来完成各种创意设计，其相关的软件有多种，本书主要介绍的是 Photoshop 和 Illustrator。除此之外，还包括有 CorelDRAW、AutoCAD 和 InDesign 等，下面分别进行讲解。

1.6.1 Photoshop 软件用途和功能

Photoshop 是 Adobe 公司旗下的图像处理软件之一，它集图像扫描、编辑修改、图像制作、广告创意以及图像输入与输出于一体的图形图像处理软件。

近年来，随着 Adobe 公司的不断努力与发展，Photoshop 早已独占市场，在全球的 Mac 和 PC 用户中，Photoshop 都有着最多的支持者，不论专业人员还是一般用户都会接触到它，而 Adobe 公司更是成为世界第二大软件公司。

目前，Photoshop 的版本已经到 CS5 版本，但因 CS3 的版本性能较为稳定，因此使用它的人群还是占多数。它是公认的最好的通用平面美术设计软件，几乎所有的广告、出版和软件公司首选的平面工具都是 Photoshop CS3。

如图 1-24 所示为 Photoshop CS3 的操作界面。

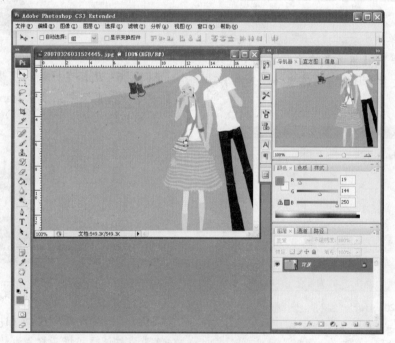

图 1-24　Photoshop CS3 的工作界面

从功能上看，Photoshop 可分为图像编辑、图像合成、校色调色和特效制作等功能。

● 图像编辑是图像处理的基础，可以对图像做各种变换，如放大、缩小、旋转、倾斜、镜像和透视等，并可进行去除斑点、修补与修饰图像等。这在婚纱摄影、人像处理中经常用到，常用来去除人像上不满意的部分，并进行加工美化，以得到满意的效果。

● 图像合成则是将几幅图像通过图层操作或工具应用来合成完整的图像。Photoshop提供的绘图工具可以让另外的图像与创意很好地融合，从而形成不同的创意图像。

● 校色调色是Photoshop的另一功能，它可方便快捷地对图像的颜色进行明暗、色偏的调整和校正，也可在不同颜色间进行切换，以满足图像在不同领域（如网页设计、印刷和多媒体等方面）的应用。

● 特效制作在Photoshop中主要是由滤镜、通道和工具综合应用完成，包括图像的特效创意和特效字的制作，如油画、浮雕、石膏画和素描等常用的传统美术技巧，都可由Photoshop中的特效来完成，还可制作不同的特效字，如火焰字、金属字、玻璃字和彩带字等。

1.6.2　Illustrator 软件用途和功能

Illustrator 同样是 Adobe 公司推出的专业矢量绘图软件，在绘图市场上，可以说是一种最标准化、普及化的专业绘图软件，并且深受广大绘图人员的认同与肯定。

Illustrator 为矢量图形的绘图软件，因此不论在其中将图形如何放大或缩小，图形都能维持原来的精致度与平滑度，并且所占的磁盘空间也非常小。Illustrator 强大的绘图功能，能让设计人员的设计更加广阔，它除了囊括绘图软件和影像处理软件的功能外，还具有排版的功能，并能与网页图形设计相结合。

目前，Illustrator 最新的版本为 CS5，如图 1-25 所示为 Illustrator CS3 的工作界面。

图 1-25　Illustrator CS3 的工作界面

在 Illustrator CS3 中，其主要功能如下。

● 即时色彩：使用即时色彩可用来探索、套用和控制颜色的变化；还可在选取任何图片时，以互动的方式编辑颜色，使其能够立即看到结果；使用"颜色参考"控制面板可以快速选择相关颜色等。

● Flash整合：将原来Illustrator的文件导入到Flash CS3中，或复制Illustrator的文件粘贴在 Flash 上，其路径、锚点和符号等元素均保持不变。此外也会保留图层、群组和物件名称。

● 绘图工具和控制项：能更快速和流畅地在Illustrator中进行绘图。

● 提升效能：提升效能，包括更快速的重绘、移动、缩放和变形功能等，能更快速地完成设计。

● 控制面板：使用分区内容的控制面板，可让设计者以更快的方式了解更多的选项，并释放绘图空间。

● 分离模式：指将图形分成一组进行编辑，不干扰其他图形的内容，能轻松选取图形，而不必重新锁定或隐藏图层。

● Flash 符号：使用符号可让重复的物件成为动画，同时维持文件大小不致过大。

将 Illustrator 与 Photoshop 配合使用，可以创造出多种不同的图像效果。

1.6.3　其他软件用途和功能

在平面设计中，除了 Photoshop 和 Illustrator 外，还包括有其他相关的平面设计软件，如 CorelDRAW、InDesign、AutoCAD、PageMaker 和 Freehand 等，下面对这些平面设计软件进行简要介绍。

1. CorelDRAW

CorelDRAW 的全称为 CorelDRAW Graphics Suite，是由加拿大的 Corel 公司开发的图形图像软件，被广泛地应用于商标设计、标志制作、模型绘制、插图描画、排版及分色输出等诸多领域。它同 Illustrator 一样，不论在其中将图像如何放大或缩小，其图形都能维持原来的精致度和平滑度，所占空间也非常小。目前，其最新版本为 X5，如图 1-26 所示为 CorelDRAW X3 的工作界面。其中，CDR 格式为 CorelDRAW 的标准文件存储格式。

图 1-26　CorelDRAW X3 工作界面

2. InDesign

InDesign 是 Adobe 公司开发的一款定位于专业排版领域的设计软件，是面向公司专业出版方案的新平台。可实现高度的扩展性，也可以由第三方开发者和系统集成者提供自定义杂志、广告设计、目录、零售商设计工作室和报纸出版方案的核心，并可支持插件功能。

版面编排设计是把已处理好的文字、图形通过有效安排，从而达到突出主题的目的，因此在编排期间，文字处理是创作的重要环节，而 InDesign 在这方面尤为突出。目前，InDesign 的最新版本为 InDesign CS5，如图 1-27 所示为 InDesign CS3 的工作界面。其中，INDD 格式为 InDesign 的标准文件存储格式。

3. AutoCAD

AutoCAD 的全称为 Auto Computer Aided Design，是美国 Autodesk 公司生产的自动计算机辅助设计软件，主要用于二维绘图、详细绘制、设计文档和基本三维设计等。DWG 格式是 AutoCAD 的标准文件存储格式。

AutoCAD 的特点主要包括以下几种。

- 完善的图形绘制功能和强大的图形编辑功能。
- 可以采用多种方式进行二次开发或用户定制。
- 具有较强的数据交换能力。
- 支持多种硬件设备、多种操作平台。
- 具有通用性、易用性，适用于各类用户，系统功能强大。

目前，其最新版本为 AutoCAD 2012，如图 1-28 所示为 AutoCAD 2010 的工作界面。

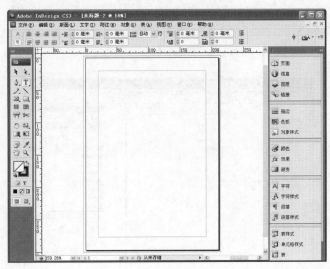

图 1-27　InDesign CS3 的工作界面

4. PageMaker

PageMaker 也是 Adobe 公司开发的一个专业的排版软件，其长处在于能处理大段长篇的文字及字符，并且可以处理多个页面，能进行页面编页码及页面合订。在 PageMaker 的出版物中，置入图片的最好的方法是通过链接的方式置入图片，可以确保印刷时的清晰度，这一点在彩色印刷时尤其重要。

曾经一段时间，许多广告公司、报社、制版公司和印刷厂等都采用 Pagemaker 作为图文编排的首选软件，作为最早的桌面排版软件，PageMaker 曾取得不错的业绩，但后期在与 QuarkXPress 的竞争中一直处于劣势，而现在也逐渐被 InDesign 代替，如图 1-29 所示为 PageMaker 6.5C 的工作界面。

5. Freehand

Freehand 是 Adobe 公司的一个功能强大的平面矢量图形设计软件，简称 FH，被广泛用于广告创意、书籍海报、机械制图和建筑蓝图的制作。

FreeHand 能轻易地转换文件格式，可输入和输出适用于 Photoshop、Illustrator、CorelDRAW、Flash 和 Director 等支持的文件格式。目前的最新版本为 FreeHand MX（11.02），其与 Illustrator 和 CorelDRAW 的使用方法大同小异。

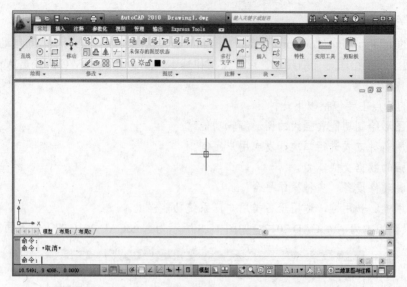

图 1-28　AutoCAD 的工作界面

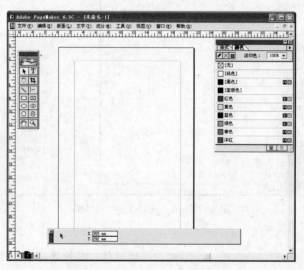

图 1-29　PageMaker 6.5C 的工作界面

1.7　练习与上机

1. 单项选择题

（1）在 Photoshop 或者 Illustrator 中设置的出血线一般为（　　）。

　A．3mm　　　　　　　B．2mm　　　　　　　C．4mm　　　　　　　D．1mm

（2）（　　）的文件格式是 Illustrator 自身生成的文件格式。

　A．JPG　　　　　　　B．TIFF　　　　　　　C．PSD　　　　　　　D．AI

（3）下列软件中属于位图处理的是（　　　）。

    A．Illustrator   B．Photoshop   C．InDesign   D．CorelDRAW

（4）下列说法正确的是（　　　）。

    A．图像分辨率用于确定图像的像素数目。

    B．制作多媒体光盘的图像分辨率通常设置为 300 像素 / 英寸。

    C．用于彩色印刷品的图像则需要设置为 200 像素 / 英寸。

    D．普通显示器的典型分辨率约为 72 点 / 英寸。

2. 多项选择题

（1）下列关于位图和矢量图的叙述正确的有（　　　）。

    A．矢量图又称向量图   B．对位图放大后，边缘平滑清晰

    C．对矢量图放大后，图像效果模糊   D．Photoshop 只用于处理位图

（2）下列各图像软件的说法正确的有（　　　）。

    A．在 CorelDRAW 中不论放大还是缩小图像，图像都具有平滑度。

    B．dwg 格式是 AutoCAD 的标准格式。

    C．InDesign 是一款专业排版领域的设计软件。

    D．PageMaker 是用于处理位图的软件。

第2章

Photoshop CS3 的基本操作

📖 **本章要点**

- Photoshop CS3 的工作界面
- 文件的基本操作
- Photoshop CS3 的基本设置

📖 **内容简介**

本章主要讲述 Photoshop CS3 的基本操作，包括 Photoshop CS3 的工作界面、图像文件的基本操作和 Photoshop CS3 的基本设置，并学会自定义 Photoshop 界面的方法。

2.1　认识Photoshop CS3工作界面

要熟练掌握并运用 Photoshop CS3 完成各项平面设计工作，首先应对其工作界面有一个深入的认识，熟悉界面各组成部分的作用。

双击桌面上 Photoshop CS3 的快捷图标 **Ps**，或选择【开始】/【所有程序】/【Adobe Design Premium CS3】/【Adobe Photoshop CS3】命令，也可双击计算机中扩展名为 .psd 的文件即可启动 Photoshop CS3，并进入如图 2-1 所示的工作界面。

图 2-1　Photoshop CS3 工作界面

下面对各个组成部分分别进行讲解。

2.1.1　标题栏

标题栏主要用于显示当前 Photoshop 的版本号，其右侧的 ■、□ 和 ✕ 按钮分别用来最小化、还原和关闭工作界面。

2.1.2　菜单栏

菜单栏主要包括 "文件"、"编辑"、"图像"、"图层"、"选择"、"滤镜"、"分析"、"视图"、"窗口" 和 "帮助" 10 个菜单项组成，每个菜单项下内置了多个菜单命令，有的菜单命令右下侧带有 ▶ 符号，表示该菜单命令下还有子菜单，如图 2-2 所示。为了提高效率，Photoshop CS3 中的大多数命令都允许用户通过快捷键来实现，如果系统为菜单命令设置了快捷键，在打开的菜单右侧就可看到快捷键。

图 2-2　打开的菜单

2.1.3 工具箱

工具箱中集合了在图像处理过程中使用最频繁的工具，默认位置在工作界面的左侧，在工具箱顶部按住鼠标左键不放，可将其拖曳到图像工作界面的任意位置。单击工具箱顶部的 ▶▶ 按钮，可以改变工具箱中的工具排列方式，如图 2-3 所示为改变排列方式后的效果。

要选择工具箱中的工具，只需单击该工具对应的图标按钮即可。其中有的工具按钮右下角有一个黑色小三角形，表示该工具下还有隐藏的工具，在该工具按钮上按住鼠标左键不放或使用鼠标右键单击，可显示该工具组中隐藏的工具，如图 2-4 所示。

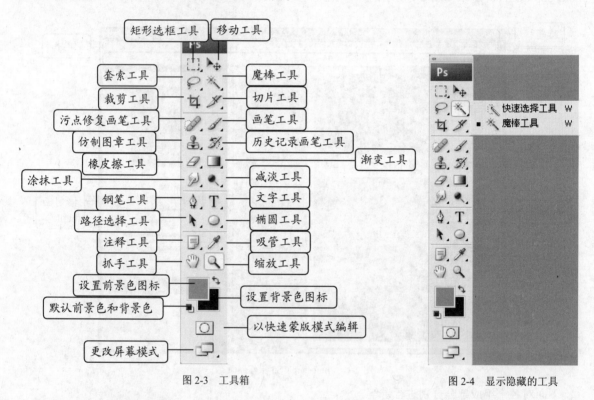

| 图 2-3 工具箱 | 图 2-4 显示隐藏的工具 |

2.1.4 工具属性栏

在工具箱中选择某个工具后，菜单栏下方的工具属性栏会显示当前工具对应的属性和参数，用户可以通过设置这些参数来调整工具的属性。在工具箱中选择不同工具，其工具属性栏中的各参数选项也会随着当前工具的改变而变化。例如，在工具箱中分别选择矩形选框工具 ⬚ 和画笔工具 ✐，其工具属性栏分别如图 2-5 所示和如图 2-6 所示。

图 2-5 矩形工具属性栏

图 2-6 画笔工具属性栏

2.1.5 控制面板组

在 Photoshop CS3 中，控制面板是工作界面中一个重要的组成部分，在默认情况下，所有的控制面板都依附在工作界面右侧，并缩放为图标显示，使用时可以直接单击所需控制面板按钮即可展开控制面板，如图 2-7 所示。

在默认状态下，每一个控制面板组中的第一个控制面板为当前工作控制面板，如果要切换到其他面板，只需单击相应的控制面板选项卡即可。在某一控制面板上按住鼠标左键不放，然后将其拖曳，可拆分控制面板组并放置到工作界面的任意位置；控制面板组也可以再组合，并且在组合过程中可以将其按任意次序放置，也可将不同控制面板组中的控制面板进行组合，以生成新的控制面板组，如图 2-8 所示。

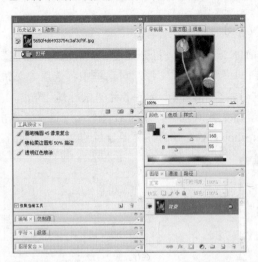

图 2-7　展开和收缩控制面板组

单击控制面板组右上角的 ✕ 按钮可将其关闭，选择"窗口"菜单，在弹出的菜单中选择相应控制面板组名称即可显示该控制面板。单击控制面板区左上角的 ◄◄ 按钮，可打开隐藏的控制面板组，单击控制面板区右上角的 ►► 按钮可以最简洁的方式显示控制面板。

图 2-8　拆分和组合控制面板

　　　　提示：按"F6"键可以打开或关闭"颜色"控制面板组；按"F7"键可以打开或关闭"图层"控制面板组；按"F8"键可以打开或关闭"信息"控制面板组；按"F9"键或"Alt+F9"快捷键可以打开或关闭"动作"控制面板组。

调整 / 控制面板组后，若想将其恢复为系统默认的工作界面，只需选择【窗口】/【工作区】/【复位调板位置】（或【默认工作区】）命令即可。

2.1.6 图像窗口

图像窗口是对图像进行浏览和编辑操作的主要场所，图像窗口标题栏主要显示当前图像文件的文件名及文件格式、显示比例和图像色彩模式等信息，如  。

2.2 图像文件的基本操作

在学习图像处理前应先掌握图像文件的基本操作，以便于后面知识的学习。

2.2.1 新建图像文件

选择【文件】/【新建】命令或按"Ctrl+N"快捷键，打开如图 2-9 所示的"新建"对话框，在其中进行所需设置后，单击 确定 按钮即可新建图像文件，对话框中各选项含义如下。

● "名称"文本框：用于设置新建文件的名称，默认文件名为"未标题-1"。
● "预设"下拉列表框：用于设置新建文件的规格，单击右侧的 ∨ 按钮，将弹出如图2-10所示的下拉列表框，在其中可选择Photoshop CS3自带的几种图像规格。

图 2-9 "新建"对话框　　　　　　　　　图 2-10 Photoshop CS3 自带的图像规格

● "大小"下拉列表框：用于辅助预设后的图像规格，设置出更符合规范的图像尺寸。
● "宽度"和"高度"文本框：用于设置新建文件的宽度和高度，在右侧的下拉列表框中可选择度量单位，系统默认为像素。
● "分辨率"文本框：用于设置新建图像的分辨率大小。
● "颜色模式"下拉列表框：用于选择新建图像文件的色彩模式，根据不同颜色模式在右侧的下拉列表框中还可选择1位图像、8位图像、16位图像或32位图像。
● "背景内容"下拉列表框：用于设置新建图像的背景颜色，系统默认为白色，也可设置为背景色和透明色。
● ∨ 按钮：单击该按钮，在对话框底部会显示"颜色配置文件"和"像素长宽比"两个下拉列表框，"颜色配置文件"下拉列表框用于设置新建文件的颜色生成方式，一般保持默认设置即可。"像素长宽比"下拉列表框用于设置新建文件的大小尺寸。

2.2.2 置入图像文件

置入文件可以将新的外部图像文件添加到图像中的一个新的图层中，选择【文件】/【置入】命令，打开如图 2-11 所示的"置入"对话框，选择图像文件后单击 置入(P) 按钮置入文件，单击工具属性栏中的 ✓ 按钮或按"Enter"键确认置入，置入后的效果如图 2-12 所示。

图 2-11　打开 "置入" 对话框

图 2-12　置入的图像文件效果

2.2.3　打开和排列图像文件

要对素材图像文件进行处理，首先需要打开该图像文件，有时还需要打开多个图像文件，打开后的图像窗口会以层叠的方式显示，这样不利于图像的查看，这时可通过排列操作来规范图像的显示方式，下面对打开和排列文件进行讲解。

1. 打开图像文件

选择【文件】/【打开】命令，或按 "Ctrl+O" 快捷键，或在工作界面的空白区域处双击鼠标左键，打开 "打开" 对话框，在其中的 "查找范围" 下拉列表框中选择图像文件的存储位置，然后在其下的列表框中选择某个图像文件，单击 打开(Q) 按钮即可打开所选择的图像文件，如图 2-13 所示。

2. 排列图像文件

当打开多个图像文件时，选择【窗口】/【排列】命令，在打开的子菜单中选择相应的命令，即可重新排列图像，如图 2-14 所示为选择 "水平平铺" 命令后的效果。

图 2-13　打开 "打开" 对话框

图 2-14　水平平铺图像文件

2.2.4 存储和关闭图像文件

处理完图像后，需要对其进行存储并关闭，这样可以降低对系统资源的占用，以提高计算机的处理能力。

1. 存储图像文件

选择【文件】/【存储为】命令，打开"存储为"对话框，在"保存在"下拉列表中可设置图像文件的存储路径，在"文件名"文本框中可输入其文件名，在"格式"下拉列表框中可设置图像文件的存储类型，如图 2-15 所示，然后单击 保存(S) 按钮即可。

若要对已存在的图像文件进行再次存储时，可选择【文件】/【存储】命令或按"Ctrl+S"快捷键即可。

图 2-15 打开 "存储为" 对话框

2. 关闭图像文件

图像处理完成后，应立即将其关闭，以避免忽然停电等意外情况造成文件的损坏。其方法有如下几种。

● 单击图像窗口标题栏中最右端的⊠按钮。
● 选择【文件】/【关闭】命令。
● 按"Ctrl+W"快捷键。
● 按"Ctrl+F4"快捷键。

2.2.5 缩小与放大图像

在对图像进行编辑的过程中，有时需要对编辑的图像进行放大或缩小显示，以便于更为细致地对图像进行编辑。缩放图像可以通过"导航器"控制面板和缩放工具来实现，下面具体进行讲解。

● 通过缩放工具 缩放：选择工具箱中的缩放工具 ，将鼠标指针移动到图像中要缩放的区域，然后单击鼠标右键，在弹出的快捷菜单中选择"缩小"或"放大"命令即可等比例缩小或放大图像。
● 通过"导航器"控制面板缩放：在"导航器"控制面板的数值框中直接输入要缩小或放大的比例，然后按"Enter"键即可缩放图像。当视图只能显示部分图像时，将鼠标指针移动到导航器面板的的红色方框内，当鼠标指针变为 形状时，按住鼠标左键并进行拖曳，可以查看窗口中没有显示出来的部分。

2.2.6 打印图像

在打印图像之前，首先需要设置图像的打印内容，并根据打印的内容进行一些参数设置，然后再通过打印预览查看打印后的最终效果，最后才能正式打印图像。

【例 2-1】设置在一张打印图纸上打印 F 盘下的"海洋"文件夹中的图像。

Step 1 选择【文件】/【自动】/【联系表 Ⅱ】命令，在打开的"联系表 Ⅱ"对话框中的"源图像"栏中单击 浏览(B)... 按钮。

Step 2 打开"浏览文件夹"对话框，单击

⊞按钮，依次选择"我的电脑"选项→"本地磁盘（F）"选项→"海洋"文件夹，然后单击 确定 按钮，返回到"联系表 Ⅱ"对话框中，在"缩略图"栏中设置列和行都为 3，如图 2-16 所示。

Step 3 单击 确定 按钮，系统会自动创建一个新图像文件，并将选择的图像按上述设置分布在图像内，如图 2-17 所示。

Step 4 选择【文件】/【页面设置】命令，打开"页面设置"对话框，在其中设置打印图纸的大小和放置方向，如图 2-18 所示，单击 确定 按钮。

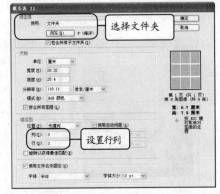

图 2-16　设置列和行

Step 5 选择【文件】/【打印】命令，将打开如图 2-19 所示的"打印"对话框，可看到准备打印的图像在页面中所处的位置及图像尺寸等

数据，设置好后，最后单击 打印(P)... 按钮即可开始打印图像。

图 2-17　设置后的效果

 提示：计算机配置的打印机不同，则打开的"打印"对话框中的参数设置也不完全相同，此时，可查看购买打印机时随机附送的说明书。

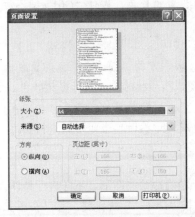

图 2-18　打开"页面设置"对话框

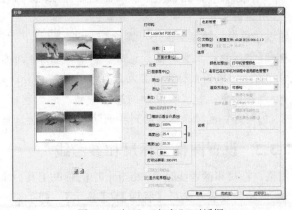

图 2-19　打开"打印"对话框

 提示：按"F6"键可以打开或关闭"颜色"控制面板组；按"F7"键可以打开或关闭"图层"控制面板组；按"F8"键可以打开或关闭"信息"控制面板组；按"F9"键或"Alt+F9"快捷键可以打开或关闭"动作"控制面板组。

【知识补充】默认情况下，Photoshop CS3 会打印一幅图像中的所有可见图层，若只需打印部分图层，可将不需要打印的图层设置为隐藏；若需要打印图像中的部分图像，可先使用工具箱中的矩形选框工具在图像中创建一个图像选区，然后再进行打印。

2.3 Photoshop CS3的基本设置

在 Photoshop CS3 中处理图像时，常需要对前景色和背景色、辅助工具、图像和画布大小，以及工作区域进行设置。

2.3.1 设置前景色和背景色

前景色用于显示当前绘图工具的颜色，背景色用于显示图像的底色，相当于画布本身颜色。其设置可以通过拾色器、吸管工具 和"色板"控制面板进行设置，下面进行具体讲解。

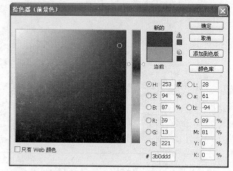

图 2-20 打开"拾色器（前景色）"对话框

- 通过拾色器设置：单击工具箱中的"设置前景色"图标，打开"拾色器（前景色）"对话框，在对话框右侧的RGB颜色数值框中输入色值，或直接利用鼠标在色彩区域中单击选择需要的颜色，都可设置前景色，如图2-20所示。用相同的方法可设置背景色。
- 通过吸管工具设置：打开任意一幅图像，选择工具箱中的吸管工具 ，在其工具属性栏的"取样大小"下拉列表框中选择颜色取样方式，然后将鼠标光标移动到图像所需颜色周围单击，取样的颜色会成为新的前景色；按住"Ctrl"键不放的同时在图像上单击可取样新的背景色。
- 通过"色板"控制面板设置：选择【窗口】/【色板】菜单命令，打开"色板"控制面板，将鼠标光标移至色块中，当鼠标光标变为 形状时单击可设置前景色，按住"Ctrl"键不放单击所需的色块，可将其设为背景色。

通过"色板"控制面板还可删除和存储颜色，下面具体进行讲解。

- 存储颜色：设置好前景色后，然后单击"色板"控制面板下方的"创建前景色的新色板"按钮 ，或将鼠标光标移动到颜色块的空白处，当指针变成 形状时单击即可存储颜色。
- 删除颜色：拖曳要删除的颜色块到"删除色板"按钮 上后释放鼠标，或在按住"Alt"键的同时将鼠标光标移动到要删除的颜色块上，当指针变成 形状时单击即可删除色板。

2.3.2 设置网格、标尺和参考线

网格、标尺和参考线是 Photoshop 中的辅助工具，主要用于精确地绘制图形。下面进行具体讲解。

- 网格的设置：选择【视图】/【显示】/【网格】命令或按"Ctrl+'"快捷键，可以在图像窗口中显示或隐藏网格线，显示网格线后如图2-21所示。按"Ctrl+K"快捷键打开"首选项"对话框，在对话框左侧列表中选择"参考线、网格、切片和计数"选项，然后可在"网格"栏中设置网格的颜色、样式、网格线间距和子网格数量，如图2-22所示。
- 标尺的设置：选择【视图】/【标尺】命令或按"Ctrl+R"快捷键，可在图像窗口顶部和左侧显示或隐藏标尺，且在标尺上会显示鼠标指针的当前位置标记，在标尺上单击鼠标右键，在弹出的快捷菜单中可以选择各种单位选项更改标尺的单位，系统默认为厘米，如图2-23所示。
- 参考线的设置：选择【视图】/【新建参考线】命令，打开如图2-24所示的"新建参考线"对话框，在"取向"栏中选择参考线类型，在"位置"文本框中输入参考线的位置，单击

按钮即可在相应位置创建一条参考线，如图2-25所示。

图 2-21　显示网格

图 2-22　打开 "首选项" 对话框

图 2-23　显示标尺

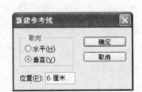

图 2-24　打开 "新建参考线" 对话框

图 2-25　新建的参考线

提示：将鼠标指针置于窗口顶部或左侧的标尺处，按住鼠标左键不放并向图像区域拖曳，这时鼠标指针变为 或 形状，释放鼠标后即可在释放鼠标处创建一条参考线。

2.3.3　设置图像和画布大小

在处理图像的过程中，为了满足作品的最终需要，有时需要设置图像或画布的大小，下面分别介绍图像和画布大小的设置方法。

1. 设置图像大小

选择【图像】/【图像大小】命令，或按 "Alt+Ctrl+I" 快捷键，或鼠标右键单击图像窗口顶部的标题栏，在弹出的快捷菜单中选择 "图像大小" 命令，打开 "图像大小" 对话框，在其中可改变图像的高度、高度和分辨率，如图 2-26 所示，完成后单击　确定　按钮。

提示：如果要在 "图像大小" 对话框中分别设置图像的宽度和高度，应在设置前取消选中 "约束比例" 复选框。

2. 设置画布人小

选择【图像】/【画布大小】命令，或按 "Alt+Ctrl+C" 快捷键，或鼠标右键单击图像窗口顶部的标题栏，在弹出的快捷菜单中选择"画布大小"命令，打开"画布大小"对话框，在其中的"新建大小"栏中可输入新的宽度和高度，单击定位旁边的不同箭头按钮，可使画布向单击的箭头方向扩展，如图 2-27 所示，完成后单击 确定 按钮。

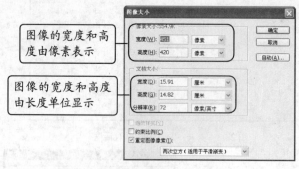

图 2-26 打开"图像大小"对话框

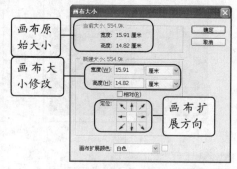

图 2-27 打开"画布大小"对话框

2.3.4 设置常用首选项

选择【编辑】/【首选项】/【常规】命令，或按"Ctrl+K"快捷键，将打开如图 2-28 所示的"首选项"对话框。在左侧列表框中包含"常规"、"界面"、"文件处理"、"性能"、"光标"、"透明度与色域"、"单位与标尺"、"参考线、网格、切片和计数"、"增效工具"和"文字" 10 个选项，选择相应的选项后，在对话框右侧便可进行相应设置。各类型选项的作用如下。

- "常规"选项：用于设置历史记录步数等。历史记录步数越多，耗用系统资源越多，一般设为20步即可。

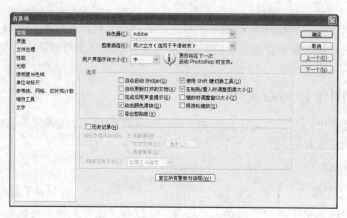

图 2-28 打开"首选项"对话框

- "界面"选项：用于设置是否显示菜单颜色和工具提示等。
- "文件处理"选项：用于设置文件存储选项和文件兼容性等。
- "性能"选项：用于设置缓存盘和历史记录步数等。
- "光标"选项：用于设置光标的显示方式和绘图光标的形状。
- "透明度与色域"选项：用于设置透明区域参数与色域等。
- "单位与标尺"选项：用于设置单位和分辨率等。

- "参考线、网格、切片和计数"选项：用于设置参考线、网格和切片的颜色等。
- "增效工具"选项：用于添加增效工具。
- "文字"选项：用于设置是否启用智能引号和字体预览大小等。

2.4　应用实践——定义个性工作区域

本例将通过调整 Photoshop CS3 工作界面中工具箱的显示方式，以及控制面板的组合方式等，调整 Photoshop CS3 的工作界面。

2.4.1　确定要进行调整的控制面板

将"颜色"控制面板组进行拆分，将拆分后的"颜色"控制面板合并到"导航器"控制面板组中；将"色板"控制面板合并到"历史记录"控制面板组中；将"样式"控制面板合并到"图层"控制面板组中，完成后对其保存。

2.4.2　定义工作区域的设计思路

在调整界面之前，首先要熟悉 Photoshop CS3 的工作界面，然后再进行调整。

本例的设计思路如图 2-29 所示，具体设计如下。

- 启动 Photoshop CS3，将"颜色"控制面板组中的"色板"控制面板和"样式"控制面板拖曳到工作界面的空白处，拆分控制面板。
- 将"颜色"控制面板合并到"导航器"控制面板组中；将"色板"控制面板合并到"历史记录"控制面板组中；将"样式"控制面板合并到"图层"控制面板组中。
- 保存所做的自定义操作。

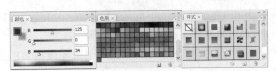 

拆分控制面板　　　　　　　　　　合并控制面板

图 2-29　自定义工作区域的操作思路

2.4.3　制作过程

Step 1　选择【开始】/【所有程序】/【Adobe Design Premium CS3】/【Adobe Photoshop CS3】命令，打开 Photoshop CS3 的工作界面。

Step 2　将鼠标指针移到"颜色"控制面板组中的"色板"选项卡上，按住鼠标左键不放向左侧拖曳，在灰色区域中释放鼠标，拆分"颜色"控制面板。

Step 3　将"色板"及"样式"控制面板从"颜色"控制面板组中拆分出来，拆分后的"颜

色"控制面板组如图 2-30 所示。

图 2-30　拆分后的"颜色"控制面板组

Step 4　将鼠标指针移至拆分后的"颜色"控制面板上，按住鼠标左键不放将其拖曳至"导航器"控制面板组中间的空白区域，合并控制面

板，如图 2-31 所示。

图 2-31　合并 "颜色" 控制面板

图 2-32　合并控制面板

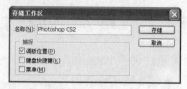

图 2-33　打开 "存储工作区" 对话框

Step 5　按照相同的方法，分别将 "色板" 和 "样式" 控制面板合并到 "历史记录" 和 "图层" 控制面板组中，如图 2-32 所示。

Step 6　选择【窗口】/【工作区】/【存储工作区】命令，打开如图 2-33 所示的 "存储工作区" 对话框，在 "名称" 文本框中输入任意一个名称，然后单击 按钮将自定义好的工作界面存储起来。

Step 7　如果要恢复系统默认的工作界面，只需选择【窗口】/【工作区】/【复位调板位置】命令即可。

提示：若不存储自定义的工作界面，当退出并再次启动 Photoshop CS3 后，系统会将工作界面恢复为默认的界面，存储自定义的工作界面后，则每次启动都会保持已存储的工作界面。

2.5　练习与上机

1. 单项选择题

（1）按（　　）快捷键，可打开 "新建" 对话框新建图像文件。

　　A．Ctrl+A　　　　　　B．Ctrl+N　　　　　　C．Ctrl+O　　　　　　D．Ctrl+V

（2）位图的特点包括（　　）。

　　A．分辨率越高，图像越模糊　　　　　　B．分辨率越高，图像越清晰

　　C．放大图像后，图像边缘依然清晰　　　D．是以数学的矢量方式来记录图像内容的

（3）（　　）的文件格式是 Photoshop 自身生成的文件格式。

　　A．JPG　　　　　　　B．TIFF　　　　　　　C．PSD　　　　　　　D．GIF

（4）选择工具箱中的（　　）工具可以缩放图像。

　　A．缩放工具　　　　　B．抓手工具　　　　　C．魔棒工具　　　　　D．矩形工具

（5）下列关于 GIF 格式的描述正确的是（　　）

　　A．通过减少文件中的颜色数量可以减小 GIF 图像的大小。

　　B．GIF 文件的大小与优化设置中的色彩数量没有直接关系。

　　C．GIF 优化设置中的色彩值 8 表示颜色数量为 2 的 8 次方，即 256 种颜色。

　　D．GIF 支持黑白、灰度和索引等色彩模式。

（6）下面对矢量图和像素图描述正确的是（　　）。

　　A．矢量图的基本组成单元是像素。

　　B．像素图的基本组成单元是锚点和路径。

　　C．Illustrator 所生成的文件通常是由路径组成的矢量图。

　　D．Photoshop 是用来处理像素图的，但也可以保存矢量数据。

2．多项选择题

（1）下列关于矢量图的叙述正确的有（　　　）。

　　A．矢量图又称向量图。

　　B．放大图像后，边缘平滑清晰。

　　C．放大图像后，图像效果模糊。

　　D．Photoshop 可以生成矢量图。

（2）通过（　　　）途径可以对图像进行显示的放大或缩小。

　　A．用工具箱中的抓手工具在图像上拖拉矩形框可实现图像的放大。

　　B．在"导航器"控制面板中，在其左下角输入放大或缩小的百分比数值。

　　C．在图像左下角的百分比显示框中直接输入放大或缩小的百分比数值。

　　D．使用工具箱中的缩放工具。

3．简单操作题

（1）新建一个分辨率为 300 像素 / 英寸、宽为 500 像素、高为 600 像素的图像文件。

（2）将上题新建的图像文件作为 JPG 格式的文件保存到"我的文档"文件夹中，文件名为"练习"。

4．综合操作题

（1）任意打开电脑中的一幅图像，将其色彩模式更改为灰度模式，然后再将其以 JPG 的文件格式进行保存。

（2）新建一个"书籍"的图像文件，任意参考一本书籍的平面展开图，然后显示标尺，并拉出书籍平面展开图所需的参考线。

拓展知识

　　Photoshop 是 Adobe 公司旗下最为著名的图像处理软件，是集图像扫描、编辑修改、图像制作和广告创意，以及图像输入与输出于一体的图形图像处理软件，被广泛应用于平面设计、照片处理、广告摄影、影像创意、网页制作、建筑后期效果图处理和视觉创意等诸多领域。

一、图像效果对比

　　本章所学知识属于 Photoshop 图像处理前需要掌握的基础知识，如图 2-34 和图 2-35 所示为使用 Photoshop 对图像处理前和处理后的效果。

图 2-34　原图像效果

在如图 2-35 所示的图像效果图中，是将两幅素材图像进行合成制作的，其中两幅图像中间的交界处是使用图层蒙版进行制作的，然后对图层蒙版进行黑白渐变填充。

其中的文字是使用工具箱中的文字工具输入的，在后面会具体讲解文字工具的相关使用方法；图像中的白色边框是使用工具箱中的圆角矩形工具绘制，然后再使用白色进行描边；中间的气泡图像效果可使用工具箱中的椭圆选框工具和椭圆工具制作，制作时首先填充白色，然后再在其中间绘制一个椭圆选框，并设置羽化像素，最后按"Delete"键删除中间的像素即可得到气泡图像效果。

图 2-35 效果图

二、设计欣赏

下面是应用 Photoshop 制作的平面广告和商标。

作者：Elyse Dequina　来源：中国设计之窗

作者：何才冬　来源：中国设计之窗

第一幅图中的平面广告设计，将女性与花朵联系起来，并将花朵放置到女性的头发上，能给人以强烈的视觉效果。

第二幅图是使用 Photoshop 制作的一个品牌商标，该商标的图形和文字完美地融合于一体，旨在表达品牌的形象，因此，在设计商标时，要注意与该企业品牌的形象结合起来。

第 3 章
选择、绘制和修饰图像

📖 **本章要点**

● 选择图像

● 绘制图像

● 修饰图像

● 制作卡通插画

📖 **内容简介**

本章主要讲述在 Photoshop CS3 中选择、绘制和修饰图像的操作，包括创建和编辑选区、绘制和编辑图像、修复图像，以及修饰图像等。通过本章内容的学习，熟悉图像的选择、绘制和修饰操作，并学会卡通插画的制作方法。

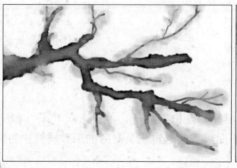

3.1 ■ 创建和编辑选区

选区在图像处理时起着保护选区外图像的作用，约束各种操作只对选区内的图像有效，防止选区外的图像受到影响，下面便对各类创建选区的工具进行详细讲解。

3.1.1 使用选框工具组

通过工具箱中的选框工具组，可以方便地绘制出规则的矩形或圆形选区。Photoshop CS3 提供了多种选区创建工具，包括创建矩形选区、圆形选区、单行选区和单列选区工具。

【例 3-1】下面将使用椭圆选框工具来制作艺术相片效果，效果如图 3-1 所示。

所用素材：素材文件\第2章\花 .jpg、小女孩 .jpg
完成效果：效果文件\第2章\艺术照片 .psd

图 3-1　艺术照片效果

Step 1　打开"花 .jpg"和"女孩 .jpg"图像文件，如图 3-2 所示。

图 3-2　打开图像文件

Step 2　选择工具箱中的椭圆选框工具 ，在其工具属性栏中将羽化值设置为 100px，然后在"女孩"图像窗口中沿女孩头部拖曳鼠标指针绘制椭圆选区，如图 3-3 所示。

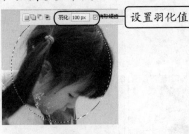

图 3-3　创建椭圆选区

Step 3　选择工具箱中的移动工具 ，按住鼠标左键不放拖曳选区内的图像到"花 .jpg"图像窗口中后释放鼠标，即可得到如图 3-4 所示的艺术效果。

图 3-4　移动选区内的图像

> **提示**：在移动选区内图像后，若未得到理想中的图像大小，可按"Ctrl+T"快捷键，当图像的四周出现变换框后，按住"Shift"键将鼠标指针移动到任意 4 个角上拖曳即可改变图像大小。

【知识补充】选框工具组中还包括矩形选框工具 、单行选框工具 和单列选框工具 ，其使用方法与椭圆选框工具的方法相同。下面以椭圆选框工具对应的工具属性栏为例，讲解选框工具组的工具属性栏，如图 3-5 所示。

图 3-5　椭圆选框工具属性栏

- ● ▢▢◪▢ 按钮组：用于控制选区的创建方式，选择不同的按钮将进入不同的创建类型，从左至右依次表示为创建新选区、添加到选区、从选区减去以及与选区交叉。
- ● "羽化"文本框：指通过创建选区边框内外像素的过渡来使选区边缘柔化，羽化值越大，则选区的边缘越柔和。其取值范围只能在0~250像素之间。
- ● "消除锯齿"复选框：该复选框只有在选取了椭圆选框工具后才能被激活，主要用于消除选区锯齿边缘。
- ● "样式"下拉列表框：用于设置选区的形状。在其下拉列表框中有"正常"、"固定比例"和"固定大小"3个选项。
- ● 调整边缘... 按钮：单击该按钮，可以在打开的"调整边缘"对话框中定义边缘的半径、对比度和羽化程度等，可以对选区边缘进行收缩和扩展，另外还有多种显示模式可选，如快速蒙版模式和蒙版模式等。

提示：按键盘上的"M"键可选择工具箱中的矩形选框工具 ▢ ，反复按"Shift+M"快捷键可在矩形和椭圆选框工具之间进行切换；按住"Shift"键不放可以创建正方形或正圆选区。

3.1.2　使用套索工具组

使用选框工具组只能创建规则的几何图形选区，而在实际工作中却常常需要创建各种复杂形状的选区，这时可使用套索工具组进行创建。

【例3-2】使用套索工具和磁性套索工具制作快餐店广告，效果如图3-6所示。

所用素材：素材文件\第3章\菜.jpg、水果.jpg、快餐店广告.jpg

完成效果：效果文件\第3章\快餐店广告.psd

图 3-6　快餐店广告效果

Step 1　打开"菜.jpg"、"水果.jpg"和"快餐店广告.jpg"图像文件，选择"菜.jpg"图像文件。

Step 2　选择工具箱中的套索工具 ❍ ，并在工具属性栏中设置羽化值为10px，然后在"菜"图像中沿盘中的肉进行拖曳绘制，如图3-7所示。

Step 3　绘制到起点处后释放鼠标，即可自动生成如图3-8所示的选区。

图 3-7　拖曳鼠标指针进行绘制

图3-8　生成选区

图3-9　移动图像

图3-10　拖曳绘制

Step 4 选择工具箱中的移动工具 ，按住鼠标左键不放拖曳选区内的图像到"快餐店广告.jpg"图像窗口中后释放鼠标，即可得到如图3-9所示的效果。

Step 5 选择"水果.jpg"图像文件，选择工具箱中的磁性套索工具 ，沿图像边缘处单击确定起始点，然后进行拖曳，如图3-10所示。

Step 6 绘制到起始点后当鼠标指针变为 形状时，即可闭合选区，如图3-11所示。

图3-11　闭合选区

图3-12　移动图像

Step 7 选择工具箱中的移动工具 ，按住鼠标左键不放拖曳选区内的图像到"快餐店广告.jpg"图像窗口中后释放鼠标，即可得到如图3-12所示的效果。

Step 8 选择工具箱中的矩形选框工具 ，在"快餐店广告.jpg"图像窗口中绘制矩形选框，并填充为黄色（R:252,G:228,B:165），按"Ctrl+D"快捷键取消选区后如图3-13所示。

图3-13　完成制作

提示：按键盘上的"L"键可快速选择工具箱中的套索工具，反复按"Shift+L"快捷键可在套索工具、多边形套索工具和磁性套索工具之间进行切换。

【知识补充】在 Photoshop 中提供有套索工具 、多边形套索工具 和磁性套索工具 3种，各个工具的作用如下。

- 套索工具 ：用于创建手绘类不规则选区。
- 多边形套索工具 ：用于创建具有直线或折线样式的选区，先在图像中单击创建选区的起始点，然后拖曳鼠标并单击，以创建选区中的其他点，最后将鼠标指针移动到起始点处，当鼠标指针变成 形状时单击生成最终的选区。
- 磁性套索工具 ：适用于在图像中沿图像颜色反差较大的区域创建选区，单击磁性套索工具 按钮后，按住鼠标左键不放沿图像的轮廓拖曳鼠标指针，系统自动捕捉图像中颜色反差较大的图像边界并自动产生节点，当到达起始点时单击鼠标即可完成选区的创建。

提示：在使用磁性套索工具 创建选区过程中，可能由于鼠标没有移动好而造成生成了一些多余的节点，按"Backspace"键或"Delete"键可删除最近创建的磁性节点，然后再从删除节点处继续绘制选区；同时在移动鼠标过程中，如果遇到拐角比较大或者颜色对比不是很大时，可单击鼠标，手动增加定位点。

3.1.3 使用魔棒工具组

使用魔棒工具组可以快速地在图像中根据图像颜色来绘制出选区，其中魔棒工具 的工具属性栏中的"容差"数值框用于颜色取样的范围，该值越大，被选择的颜色范围就越大；而快速选择工具 则是魔棒工具的快捷版本。

【例3-3】利用魔棒工具选择乐器图像，然后将其移到"背景.jpg"图像窗口中，效果如图3-14所示。

所用素材：素材文件\第3章\乐器.jpg、背景.jpg
完成效果：效果文件\第3章\更换乐器背景.psd

图3-14 更换背景后的效果

Step 1 打开"乐器.jpg"和"背景.jpg"图像文件。

Step 2 选择"乐器.jpg"图像文件，然后选择工具箱中的魔棒工具 ，在其工具属性栏中的"容差"文本框中输入50，然后在图像中的背景颜色的任意地方单击，这时背景所在的图像便会自动创建选区，如图3-15所示。

Step 3 选择【选择】/【反向】命令，或按"Shift+Ctrl+I"快捷键将选区进行反向选择，效果如图3-16所示。

Step 4 选择工具箱中的移到工具 ，将选区内的图像拖曳至"背景.jpg"图像文件中，完成更换背景的操作，如图3-14所示。

图3-15 创建选区　　图3-16 反选选区

 提示：按键盘上的"Ctrl+C"快捷键复制选区，然后选择要粘贴选区的图像窗口，按"Ctrl+V"快捷键即可粘贴选区内的图像。

【知识补充】选择魔棒工具 后，其工具属性栏如图3-17所示，其中各选项含义如下。

　　🖌 ▾ | □▫▫□ | 容差: 50 | ☑消除锯齿 ☑连续 | □对所有图层取样 | 调整边缘...

图3-17 魔棒工具属性栏

- "容差"文本框：用于设置将要选取的颜色范围值，单位为像素，取值范围在0~255之间。数值越大，其选取的颜色范围也越大，数值越小，其选取的颜色值就越接近，得到选区的范围就越小。
- "消除锯齿"复选框：选中该复选框可以消除选区边缘的锯齿。
- "连续"复选框：选中该复选框表示只选择颜色相同的连续区域，取消选中时会选取颜色相同的所有区域。
- "对所有图层取样"复选框：选中该复选框并在任意一个图层上应用魔棒工具 ，此时，所有图层上与单击处颜色相似的地方都会被选中（图层的相关知识将在第3章进行讲解）。

选择工具箱中的快速选择工具 ，便可不用任何快捷键来进行加选，其工具属性栏中包括有新选区 、添加到选区 和从选区减去 3种模式可选，单击"画笔"旁边的·按钮，可设置创建选区的画笔直径和硬度等。

> 提示：按"W"键可快速选择魔棒工具 ，按"Shift+W"快捷键可在魔棒工具和快速选择工具之间进行切换。

3.1.4 使用"色彩范围"命令

使用"色彩范围"命令可以在图像中创建与预设颜色相似的图像选区，并且可以根据需要调整预设颜色。

【例3-4】使用"色彩范围"命令将图中的水果载入选区。

所用素材：素材文件\第3章\苹果.jpg

Step 1 打开"苹果.jpg"图像文件，选择【选择】/【色彩范围】命令，打开如图3-18所示的"色彩范围"对话框。

Step 2 将鼠标移至对话框中的预览框中，并在水果上的任意位置处单击，如图3-19所示。

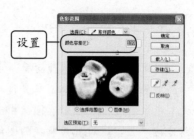

图3-20 增加颜色容差值

Step 4 观察发现，白色中间仍有部分黑色区域，需要将他们变成白色，单击"添加到取样"按钮 ，然后分别在白色中间的黑色区域单击，以增加选择范围，如图3-21所示。

图3-18 打开"色彩范围"对话框

图3-19 单击取样

Step 3 此时预览框中呈白色显示的区域表示已绘制的选区范围，可以看到水果并没有被全部选择，这时可向右拖曳"颜色容差"数值框底部的滑条上的滑块来增加颜色容差值，颜色选择的范围便会扩大，如图3-20所示。

图3-21 增加选择范围

Step 5 上面操作中增加了颜色选择范围，但水果区域外的部分图像也出现了呈不同程度显示的白色或灰色，这部分区域会出现在最终的选区内，这时需要将其去掉，这时只需适当减小容差值即可，如图3-22所示。

Step 6 完成后单击 确定 按钮关闭对话框，创建的选区如图3-23所示。

图 3-22 减小容差值

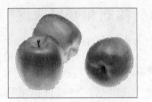
图 3-23 完成选区的创建

【知识补充】"色彩范围"对话框中的"选择"下拉列表框可以用来设置选择的类型,还可以在该下拉列表中设置按某种颜色或色调来进行选择。

提示:在"色彩范围"对话框中选中"反相"复选框,可使最终获得的选区产生反转,相当于在有选区的情况下按"Ctrl+Shift+I"快捷键进行反向选择。

3.1.5 修改选区

修改选区指的是对已存在的选区进行扩展、收缩、平滑或增加边界等操作。

1. 扩展选区

扩展选区就是将当前选区按设置的像素量向外扩充。选择【选择】/【修改】/【扩展】命令,在打开的"扩展选区"对话框中的"扩展量"数值框输入扩展值,然后单击 确定 按钮即可,如图 3-24 所示。

图 3-24 扩展选区

2. 收缩选区

收缩选区是扩展选区的逆向操作,即选区向内缩小,选择【选择】/【修改】/【收缩】命令,在打开的"收缩选区"对话框中的"收缩量"数值框输入收缩值,然后单击 确定 按钮即可。如图 3-25 所示。

3. 平滑选区

平滑选区主要用于消除选区边缘的锯齿,使选区边界变得平滑,选择【选择】/【修改】/【平滑】命令,在打开的"平滑选区"对话框中的"取样半径"数值框输入平滑值,然后单击 确定 按钮即可。如图 3-26 所示。

4. 增加选区边界

增加边界主要用于在选区边界处向外增加一条边界。选择【选择】/【修改】/【边界】命令,在打开的"边界选区"对话框中的"宽度"数值框输入相应的数值,然后单击 确定 按钮即可。如图 3-27 所示。

图 3-25 收缩选区　　　　图 3-26 平滑选区　　　　图 3-27 增加选区边界

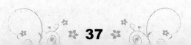

3.1.6　移动和变换选区

移动和变换选区主要是针对选区进行操作，并不是选区内的图像。

1. 移动选区

在创建完选区后，将鼠标指针移动到选区内，当鼠标指针变成为形状时，按住鼠标左键不放并拖曳即可移动选区。

使用鼠标拖移选区只能实现选区的模糊移动，若要实现选区的精确移动，可以使用键盘上的"→"、"↓"、"←"和"↑"键来实现，每按一次将使选区向指定方向移动1个像素的距离。

 提示：按住"Shift"键的同时按一下移动键，可使选区一次移动10个像素的距离。

2. 变换选区

当图像中存在选区时，选择【选择】/【变换选区】命令，将在选区四周出现一个带有控制点的变换框，在图像中的任意位置单击鼠标右键，在弹出的快捷菜单中可以选择对选区进行变换的各种控制，如图3-28所示。

（1）缩放变换

在快捷菜单中选择"缩放"命令后，将鼠标指针移动到变换框或任意控制点上，当鼠标指针变成形状时按住鼠标左键并拖曳，即可缩放变换选区。如图3-29所示。

（2）旋转变换

在快捷菜单中选择"旋转"命令后，将鼠标指针移至变换框之外，当鼠标指针变为形状时，按住鼠标左键不放进行拖曳，可将选区按顺时针或逆时针方向绕选区中心旋转，如图3-30所示。

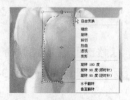  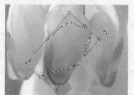

图3-28 快捷命令　　　　图3-29 缩放选区　　　　如图3-30 旋转选区

 提示：要实现选区90°或180°的旋转，选择快捷菜单中的"旋转180度"命令、"旋转90度（顺时针）"命令、"旋转90度（逆时针）"命令、"水平翻转"命令或"垂直翻转"命令即可。

（3）斜切变换

斜切变换是指选区以自身的一边作为基线进行变换。在快捷菜单中选择"斜切"命令后，将鼠标指针移至变换框旁边，当其变为形状时，按住鼠标左键不放并进行拖曳即可对选区进行斜切变换。如图3-31所示。

（4）扭曲变换

在快捷菜单中选择"扭曲"命令后，将鼠标指针移至任意控制点上，按住鼠标左键不放进行拖曳，即可对选区进行扭曲变换，如图 3-32 所示。

（5）透视变换

在快捷菜单中选择"透视"命令后，将鼠标指针移至任意控制点上，按住鼠标左键不放进行水平或垂直拖曳，即可对选区进行透视变换，如图 3-33 所示。

（6）变形变换

在快捷菜单中选择"变形"命令后，选区内会出现垂直相交的变形网格线，这时在网格内单击并拖曳即可变形选区，如图 3-34 所示。也可单击并拖曳网格线两端的黑色实心点，实心点处会出现一个调整手柄，这时拖曳调整手柄可实现选区的变形。

 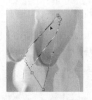 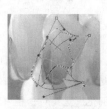

图 3-31　斜切变换　　　图 3-32　扭曲变换　　　图 3-33　透视变换　　　图 3-34　变形变换

选区变换完成后，可单击工具属性栏中的 ✔ 按钮或按"Enter"键确认变换，单击 ◎ 按钮则表示放弃该变换操作。

3.1.7　显示、隐藏和取消选区

显示与隐藏选区主要指的是选区的存储和载入，下面进行具体讲解。

1. 存储和载入选区

当图像窗口中存在选区时，选择【选择】/【存储选区】命令，在打开的如图 3-35 所示的"存储选区"对话框中的"名称"文本框中输入选区名称，然后单击 确定 按钮即可存储选区，选择【选择】/【载入选区】命令打开如图 3-36 所示的"载入选区"对话框，在"通道"下拉列表中选择存储的选区，在"操作"栏下设置选区的载入方式，单击 确定 按钮。

图 3-35　打开"存储选区"对话框　　　　图 3-36　打开"载入选区"对话框

2. 取消选区

为防止以后的操作始终对选区内的图像有效，在应用完选区后应及时取消选区，选择【选择】/【取消选择】命令或按"Ctrl+D"快捷键即可取消选区。

3.1.8　描边与填充选区

对选区进行描边和填充处理，是对选区最为频繁的处理操作之一。

【例 3-5】使用描边与填充选区为图像制作边框效果，如图 3-37 所示。

所用素材：素材文件\第3章\荷花.jpg
完成效果：效果文件\第3章\边框.psd

图 3-37　边框效果

Step 1　打开"荷花.jpg"图像文件，选择工具箱中的椭圆工具◯，在图像中绘制如图 3-38 所示的椭圆选区。

Step 2　按"Shift+Ctrl+I"快捷键，将选区反向选择，选择【选择】/【修改】/【羽化】命令，在打开的"羽化选区"对话框中将"羽化半径"设置为 50 像素，然后单击 确定 按钮，如图 3-39 所示。

图 3-40　填充选区　　　　图 3-41　修改选区

Step 6　选择【编辑】/【填充】命令，或按"Shift+F5"快捷键打开"填充"对话框，在"使用"下拉列表框中选择"图案"选项，在"自定图案"下拉列表框中选择木质图案，如图 3-42 所示，单击 确定 按钮，填充图案并取消选区后的效果如图 3-37 所示。

图 3-38　绘制选区　　　　图 3-39　羽化选区

Step 3　将前景色设置为绿色，然后按"Alt+Delete"快捷键进行填充，按"Ctrl+D"快捷键取消选区后的效果如图 3-40 所示。

Step 4　按"Ctrl+A"快捷键全选图像，然后选择【选择】/【修改】/【边界】命令，在打开的"边界选区"对话框中将"宽度"设置为 100 像素，单击 确定 按钮，如图 3-41 所示。

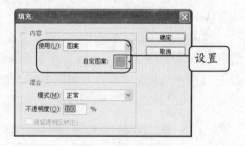

图 3-42　打开"填充"对话框

【知识补充】在前面例子中主要讲解的是填充选区操作，选区的描边则是指使用一种颜色对选区边界进行填充，并可以设置填充的宽度。选择【编辑】/【描边】命令将打开"描边"对话框，在其中可以设置描边的宽度、颜色、位置和混合等参数，完成后单击 确定 按钮即可描边选区。

3.2 绘制与编辑图像

在 Photoshop CS3 中，提供有多种绘制图像的工具，如画笔工具✎和铅笔工具等。在绘制图像的过程中，需要随时对图像进行编辑。

3.2.1 使用画笔工具和铅笔工具

画笔工具不仅可用来绘制边缘较柔和的线条，还可以根据系统提供的不同画笔样式来绘制不同的图像效果。而使用铅笔工具所绘制的图像则没有使用画笔工具所绘制的图像柔和。

【例 3-6】使用画笔工具绘制一幅水墨画，效果如图 3-43 所示。

 完成效果：效果文件\第3章\水墨画.psd

图 3-43 水墨画

Step 1 新建一个 600 像素 × 600 像素，分辨率为 300 像素 / 英寸的 "水墨画" 图像文件。

Step 2 设置前景色为黑色，选择工具箱中的画笔工具 ，选择【窗口】/【画笔】命令或按 "F5" 键打开 "画笔" 控制面板，并选择 "深描水彩笔" 样式，如图 3-44 所示。

 注意：在使用画笔工具进行绘制的过程中，可在工具属性栏中单击·改变画笔直径大小，也可直接按 "[" 键来减小直径，按 "]" 键来增大直径。

Step 4 继续使用当前的画笔沿枝条边缘绘制一些细节，从而突出枝条之间的层次感，如图 3-46 所示。

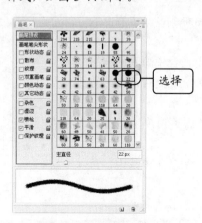

图 3-44 选择画笔

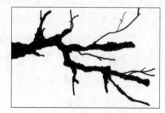

图 3-46 突出层次

Step 5 在工具属性栏中设置画笔的不透明度为 30%，然后设置前景色为灰色（R:105,G:108,B:102），使用不同直径的画笔在细小的枝条上进行涂抹，以突出枝条明暗层次，如图 3-47 所示。

Step 3 设置不同的画笔大小在图像中绘制出梅花枝条的大致形状，如图 3-45 所示。

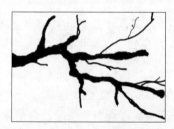

图 3-45 使用画笔工具绘制枝干

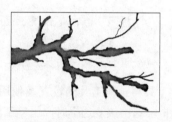

图 3-47 突出枝条明暗层次

Step 6 打开"画笔"调板，在其中选择"旋绕画笔60像素"画笔样式，在其工具属性栏中设置画笔的不透明度和流量都为50%，然后设置不同直径的画笔，将前景色设置为（R:240,G:136,B:188），单击梅花枝条绘制不同大小的花瓣，在花瓣颜色较深的地方可多单击几次，效果如图3-48所示。

板"按钮 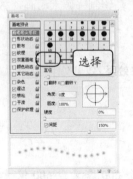，打开"画笔"调板，在其中选择"浓彩水彩笔"画笔样式，按照如图3-49所示进行设置。完成后在图像的右下方进行绘制，如图3-43所示。

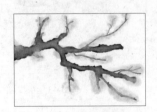

图3-48 绘制花瓣

Step 7 单击工具属性栏中的"切换画笔调

图3-49 设置画笔

【知识补充】选择工具箱中的画笔工具 ✎，其工具属性栏如图3-50所示。

图3-50 画笔工具属性栏

- "画笔"选项：用于设置画笔笔头的大小和使用样式，单击右侧的 ⋅ 按钮，可打开如图3-51所示的画笔设置面板。
- "模式"下拉列表框：用于设置画笔工具对当前图像中像素的作用形式，即当前使用的绘图颜色如何与图像原有的底色进行混合，与第3章中将详细讲解的图层混合模式相同。
- "不透明度"下拉列表框：用于设置画笔颜色的透明度，数值越大，不透明度越高。
- "流量"拉列表框：用于设置绘制时颜色的压力程度，值越大，画笔笔触越浓。

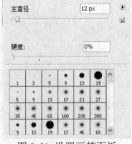

图3-51 设置画笔面板

- "喷枪工具"按钮 ✎：单击该按钮可以启用喷枪工具进行绘图。
- "切换画笔调板"按钮 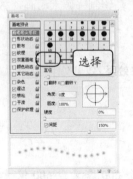：单击该按钮，将打开的"画笔"调板，在其中显示当前画笔样式的相关属性，如具有形状动态、散布、颜色动态、半径等属性，也可对这些属性进行更改或添加新的属性。

提示： 在画笔设置面板中单击 ▶ 按钮，可在弹出的菜单中选择相应的命令执行相关操作，如载入画笔操作等；在"画笔"调板中单击 ☰ 按钮，可在弹出的菜单中选择相应命令进行其相关的设置。

铅笔工具与画笔工具的设置及使用方法完全一样，只是在其工具属性栏中增加了一个"自动抹除"复选框，选中该复选框时，铅笔工具将具有擦除功能，即在绘制过程中笔头经过与前景色一致的图像区域时，将自动擦除前景色而填入背景色。

3.2.2　使用渐变工具

渐变指的是两种或多种颜色之间的过渡效果，在 Photoshop CS3 中包括了线性、径向、角度、对称和菱形 5 种渐变方式。

【例 3-7】使用渐变工具绘制"群山"图像，效果如图 3-52 所示。

　完成效果：效果文件\第3章\群山.psd

图 3-52　群山效果

Step 1　新建一个 500 像素 × 500 像素，分辨率为 300 像素/英寸的"群山"图像文件。

Step 2　选择工具箱中的渐变工具，设置前景色为淡蓝色（R:72,G:136,B:174），单击工具属性栏中显示框右侧的按钮，在弹出的列表框中选择"前景到背景"的渐变，如图 3-53 所示。

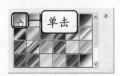

图 3-53　选择渐变样式

Step 3　将鼠标指针移动到图像下面，然后按住鼠标左键，并在按住"Shift"键的同时向上拖曳至图像底部，如图 3-54 所示，释放鼠标后得到如图 3-55 所示的线性渐变填充效果。

Step 4　使用工具箱中的套索工具在图像中绘制如图 3-56 所示的类似山脉的选区。

Step 5　选择渐变工具并在图像中单击

鼠标右键，在弹出的列表框中选择"前景到透明"的渐变方式。

图 3-54　拖曳鼠标　　　图 3-55　渐变填充

Step 6　设置前景色为蓝灰色（R:189,G:209,B:221），按照前面步骤 3 的方法，从选区底部向上进行渐变填充，取消选区后得到如图 3-57 所示的效果。

图 3-56　绘制选区 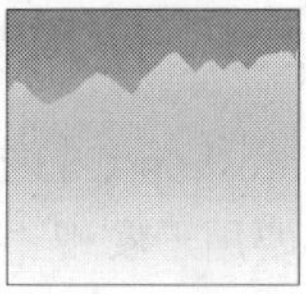　　　图 3-57　填充选区

Step 7　按照相同的方法绘制其他山脉，并填充为相应的颜色，最终效果如图 3-52 所示。

【知识补充】Photoshop CS3 中的线性、径向、角度、对称和菱形 5 种渐变方式的对应效果如图 3-58 所示。

图 3-58　各种渐变方式

提示：在进行渐变填充时，按住"Shift"键可以限制绘制的渐变线呈水平或垂直走向。

Photoshop 为用户提供有许多不同渐变样本，但有时却不能满足绘图的需要，这时就需要用户自己定义需要的渐变样本，双击渐变工具对应工具属性栏中的显示框，即可打开如图 3-59 所示的"渐变编辑器"对话框。

- 单击"预设"栏中的 按钮，可载入系统自带的渐变样式，单击 载入(L)... 按钮可载入其他样本。
- 单击颜色预览条底部的要改变颜色的滑块，使其变为，表示此滑块呈可用状态，然后单击"色标"栏下的颜色块，在打开"拾色器"对话框中选择一种颜色，此时该滑块处的颜色就会发生相应的变化，如图 3-60 所示。
- 若要增加更多的颜色过渡，只须在预览条底部单击即可增加滑块，如图 3-61 所示，再按照相同的方法设置颜色即可。

图 3-59 "渐变编辑器"对话框

图 3-60 设置颜色

图 3-61 添加滑块

 提示：选中滑块，单击 删除(D) 按钮或直接将其拖至颜色条外面，都可删除选中的滑块；选中颜色条上面的滑块，也可在"色标"栏中设置其颜色和位置等。

3.2.3 使用橡皮擦工具组

Photoshop CS3 提供的图像擦除工具包括橡皮擦工具、背景橡皮擦工具和魔术橡皮擦工具，主要用于实现不同的擦除功能。

【例 3-8】使用选区的相关知识，并结合橡皮擦工具的使用，为图像制作倒影效果，如图 3-65 所示。

 所用素材：素材文件\第 3 章\相机 .jpg
完成效果：效果文件\第 3 章\倒影效果 .psd

Step 1 打开"相机 .jpg"图像文件，使用魔棒工具选中相机图像，如图 3-62 所示。

Step 1 按"Ctrl+C"快捷键复制选区，再按"Ctrl+V"快捷键粘贴选区并自动生成图层 1，选择【编辑】/【变换】/【垂直翻转】命令，翻转图像并将其移动到原图像的下方，如图 3-63 所示。

Step 3 选择工具箱中的橡皮擦工具，在工具属性栏中设置画笔大小为 100px，不透明度为 80%，然后在图像中进行涂抹，以擦除部分

图像像素，如图 3-64 所示。

图 3-62 载入选区

图 3-63 翻转图像

Step 4 继续涂抹，得到图像的倒影效果，如图 3-65 所示。

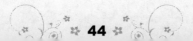

图 3-64　擦除图像像素　　　　　　　　　　　　　　　　图 3-65　得到倒影效果

【知识补充】使用背景橡皮擦工具 可以擦除图像中指定的颜色，使用方法与橡皮擦工具 一样，且在擦除时会不断吸取涂抹经过地方的颜色来作为背景色；而使用魔术橡皮擦工具 可以快速擦除选择区域内图像，使用方法同魔棒工具一样，只是使用魔术橡皮擦工具 不是建立选区，而是擦除图像，如图 3-66 所示。

图 3-66　使用魔术橡皮擦工具擦除的图像

提示： 按 "E" 键可以选择橡皮擦工具 ，按 "Shift+E" 快捷键可以在橡皮擦工具组中的 3 个擦除工具之间进行切换。

3.2.4　移动和复制图像

通过工具箱中的移动工具 可以方便地实现图像的移动和复制操作，既可以针对图像整体，还可针对图像的局部区域进行操作。

使用工具箱中的移动工具 在要移动的图像中进行拖曳即可移动图像，可以在同一个图像窗口中进行移动图像，也可将图像窗口中的图像移动至另一个图像窗口中，且原图像窗口中的图像不会消失，按住 "Alt" 键的同时使用移动工具 移动图像，当鼠标指针变为 形状时，表示可复制图像图层；若存在选区，移动时不会生成复制图层，如图 3-67 所示；直接使用移动工具在有选区的图像中移动，且鼠标指针变为 形状时移动，源图像会发生变化，如图 3-68 所示。

若在图像窗口中存在选区，除了前面所使用快捷键复制粘贴图像的方法外，还可选择【编辑】/【拷贝】命令复制选区内的图像，然后选择【编辑】/【粘贴】命令粘贴选区内的图像，如图 3-69 所示。

注意： 按 "V" 键可快速选择工具箱中的移动工具 ，当移动背景层时，系统会提示 "不能完成请求，因为图层已锁定"，表示不能移动背景图层。

图 3-67　移动复制图像　　　　　　图 3-68　移动图像　　　　　　图 3-69　使用菜单命令复制粘贴图像

3.2.5 变换图像

变换图像与变换选区的操作相似，变换图像包括缩放图像、旋转与斜切图像、扭曲与透视图像和翻转图像等操作。

【例 3-9】使用复制图像和变换图像的操作制作镜像图像效果。

所用素材：素材文件\第3章\女孩.jpg
完成效果：效果文件\第3章\镜像图像.psd

Step 1 打开"女孩.jpg"图像文件，使用魔棒工具 选择人物，选择时设置羽化为5像素，如图 3-70 所示。

Step 2 复制并粘贴选区内的图像，系统将自动生成图层1，如图 3-71 所示。

Step 3 选择【编辑】/【变换】/【水平翻转】命令，水平翻转图像，并将其移动到合适位置，如图 3-72 所示。

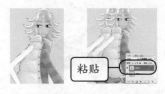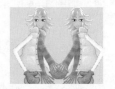

图 3-70 选择人物　图 3-71 复制图像　图 3-72 移动图像

【知识补充】按"Ctrl+T"快捷键后图像的四周会出现变换框，单击鼠标右键，在弹出的快捷菜单中选择相应的命令即可按指定进行变换，其变换方法与变换选区的方法相同，这里不再具体讲解。

3.2.6 裁剪图像

当图像中存在不需要的图像，可以使用工具箱中的裁剪工具 ，将不需要的部分去掉。

将鼠标移到图像窗口中，按住鼠标左键不放绘制选框，框选要保留图像的区域，如图 3-73 所示。在保留区域四周有一个定界框，拖曳定界框上的控制点可调整其选框的大小，如图 3-74 所示。

按"Enter"键完成裁剪图像。

图 3-73 绘制选框　　　　　　　　　图 3-74 调整选框大小

3.3 修复与修饰工具

通过 Photoshop 绘制或使用数码相机拍摄获得的图像往往存在一些不足，如具有明显的人工处理痕迹、没有景深感、色彩不平衡、明暗关系不明显以及存在曝光和杂点等，这时就需要利用修复与修饰工具来消除这些问题。

3.3.1 使用图章工具组

图章工具组由仿制图章工具 和图案图章工具 组成，可以使用颜色或图案填充图像或选区，以得到图像的复制或替换。

【例3-10】使用仿制图章工具为人物的衣服制作纹理效果。

所用素材：素材文件\第3章\衣服.jpg、纹理.jpg
完成效果：效果文件\第3章\添加纹理.psd

Step 1 打开"衣服.jpg"和"纹理.jpg"图像文件，如图3-75所示。

图3-75 打开图像文件

Step 2 选择磁性套索工具，适当放大图像，沿人物衣服的边缘绘制选区，然后选择仿制图章工具，并在其工具属性栏中设置画笔大小为

150px，不透明度为40%，模式设置为线性加深，取消选中"对齐"复选框，然后按住"Alt"键的同时在"纹理.jpg"图像文件中单击取样，如图3-76所示。

Step 3 选择"衣服.jpg"图像文件，然后在衣服选区内进行涂抹，完成后按"Ctrl+D"快捷键取消选区，效果如图3-77所示。

图3-76 单击取样图像　　图3-77 添加后的纹理效果

【知识补充】使用图案图章工具可以将Photoshop CS3自带的图案或自定义的图案填充到图像中，使用方法与使用画笔工具绘制图案一样，只需选择工具箱中的图案图章工具，单击工具属性栏中的下拉形表框，在弹出的图案面板中选择一种填充图案 在图像中涂抹即可。

提示：按"S"键可以快速选择仿制图章工具，按"Shift+S"快捷键可在仿制图章工具和图案图案工具之间进行切换。

3.3.2 使用修复工具组

修复工具组常用于修复图像中的杂点、划痕和红眼等，在婚纱照等照片处理方面应用最为广泛。该工具组由污点修复画笔工具、修复画笔工具、修补工具和红眼工具组成。

【例3-11】使用污点修复画笔工具将打开的图像中的斑点去掉，如图3-79所示。

所用素材：素材文件\第3章\花朵.jpg
完成效果：效果文件\第3章\去除斑点.jpg

Step 1 打开"花朵.jpg"图像文件，发现花朵上有一些枯萎的地方，选择污点修复工具，在工具属性栏中不断改变画笔主直径大小，在枯萎的地方单击，如图3-78所示。

Step 2 系统会自动在单击处取样图像，并将取样后的图像平均处理后填充到单击处，使

用相同的方法修复其他位置，效果如图3-79所示。

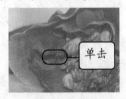 

图3-78 移动鼠标指针到修复区域　　图3-79 修复后的图像效果

【知识补充】除了污点修复画笔工具的使用外，还可以使用其他 3 种工具进行修复图像。

● 修复画笔工具：使用该工具在修复图像时与仿制图章工具的使用方法相似，在修复前也需按住"Alt"键不放取样，然后在要修复的图像区域按住鼠标左键不放进行拖曳，修复后的区域会与周围区域有机融合在一起。

● 修复画笔工具：该工具的使用方法与自由套索工具一样，需要将要修复的图像选中，然后将其拖曳到与修复区域大致一样的图像区域，释放鼠标系统会自动进行修复。

● 红眼工具：使用该工具可移去照片的人物眼睛中由于闪光灯引发的红色、白色或绿色反光斑点，将鼠标指针移至眼睛的红色斑点处并单击，即可去掉红眼。

 提示：按"J"键可以选择仿制污点修复画笔工具，按"Shift+J"快捷键可以在修复画笔工具组中的 4 个工具之间进行切换。

3.3.3 使用历史记录画笔工具组

历史记录画笔工具组包括历史记录画笔工具和历史记录艺术画工具笔，使用历史记录画笔工具组可以恢复图像某一部分的历史状态，而不改变其他区域。

使用历史记录画笔工具可以在图像的某个历史状态上恢复图像，图像中未被修改过的区域将保持不变。其使用方法与画笔工具相同，这里不再具体介绍。鼠标指针经过的位置即会恢复为图像的原貌，而图像中未被修改过的区域保持不变。

使用历史记录艺术画笔工具恢复图像，将产生一定的艺术笔触，它将图像的颜色分化为类似粉状的艺术笔触，适用于制作艺术图像，如图 3-80 所示。

图 3-80 使用历史记录艺术画笔工具涂抹后的图像

3.3.4 使用模糊工具组

模糊工具组由模糊工具、锐化工具和涂抹工具组成，主要用于降低或增强图像的对比度和饱和度，从而使图像变得模糊或更清晰。

【例 3-12】使用模糊工具在打开的图像中绘制模拟远景的效果。

所用素材：素材文件\第3章\山.jpg
完成效果：效果文件\第3章\远景效果.jpg

Step 1 打开"山.jpg"图像文件，选择工具箱中的模糊工具，在工具属性栏中设置画笔为 100px，强度为 50%，如图 3-81 所示。

Step 2 在图像中远处的景物上进行涂抹，完成后的效果如图 3-82 所示。

图 3-81 打开图像文件　　图 3-82 涂抹后的效果

【知识补充】模糊工具组中各工具的使用方法相同，下面对其余两种工具的作用进行介绍。

● 锐化工具 △：该工具的作用与模糊工具相反，它能使模糊的图像变得清晰，通常用于增加图像的细节表现。

● 涂抹工具 ✋：使用该工具可以模拟手指绘图在图像中产生颜色流动的效果，常用来处理后期效果图中的毛料制品，在制作烟雾效果中也会用到。

3.3.5　使用减淡工具组

减淡工具组由减淡工具 🔍、加深工具 ✋ 和海绵工具 ⬭ 组成，常用来调整图像的亮度或饱和度。

【例 3-13】使用加深工具和减淡工具制作鸡蛋，如图 3-83 所示。

 完成效果：效果文件\第 3 章\鸡蛋.jpg

图 3-83　鸡蛋效果

Step 1　新建一个 500 像素 × 500 像素、分辨率为 92 像素 / 英寸的图像文件，然后选择工具箱中的椭圆工具 ◯，绘制一个椭圆选区并填充为黄色（R:235,G:190,B:150），如图 3-84 所示。

Step 2　选择工具箱中的加深工具 ✋，设置画笔为 80 像素，曝光度为 15%，然后在选区内的图像中进行涂抹。加深背光部分的阴影，如图 3-85 所示。

Step 3　选择工具箱中的减淡工具 🔍，在

图像中绘制出亮光区域，取消选区后的效果如图 3-83 所示。

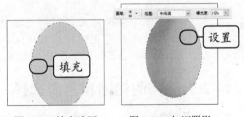

填充　　设置

图 3-84　填充选区　　图 3-85　加深阴影

【知识补充】海绵工具 ⬭ 主要用于加深或降低图像的饱和度，产生像海绵吸水一样的效果，从而使图像失去光泽感。

 提示：按 "O" 键可以快速选择减淡工具，按 "Shift+O" 快捷键可以在减淡工具 🔍、加深工具 ✋ 和海绵工具 ⬭ 之间进行切换。

3.4　应用实践——制作卡通风景插画

插画即是平常所看的报纸、杂志、各种刊物或儿童图画书里，在文字间所加插的图画。在现代设计领域中，插画设计可以说是最具有表现意味的，并具有自由表现的个性，要创作出优秀的插画作品，必须对事物有较深刻的理解。插画的创作表现可以是具象，也可以是抽象，其创作的自由度极高，依照用途可以分为书刊插画、广告插画和科学插画等。

本例以儿童书籍绘制一幅卡通风景插画为例，在 Photoshop 中使用所学的各种工具制作如图 3-86

所示的卡通风景插画效果，相关要求如下。

- 插画名称：卡通风景插画。
- 制作要求：突出插画主题为秋季，运用的色彩要符合季节。
- 插画大小：500像素×600像素。
- 分辨率：300像素/英寸。
- 色彩模式：RGB。

图3-86　卡通风景插画效果

完成效果：效果文件\第3章\卡通风景插画.psd

3.4.1　根据要求确定插画主题

在本例中，要求是为儿童书籍绘制插画，因此首先需要根据书中的相应文章确定插画的主题，本例主要是以秋季的风景为主题来绘制插画。

提示：在确定主题时，还应该注意绘制的插画不宜太复杂，因为绘制的是儿童书籍插画，其色彩和其他相关景物不宜太多，但又必须符合要求。

3.4.2　插画的构图和色彩选择

在绘制插画之前，可先在纸稿上涂出大致结构，再根据需要绘制细节，然后再从网上或书上找一些相关的参考图片，观察秋季的特点，最后进行色彩选择。

- 在构图时，要注意远景和近景的区分，远景的景物较小且并不很清晰，而近景的景物则是眼前所见景色，清晰且细致。
- 因为是绘制秋天的景色，因此要观察秋天的标志性景色都有哪些，且各有什么特点。如图3-87所示为一幅秋季特有的枫叶图片。
- 在色彩的选择上，要注意贴合实际，秋季最醒目的色彩便是金黄色，因此在填充色彩时，要注意不要偏离生活。如图3-88所示为一幅典型的秋季的季节色彩。

图 3-87　图像 1

图 3-88　图像 2

3.4.3 风景插画的创意分析与设计思路

插画的类别多种多样，而插画中个人的主观情感体现较明显，因此在绘制时，首先要想好绘制的插画类别，然后再进行构图。本例的插画制作重点是要突出秋季的季节性。

根据本例的制作要求，还可以进行如下一些分析。

● 本例制作的风景插画，主要用于书籍的配图，因此大小上没有特殊要求。

● 本例以秋季的风景作为主要绘制对象，绘制时要把握好色彩的设置。

本例的设计思路如图 3-89 所示，具体设计如下。

● 使用渐变工具和套索工具绘制出天空和草地的图像，并使用画笔工具绘制云彩。

● 使用套索工具、加深工具绘制树木，再使用移动工具绘制多个树木，并变换各自的大小、形状等。

● 使用画笔工具绘制树枝，再设置画笔样式绘制枫叶和草图像，完成制作。

绘制天空和草地　　　　绘制云彩和树木　　　　绘制枫叶　　　　绘制草

图 3-89　绘制卡通风景插画的操作思路

3.4.4 完成任务

1. 制作插画背景

Step 1 新建一个 500 像素 ×600 像素、分辨率为 300 像素/英寸的空白图像文件，然后使用橙色（R:253,G:132,B:40）到黄色（R:253,G:240,B:178）的线性渐变填充，如图 3-90 所示。

图 3-90　填充颜色

Step 2 使用套索工具在图像下方绘制选区，单击"图层"控制面板中的"创建新图层"按钮 新建图层，使用黄色（R:247,G:198,B:6）到黄色（R:248,G:232,B:131）的线性渐变填充，如图 3-91 所示。

Step 3 使用相同的方法新建图层并绘制

选区，填充颜色后的效果如图 3-92 所示。

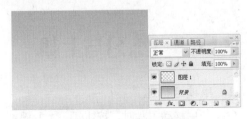

图 3-91　绘制选区并填充颜色

2. 绘制景物

Step 1 在工具箱中选择画笔工具 ，设置前景色为白色，在画笔属性栏中设置画笔为柔角 100 像素，设置不透明度为 50%，在图像中绘制出云的形状，绘制时要不断调整画笔直径和不透明度，如图 3-93 所示。

Step 2 新建图层，使用画笔工具 绘制出树的形状，树干颜色为棕色（R:123,G:95,B:11），树叶颜色为黄色，并使用加深工具加深树下方的颜色，如图 3-94 所示。

Step 3 使用移动工具，按住"Alt"键不放，选择树形图层，按鼠标左键拖出几个树的图层，并按"Ctrl+T"快捷键调整大小与位置，如图 3-95 所示。

分别为黄色（R:240,G:215,B:10）和黄色（R:210,G:155,B:6），效果如图 3-97 所示。

图 3-92　继续绘制图像　　　　图 3-93　绘制云朵

图 3-94　绘制树木　　　　图 3-95　绘制其他树木

Step 4　使用画笔工具绘制树枝，填充颜色为棕色（R:160, G:58, B:8）；继续选择"散步枫叶"画笔，设置颜色为红色，并不断调整其画笔直径在树枝周围绘制，如图 3-96 所示。

Step 5　继续使用"Dune Grass"和"Grass"画笔在图像中绘制草图像，设置前景色和背景色

图 3-96　绘制枫叶　　　　图 3-97　完成景物的绘制

注意：在绘制时，若新建的图层挡住了前面所绘制的图像，只需单击该图层，按住鼠标左键不放拖曳到目标图层下面即可。

▌3.5▐　练习与上机

1. 单项选择题

（1）使用移动工具时，按住（　　）键不放，可以在移动的同时复制图像。

　　A．Shift　　　　　　　B．Alt　　　　　　　C．Ctrl　　　　　　　D．Alt+Shift

（2）按（　　）快捷键的作用为取消选区。

　　A．Shift+Alt　　　　　B．Ctrl+D　　　　　C．Ctrl+C　　　　　D．Ctrl+V

（3）（　　）通常用来校正由于曝光等原因产生的红眼。

　　A．红眼工具　　　　　B．减淡工具　　　　C．修补工具　　　　D．修复画笔工具

（4）下面属于修改选区操作的是（　　）。

　　A．移动选区　　　　　B．选择选区　　　　C．变换选区　　　　D．扩展选区

2. 多项选择题

（1）修改选区包括以下（　　）选项。

　　A．平滑　　　　　　　B．扩展　　　　　　C．边界　　　　　　D．描边

（2）下列（　　）工具可以在其工具属性栏中使用选区运算。

A. 单行选框工具　　　　　　　　　B. 自由套索工具

C. 喷枪工具　　　　　　　　　　　D. 魔棒工具

（3）在 Photoshop 中，通过下列（　　　）途径可以创建选区。

A. 利用选框工具组　　　　　　　　B. 利用套索工具组

C. 利用魔棒工具　　　　　　　　　D. 利用画笔工具组

（4）下面的（　　　）工具可以用于修复图像中的杂点、蒙尘、划痕及褶皱等。

A. 污点修复工具　　　　　　　　　B. 修复工具

C. 修补工具　　　　　　　　　　　D. 涂抹工具

（5）关于复制图像的描述，下列说法正确的有（　　　）。

A. 只使用移动工具可实现图像复制。

B. 按住"Alt"键不放的同时使用移动工具可复制图像。

C. 当存在选区时，按住"Alt"键不放的同时使用移动工具可复制图像。

D. 当存在选区时，选择【编辑】/【拷贝】命令可复制选区内的图像。

3. 简单操作题

根据提供的如图 3-98 所示的"照片 .jpg"图像文件，利用仿制图章工具等，制作如图 3-99 所示的效果。

提示：打开图像文件，首先使用裁剪工具修正照片，使用污点修复画笔工具和仿制图章工具将照片中不需要的树叶和人物图像去除，使用锐化工具在照片图像中进行涂抹，使照片中的图像更加清晰，使用减淡工具和海绵工具进一步修饰照片图像，使照片颜色更加明亮、鲜艳。

所有素材：素材文件\第 3 章\照片 .jpg

完成效果：效果文件\第 3 章\修饰照片 .psd

图 3-98　原图

图 3-99　调整后的效果

4. 综合操作题

要求绘制儿童图书的插画，要求文件大小为 1000 像素 ×900 像素，分辨率为 300 像素 / 英寸，色彩模式为 RGB 模式，保留图层，最终效果如图 3-100 所示。

 完成效果：效果文件\第3章\儿童图书插画.psd

图3-100　儿童图书插画效果

拓展知识

插画也称为插图，现今流行于市场的商业插画主要包括出版物插图、卡通吉祥物、影视与游戏美术设计和广告插画等4种形式。

一、插画的应用

随着插画的演变，现代插画涉及文化活动、社会公共事业、商业活动和影视文化等多个方面。在平面设计的领域中，接触的插画多为文学插画和商业插画。文学插画主要是再现文章情节、体现文学精神的可视艺术形式；商业插画主要是为企业或产品传递商品信息，集艺术与商业为一体的一种图像表现形式。

除了使用纸、笔和颜料等进行的手绘插画外，也可使用计算机进行绘图，主要应用到的绘图软件有Illustrator、Photoshop和Painter等，其中Illustrator是矢量式绘图软件，Photoshop是点阵式，而Painter则可以模仿手绘笔调，如图3-101所示为使用Painter绘制的插画，其中结合数位板的使用，在Painter里绘制插画可得到事半功倍的效果，当代的很多插画家使用的插画软件多为Painter。

二、插画的设计

最初的插画主要是依附于故事的插图，而现在也包括单纯起装饰作用的美术设计。要画好插画，需要具有一定的美术功底，如素描和速写等，这主要是增加对光影和构图的了解。

图3-101　使用Painter绘制的插画

无论是传统的手绘插画，还是使用计算机绘制的插画，都是一个相对比较独立的创作过程，具有很强烈的个人主观情感。插画的形式多种多样，在设计时，并不拘泥于如分辨率和画布大小等设置，这些都可根据设计的需要进行设置（设计前最好做好构图准备），对于使用Photoshop进行插画绘制来说，结合数位板的使用能提高其绘制效率，即绘制的线条更加平滑，然后再使用Photoshop进行上色。

三、插画欣赏

来源于视觉中国网站。

第一幅插画为英国插画师Alexander Wells的作品，他的作品中对色彩和线条的运动非常到位，都有很强烈的空间感，用比较暗的色调来烘托诡谲的氛围，以及人类对于未来和科学的猜想，能引发看者一系列的回味。

第二幅插画为法国插画家 Charlotte Gastaut 的作品。他的作品中都有非常浓郁饱满的画面，笔下的小女孩被描绘得如此天真可爱，在色彩上有很强的感染力。

幻·觉 （英国插画师 Alexander Wells）　　　　做一个自由的女孩 （法国插画家 Charlotte Gastaut）

第**4**章
使用图层、蒙版和通道

📖 **本章要点**

- 使用图层
- 使用蒙版
- 使用通道
- 制作房地产广告

📖 **内容简介**

本章主要讲述 Photoshop 中关于图层、蒙版和通道的操作，包括图层、蒙版和通道的相关知识等。通过本章内容的学习，快速掌握图层、蒙版和通道的操作，并学会广告的设计与制作方法。

4.1　使用图层

图层是 Photoshop CS3 中图像的载体，一幅复杂的图像都是由若干个图层组合而成的，灵活使用图层是图像处理的关键。

4.1.1　认识图层面板

默认情况下，"图层"控制面板位于工作界面的右侧，用于存储、创建、复制或删除等图层管理操作。任意打开一幅有多个图层的图像，其"图层"控制面板如图 4-1 所示。

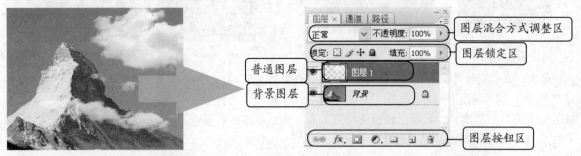

图 4-1　"图层"控制面板

"图层"控制面板中各选项含义如下。

- 背景图层：它是"图层"面板中最初的图层，在其右侧有一个图标，表示该图层被锁定，不能进行移动、重命名等操作，要将其转换为普通图层，可双击该图层，在打开的"新建图层"对话框中单击 确定 按钮。
- 普通图层：位于背景图层之上，图层的最初名称由系统自动生成，也可根据需要更改其名称，并可任意对这些图层进行操作。
- 图层混合方式调整区：在该区域内可以任意调整当前图层的混合模式和不透明度。
- 图层锁定区：该区域包括 按钮、 按钮、 按钮和 按钮，分别表示锁定图层的透明像素、锁定图层的图像像素、锁定图层的位置和锁定整个图层，其中还包括调整图层的填充度。
- 图标：用于隐藏图层，单击该图标，使其变为 图标时，即可隐藏该图层中的图像。
- 图层按钮区：包括 按钮、 按钮、 按钮、 按钮、 按钮、 按钮和 按钮，分别表示链接图层、添加图层样式、添加图层蒙版、创建新的填充或调整图层、创建新组、创建新图层和删除图层。

4.1.2　创建和编辑图层

创建和编辑图层主要是指图层的基本操作，包括选择、新建、复制、删除和排列等。

【例 4-1】使用图层的相关编辑操作制作一张 VIP 卡，最终效果如图 4-2 所示。

完成效果：效果文件\第 4 章\VIP 卡.psd

Step 1 新建一个 500 像素 × 500 像素的 "VIP 卡" 图像文件，分辨率为 300 像素 / 英寸。

Step 2 将前景色设置为蓝色（R:0,G:51,B:135），然后按 "Alt+Delete" 快捷键填充背景，如图 4-3 所示。

图 4-2　VIP 卡效果　　　图 4-3　填充背景颜色

Step 3 单击 "图层" 控制面板底部的 "创建新图层" 按钮，新建 "图层 1"，将前景色设置为黑色；然后选择工具箱中的圆角矩形工具，并在工具属性栏中单击 "填充像素" 按钮，设置半径为 30px，在图像窗口中绘制出如图 4-4 所示的圆角矩形。

Step 4 按住 "Ctrl" 键的同时单击 "图层 1"，将 "图层 1" 中的矩形载入选区，通过对选区变换，调整成如图 4-5 所示形状。

图 4-4　绘制矩形　　　　图 4-5　变换选区

Step 5 新建图层，将背景色设置为黄色，按 "Ctrl+Delete" 快捷键填充选区，然后将 "图层 1" 载入选区，并按 "Shift+Ctrl+I" 快捷键反选，单击选择 "图层 2"，按 "Delete" 键删除超出矩形外的图像，按 "Ctrl+D" 快捷键取消选区后的效果如图 4-6 所示。

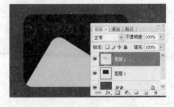

图 4-6　删除多余图像

Step 6 使用相同的方法将 "图层 2" 所在

图层载入选区进行变换，然后新建图层，并填充为红色，然后删除多余图像，如图 4-7 所示。

Step 7 选择工具箱中的横排文字工具 T，并在工具属栏中设置字体为华文琥珀，字号为 7 点，颜色为黄色，在图像中输入 "VIP" 文本，按 "Enter" 键确认，如图 4-8 所示。

图 4-7　继续绘制图形　　　图 4-8　输入文字

Step 8 继续在图像窗口输入 "会员卡" 和 "NO.1234567" 文本，字号都为 4 点，确认输入后的效果如图 4-9 所示。

Step 9 按住 "Shift" 键的同时选择除背景图层外的所有图层，然后按 "Ctrl+E" 快捷键合并图层，完成后按 "Ctrl+J" 快捷键复制合并后的图层，如图 4-10 所示。

图 4-9　完成文字的输入　　　图 4-10　复制图层

Step 10 垂直翻转图像，将其移到原图像的下方，设置图层的不透明度为 20%，如图 4-11 所示。

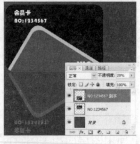

图 4-11　设置图层不透明度

Step 11 选择工具箱中的橡皮擦工具，设置其不透明度为 30%，擦除多余图像，最终效果如图 4-2 所示。

　　【知识补充】在实例中主要用到了新建、复制和合并图层等基本操作，下面对其他编辑图层的相关操作进行讲解。

- 选择图层：按住"Ctrl"键可选择多个不连续的图层。
- 新建图层：选择【图层】/【新建】/【图层】命令或按"Shift+Ctrl+N"快捷键，可在打开"新建图层"对话框中新建图层。
- 复制图层：将要复制的图层拖曳到控制面板底部的"创建新图层"按钮 🔲 上，或选择【图层】/【复制图层】命令，在打开的"复制图层"对话框中进行复制。
- 删除图层：选择要删除的图层，单击"图层"控制面板底部的"删除图层"按钮 🗑 ，或选择【图层】/【删除】/【图层】命令，或按"Delete"键都可删除所选图层。
- 调整图层顺序：按住鼠标左键不放将图层拖至目标位置，当目标位置显示一条高光线时释放鼠标即可调整图层之间的顺序。
- 链接图层：选择多个图层后，单击"图层"控制面板底部的"链接图层"按钮 🔗 ，选择【图层】/【链接图层】命令。
- 对齐与分布图层：选择【图层】/【对齐】（或【分布】）命令，在弹出的子菜单中选择所需的命令即可；也可通过选择工具箱中的移动工具 ，在工具属性栏中对齐按钮组 上（分布按钮组 上）单击相应的对齐（分布）按钮即可。

　　提示：对齐图层需要选择两个以上的图层；而分布图层则需要选择 3 个以上的图层。

- 合并图层：选择【图层】/【向下合并】命令表示将当前图层与它底部的第一个图层进行合并；选择【图层】/【合并可见图层】命令表示将当前所有的可见图层合并成一个图层；选择【图层】/【拼合图像】命令表示将所有可见图层进行合并，而丢弃隐藏的图层。

4.1.3　设置图层的混合模式

　　设置图层的混合模式在图像处理过程中起着非常重要的作用，用于调整图层间的相互关系，从而生成新的图像效果。

　　【例 4-2】使用图层的混合模式制作海市蜃楼效果，最终效果如图 4-12 所示。

图 4-12　海市蜃楼效果

所用素材：素材文件\第4章\沙漠.jpg、金字塔.jpg
完成效果：效果文件\第4章\海市蜃楼.psd

Step 1　打开"沙漠.jpg"和"金字塔.jpg"图像文件。

Step 2　选择"金字塔.jpg"图像窗口，使用套索工具 ，并设置羽化为 30 像素，绘制如图 4-13 所示的选区。

Step 3　选择工具箱中的移动工具 ，将其移动到沙漠图像中，并进行斜切变换，如图 4-14 所示。

Step 4　将该图层的不透明度设置为 50%，在左侧的下拉列表框中选择"叠加"选项，将图

层的混合模式设置为叠加，如图 4-15 所示。

图 4-13　绘制选区

图 4-14　变换图像

图 4-15　设置图层的混合模式

【知识补充】在 Photoshop CS3 中包括有 25 种图层混合模式，主要分为 6 大类，下面进行具体讲解。

● 基础型混合模式：包括"正常"和"溶解"两个选项，都利用图层的不透明度及填充不透明度来控制与下面的图像进行混合的。不透明度的数值越低，就越能看到更多下面的图像。

● 降暗图像型混合模式：包括"变暗"、"正片叠底"、"颜色加深"、"线性加深"和"深色"5个选项，用于滤除图像中的亮调图像，从而达到使图像变暗的目的。

● 提亮图像型混合模式：包括"变亮"、"滤色"、"颜色减淡"、"线性减淡（添加）"和"浅色"5个选项，用于滤除图像中的暗调图像，从而达到使图像变亮的目的。

● 融合图像型混合模式：包括"叠加"、"柔光"、"强光"、"亮光"、"线性光"、"点光"和"实色混合"7个选项。用于不同程度地使上下两图层中的图像进行融合。

● 变异图像型混合模式：包括"差值"和"排除"两个选项，用于制作各种变异的图像效果。

● 色彩叠加型混合模式：包括"色相"、"饱和度"、"颜色"和"明度"4个选项，主要依据图像的色相、饱和度等基本属性来使图像之间的混合。

4.1.4　添加图层样式

使用图层样式可以为图像制作出许多丰富的效果，并且可增强图像的层次感、透明感和立体感等。

【例 4-3】使用图层样式制作水晶花花瓣图像，最终效果如图 4-16 所示。

完成效果：效果文件 \ 第 4 章 \ 水晶花瓣 .psd

图 4-16　水晶花瓣效果

Step 1　新建 500 像素 × 500 像素，分辨率为 300 像素 / 英寸的"水晶花瓣"图像文件。新建图层，选择工具箱中的自定形状工具，在其工具属性栏中单击·按钮，在弹出的列表框中选择"花 4"形状，如图 4-17 所示。

Step 2　设置前景色为粉色（R:255,G:105,B:183），然后按住"Shift"键绘制花朵，如图 4-18所示。

Step 3　双击"图层 1"，打开"图层样式"对话框，在其左侧单击选中"投影"复选框，然后

在右侧进行参数设置，设置"混合模式"下拉列表框旁的颜色为红色（R:251,G:0,B:130），距离为 6 像素，大小为 5 像素，如图 4-19 所示。

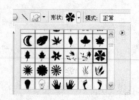
图 4-17　选择形状

图 4-18　绘制花朵

提示：单击"图层"控制面板下方的"添加图层样式"按钮 fx.，或选择【图层】/【图层样式】命令，在弹出的菜单中选择需要的命令也可打开"图层样式"对话框。

方的 ⊙□ 颜色块，在打开的"拾色器"对话框中设置颜色为红色（R:251,G:166,B:210），在"图素"栏中设置阻塞为 10%，大小为 30 像素，如图 4-21 所示。

Step 6　选中对话框左侧的"斜面和浮雕"复选框，在右侧进行如图 4-22 所示的设置，其中在"阴影"栏中的"阴影模式"下拉列表框右侧的颜色为红色（R:246,G:65,B:148）。

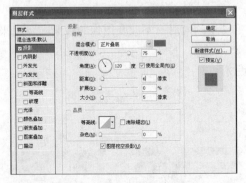

图 4-19　设置投影图层样式

图 4-21　设置内发光　　图 4-22　设置斜面和浮雕

Step 4　继续选中对话框左侧的"内阴影"复选框，在右侧设置"混合模式"下拉列表框旁的颜色为红色（R:237,G:3,B:124），距离和大小分别为 16 像素和 13 像素，如图 4-20 所示。

Step 7　选中"等高线"复选框，单击下拉按钮，在列表框中选择半圆形状的等高线，然后设置不透明度为 40%，如图 4-23 所示。

Step 8　单击 确定 按钮关闭"图层样式"对话框，效果如图 4-24 所示。

图 4-20　设置内阴影图层样式

图 4-23　设置等高线　　图 4-24　设置后的效果

Step 5　继续选中对话框左侧的"内发光"复选框，在右侧设置不透明度为 60%，单击下

Step 9　按"Ctrl+J"快捷键复制"图层 1"，然后对其进行变换，最终效果如图 4-16 所示。

【知识补充】在 Photoshop CS3 中包括有投影、内阴影、外发光、内发光、斜面和浮雕、光泽、颜色叠加、渐变叠加、图案叠加和描边等 10 多种图层样式。

在为图像添加图层样式后，可以在"图层"控制面板中展开和折叠图层样式并修改不满意的图层样式效果，还可以通过复制为其他图层指定相同的图层样式，下面进行具体讲解。

- 展开和折叠图层样式：为图层添加图层样式效果后的图层名右侧都带有 fx. 图标，表示单击该图标按钮可展开图层样式，再次单击即可折叠图层样式。
- 修改图层样式效果：若需要对图层上已添加的图层样式进行修改，只需在"图层"控制面板中双击相应的图层效果名称，然后在打开的"图层样式"对话框中修改参数即可。
- 复制图层样式：在应用图层样式的图层 fx. 图标上单击鼠标右键，在弹出的快捷菜单中选择

"拷贝图层样式"命令，然后在要应用该样式的图层上单击鼠标右键，在弹出的快捷菜单中选择"粘贴图层样式"命令即可。

 提示：在应用图层样式的图层上或 fx 图标上单击鼠标右键，在弹出的快捷菜单中选择"清除图层样式"命令，可清除图层样式。

4.1.5 创建填充或调整图层

填充和调整图层是作为一个独立的图层，在影响下方图层的同时又不改变图像的像素，可用来调整照片的色彩等。

【例4-4】使用创建填充图层的操作调整照片的图像色彩。

 所有素材：素材文件\第4章\夹子.jpg
完成效果：效果文件\第4章\调整图像颜色.psd

Step 1 打开"夹子.jpg"图像文件，如图4-25所示，单击"图层"控制面板下的"创建新的填充或调整图层"按钮 ，在弹出的菜单中选择"色彩平衡"命令，打开"色彩平衡"对话框。

Step 2 设置色阶分别为34，34，38，单击 确定 按钮后的效果如图4-26所示。

图4-25 "夹子.jpg"图像文件　图4-26 调整图像颜色

【知识补充】选择【图层】/【新建填充图层】（或【新建调整图层】）命令，在弹出的子菜单中选择相应的命令也可创建新的填充或调整图层。

4.2 使用蒙版

蒙版的作用和选区相反，当用户对图像中蒙版以外的区域进行处理时，蒙版区域内的图像不发生变化。在Photoshop CS3中的蒙版可创建快速蒙版、图层蒙版、剪贴蒙版和文字蒙版。

4.2.1 添加和编辑图层蒙版

使用图层蒙版可以控制图层中不同区域图像的隐藏或显示。

【例4-5】使用图层蒙版合成图像。

 所有素材：素材文件\第4章\城堡.jpg、草地.jpg
完成效果：效果文件\第4章\合成图像.psd

Step 1 打开"城堡.jpg"和"草地.jpg"图像文件，使用移动工具 将草地图像移动到城堡的图像中，自动形成"图层1"，变换到合适的

大小，如图4-27所示。

Step 2 单击"图层"控制面板下方的"添加图层蒙版"按钮 ，为"图层1"添加图层蒙

版。然后选择工具箱中的渐变工具，使用从黑色到白色的线性渐变填充，效果如图 4-28 所示。

图 4-28　添加图层蒙版

图 4-27　变换图像

Step 3　将前景色设置为黑色，使用画笔工具在图像中进行涂抹，画笔的笔触为柔角，不透明度设置为 40%，涂抹后的效果如图 4-29 所示。

图 4-29　使用画笔涂抹

提示：选择【图层】/【图层蒙版】命令，在弹出的子菜单中选择"显示全部"命令，将创建一个空白蒙版；选择"隐藏全部"命令，将创建一个全黑蒙版；选择"显示选区"命令，将根据图层中的选区创建蒙版，只显示选区中的图像；选择"隐藏选区"命令，将选区反转后创建蒙版，屏蔽选区内的图像，其他区域的图像仍然显示。

【知识补充】用户在"图层"控制面板中的蒙版的缩略图上单击鼠标右键，在弹出的快捷菜单中选择"删除图层蒙版"命令，可删除选择的图层蒙版。

4.2.2　添加矢量蒙版

矢量蒙版可以在图像中添加边缘清晰分明的设计元素。先复制背景图层，然后使用路径工具或形状工具在图像中创建路径，然后选择【图层】/【矢量蒙版】/【当前路径】命令，即可将当前路径转换为矢量蒙版，隐藏背景图层前后效果如图 4-30 所示。

图 4-30　原图像与创建矢量蒙版后的图像效果

选择【图层】/【矢量蒙版】/【显示全部】命令，可为图像创建一个默认的矢量蒙版，完成后可在该矢量蒙版中创建所需路径，也可在创建路径后选择选择【图层】/【矢量蒙版】/【当前路径】命令，将当前绘制的路径创建为矢量蒙版。

在矢量蒙版的图层缩略图上单击鼠标右键，在弹出的快捷菜单中选择相应的命令，可停用或删除矢量蒙版等。

4.2.3 添加剪贴蒙版

剪贴蒙版是利用一个图层作为蒙版，在该图层上所有被设置了剪贴蒙版的图层都将以该图层的透明度作为标准。

【例4-6】通过剪贴蒙版为图像换取背景，最终效果如图4-31所示。

所有素材：素材文件\第4章\房子.jpg、蓝天.jpg
完成效果：效果文件\第4章\更换背景.psd

图4-31　更换背景后的效果

Step 1　打开"房子.jpg"和"蓝天.jpg"图像文件，选择"房子.jpg"图像文件，按"Ctrl+J"快捷键复制背景图层。

Step 2　选择工具箱中的魔棒工具，将图像中的背景载入选区，如图4-32所示。

Step 3　新建"图层1"，并按"Alt+Delete"快捷键填充为黑色，取消选区后的效果如图4-33所示。

键的同时当鼠标指针变为　形状时单击，如图4-34所示，即可创建剪贴蒙版，如图4-35所示。

图4-34　按住"Alt"键单击　　图4-35　创建剪贴蒙版

Step 5　创建剪贴蒙版后的图像效果如图4-36所示。

图4-32　创建选区　　　图4-33　填充选区

Step 4　选择"蓝天.jpg"图像文件，将其拖曳到要编辑的图像窗口中，并放大到合适大小，将鼠标指针移动到图层1和图层2之间，按住"Alt"

图4-36　更换背景后的效果

【知识补充】在"图层"控制面板中选择图层，然后选择【图层】/【创建剪贴蒙版】命令，也可创建剪贴蒙版。若要删除剪贴蒙版，可选择【图层】/【释放剪贴蒙版】命令，或按"Alt+Ctrl+G"快捷键，或在创建的剪贴蒙版图层缩略图上单击鼠标右键，在弹出的快捷菜单中选择"释放剪贴蒙版"命令，都可删除剪贴蒙版。

4.2.4 进入和编辑快速蒙版

快速蒙版是暂时在图像表面产生一种与保护膜类似的保护装置，可通过画笔等图像绘制工具指定需要保护的区域，就如同使用选区工具创建选区之外的保护区一样。常用于创建较精确的选区图像等。

单击工具箱底部的"以快速蒙版模式编辑"按钮，即可进入快速蒙版编辑状态，这时使用画笔工具在蒙版区域进行绘制，绘制的区域将呈半透明的红色显示，如图4-37所示。该区域就是设置的保护区域，单击工具箱底部"以标准模式编辑"按钮 ，即可退出快速蒙版模式，此时在蒙版区域呈红色显示的图像将在生成的选区之外，如图 4-38 所示。

图 4-37　设置保护区域

图 4-38　保护区域在选区之外

4.3 使用通道

通道是存储不同类型信息的灰度图像，这些信息通常都与选区有直接关系，因此，对通道的应用实质就是对选区的应用。

4.3.1　认识"通道"控制面板

默认情况下，"图层"、"通道"和"路径"3 个控制面板位于同一组控制面板中，可以直接选择"通道"选项卡，打开"通道"控制面板，如图 4-39 所示。

其中各选项的含义如下。

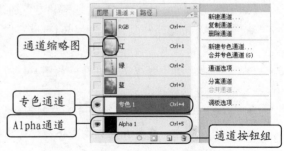

- "将通道作为选区载入"按钮 ：单击该按钮可以将当前通道中的图像内容转换为选区。同选择【选择】/【载入选区】命令的效果一样。
- "将选区存储为通道"按钮 ：单击该按钮可以自动创建Alpha通道，并将图像中的选区保存。同选择【选择】/【存储选区】命令的效果一样。

图 4-39　打开"通道"控制面板

- "创建新通道"按钮 ：单击该按钮可以创建新的Alpha通道。
- "删除通道"按钮 ：单击该按钮可删除选择的通道。
- 按钮 ：单击该按钮可弹出通道的部分菜单命令。

4.3.2　创建和编辑通道

创建通道包括创建 Alpha 通道和专色通道。而通道的编辑主要包括复制和删除通道等基本操作。

【例 4-7】使用通道为花朵换色，最终效果如图 4-40 所示。

所有素材：素材文件 \ 第 4 章 \ 花朵 .jpg
完成效果：效果文件 \ 第 4 章 \ 换色 .psd

图 4-40　换色后的效果

Step 1 打开"花朵.jpg"图像文件,如图 4-41 所示,打开"通道"控制面板,在绿通道上单击鼠标右键,在弹出的快捷菜单中选择"复制通道"命令,复制绿通道,如图 4-42 所示。

Step 3 单击 RGB 通道回到 RGB 模式下的图像中,选择【图像】/【调整】/【色相/饱和度】命令;选中"着色"复选框,设置色相为325,饱和度为 89,明度为 –25。

Step 4 单击 [确定] 按钮确认设置,取消选区后的图像如图 4-44 所示。

图 4-41 打开图像文件　　图 4-42 复制通道

Step 2 选择工具箱中的快速选择工具 ,将花朵图像选中,如图 4-43 所示。

图 4-43 创建选区　　图 4-44 换色后的效果

提示:选择需要复制的通道,单击"通道"控制面板右上角的 按钮,在弹出的菜单中选择"复制通道"命令,或按住鼠标左键不放将其拖曳到"创建新通道"按钮 上,当鼠标指针变为 形状时释放鼠标即可复制通道。

【知识补充】下面对创建 Alpha 通道和专色通道进行具体讲解。

● 新建 Alpha 通道:创建新的 Alpha 通道可以用来存储图像的选区,以便随时载入使用。除单击"创建新通道"按钮外,也可单击"通道"控制面板右上角的 按钮,在弹出的菜单中选择"新建通道"命令,在打开的如图 4-45 所示的"新建通道"对话框中设置好各项参数后,单击 [确定] 按钮。

● 新建专色通道:单击"通道"控制面板右上角的 按钮,在弹出的菜单中选择"新建专色通道"命令。在打开的如图 4-46 所示的"新建专色通道"对话框中输入新通道名称后,单击 [确定] 按钮即可。

图 4-45 打开"新建通道"对话框　　图 4-46 打开"新建专色通道"对话框

另外,选择需要删除的通道,在通道上单击鼠标右键,在弹出的快捷菜单中选择"删除通道"命令,或按住鼠标左键不放将其拖曳到"删除通道"按钮 上即可删除通道。

4.3.3　分离与合并通道

通道的分离与合并是指为了便于编辑图像,有时需要将一个图像文件的各个通道分开,各自成为一个拥有独立图像窗口和"通道"控制面板的独立文件,对各个通道文件进行独立编辑后,再将各个独立的通道文件合成到一个图像文件中。

【例 4-8】使用通道的分离和合并操作改变图像的整体颜色,最终效果如图 4-47 所示。

所有素材：素材文件\第4章\蝴蝶.jpg

完成效果：效果文件\第4章\合并通道.psd

图 4-47 改变图像的整体颜色

Step 1 打开"蝴蝶.jpg"图像文件，单击"通道"控制面板右上角的 按钮，在弹出的下拉菜单中选择"分离通道"命令，如图 4-48 所示。

Step 2 此时图像将分离为 3 个灰色图像窗口，如图 4-49 所示。

打开的"合并通道"对话框中设置模式为"RGB 颜色"，如图 4-50 所示。

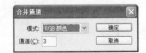

图 4-50 设置模式

Step 4 单击 确定 按钮后打开"合并 RGB 通道"对话框，在"红色"下拉列表框中选择 R 对应的选项，在"绿色"下拉列表框中选择 G 对应的选项，在"蓝色"下拉列表框中选择 B 对应的选项，如图 4-51 所示。

图 4-48 打开图像文件

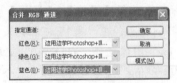

图 4-51 合并通道

Step 5 单击 确定 按钮后的效果如图 4-52 所示。

图 4-49 分离通道

Step 3 单击"通道"面板右上角的 按钮，在弹出的下拉菜单中选择"合并通道"命令，在

图 4-52 合并通道后的效果

提示：当图像文件没有合并图层时，不能进行分离通道操作。而如果没有打开所有分离出的图像文件，合并后的图像文件将不是原来的颜色模式。

4.3.4 计算通道

通道的分离与合并只是针对一个图像中的通道进行的，而 Photoshop CS3 同样允许用户对两个不同的图像中的通道进行同时运算，如将一幅图像融合到另一幅图像中，以得到更加丰富的图像效果。

【例 4-9】将打开的两个图像进行通道运算，使其达到相互融合的效果，最终效果如图 4-53 所示。

所有素材：素材文件\第4章\鞋子.jpg、蒲公英.jpg
完成效果：效果文件\第4章\融合图像.psd

图 4-53　融合后的图像效果

Step 1　打开"鞋子.jpg"和"蒲公英.jpg"图像文件，如图 4-54 所示。然后选择"蒲公英.jpg"图像文件。

表框中选择"柔光"选项，在"结果"下拉列表框中选择"新建文档"选项，如图 4-55 所示。

图 4-54　打开图像文件

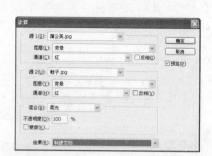

图 4-55　打开"计算"对话框

Step 2　选择【图像】/【计算】命令，打开"计算"对话框，在"源 1"下拉列表框中选择"蒲公英.jpg"图像文件，在"源 2"下拉列表框中选择"鞋子.jpg"图像文件，在"混合"下拉列

Step 3　单击 确定 按钮后，柔和的图像效果将会自动生成新的文档，如图 4-53 所示，然后以"融合图像"为名进行保存。

【知识补充】除了选择"计算"命令可以融合图像外，选择【图像】/【应用图像】命令，在打开的如图 4-56 所示的"应用图像"对话框中同样可以设置要合成处理的图层、通道、混合方式和不透明度等，完成后单击 确定 按钮即可。

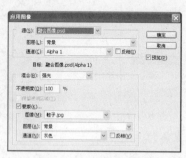

图 4-56　打开"应用图像"对话框

4.4 　应用实践——制作条幅型房地产广告

广告是指为了某种特定的需要，通过一定的媒体形式，公开而广泛地向公众传递信息的宣传手段。主要分为经济广告和非经济广告，经济广告主要指的是以盈利为目的的商业广告；而非经济广告则主要指不以盈利为目的的广告，又称效应广告，如政府行政部门、社会事业单位乃至个人的各种公告、

启事和声明等。为了由浅入深地练习本章所学知识，本例将制作以盈利为目的的房地产宣传广告。

4.4.1　确定房地产广告的形式和要求

根据客户要求确定要制作的房地产广告形式，这里主要是制作条幅型的广告。在 Photoshop 中根据提供的图像文件素材，制作如图 4-57 所示的房地产广告效果，相关要求如下。

- 房地产名称：时代地产
- 制作要求：突出楼盘优势，设计简洁明了
- 店招尺寸：8cm×9cm
- 分辨率：300像素/英寸
- 色彩模式：RGB模式

所有素材：素材文件\第4章\标示.psd、效果图.jpg、龙.psd
完成效果：效果文件\第4章\房地产广告.psd

图 4-57　房地产广告效果

4.4.2　收集素材和客户提供的相关文件

这里制作的是房地产的广告，因此在制作之前，首先需要客户提供一些素材文件和楼盘信息，如楼盘效果图、公司标志、公司的客户电话和广告语等相关信息。除此之外，还需要注意以下几点。

- 不论是绘制图像或是制作海报和广告等，必不可少的工作便是构图，它关系到整个画面的和谐统一，因此，制作前先在纸上绘制出素材要放置的大致位置，然后在Photoshop中拖出相关的参考线。注意在构图的过程中，要吸纳客户提出的相关要求。
- 在查找一些相关素材时，要注意版权问题，并及时和客户进行沟通。
- 还可通过上网等途径找一些需要的参考效果，但要注意不要有版权问题，要在其中进行创新，并加入自己的设计元素等。

4.4.3　房地产的创意分析与设计思路

广告一般应包含有如下要素：广告主体、广告公司、广告媒体、广告信息、广告思想和技巧、广告受众、广告费用以及广告效果等。

而商业广告的主要特点则是以盈利为目的，负责传播商业信息，需要支付广告费用，通过一定的媒介和形式，根据面向的对象不同而形式上有较大区别。本例广告重点突出房产的楼盘优势与楼盘信息等。

根据本例的制作要求和提供的素材，还可以进行如下一些分析。

- 本例房地产广告为条幅型，除此之外，还可分为横幅、竖幅、台历和挂历型。
- 本例以建筑的后期效果图来制作，效果图作为房地产广告的主体部分，需放在广告的醒目位置处。
- 广告的颜色要根据产品要求来调整。而本例主要采用的色调为红色，以突出显示房地产的相

关信息等。

本例的设计思路如图 4-58 所示，具体设计如下。

- 使用标尺和参考线绘制出条幅广告的大致位置与形状，然后填充颜色。
- 使用矩形选框工具、渐变工具等，并结合提供的素材文件绘制广告左侧背景。
- 使用提供的素材图像文件制作广告的右侧图像，并添加房地产标示。
- 将背景填充为红色，完成房地产广告的制作。

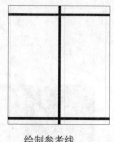
绘制参考线

绘制左侧与右侧图像

完成制作

图 4-58　制作房地产广告的操作思路

4.4.4　制作过程

1．制作房地产广告左侧图像

Step 1　新建"房地产广告"图像文件，设置宽度和高度为 8cm×9cm，分辨率为 300 像素／英寸。

Step 2　按"Ctrl+R"快捷键显示标尺，并拖出如图 4-59 所示的参考线。

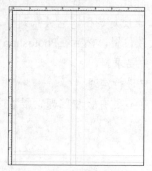
图 4-59　建立辅助线

Step 3　新建图层，选择工具箱中的矩形选框工具，按住"Shift"键的同时沿参考线连续绘制 3 个矩形选区，并填充为黑色，如图 4-60 所示。

Step 4　取消选区后，双击"图层 1"，打开"图层样式"对话框，选中"斜面和浮雕"复选框，设置深度为 100%，大小为 2 像素。继续选中"投影"复选框，设置距离为 20 像素，大小为 45 像素，

单击 确定 按钮。效果如图 4-61 所示。

图 4-60　填充选区　　图 4-61　添加图层样式

Step 5　新建图层，设置前景色为浅红色（R:190,G:5,B:45），背景色为深红色（R:230,G:8,B:3），沿参考线绘制如图 4-62 所示的矩形选区，然后对其进行对称渐变填充，如图 4-63 所示。

Step 6　打开"龙 .psd"图像文件，将其移到要编辑的窗口中，填充为白色，并设置图层的不透明度为 25%，将其移到相应位置，然后使用矩形工具框选不需要显示的图像部分，将其删除，如图 4-64 所示。

Step 7　使用直排文字工具和横排文字工具在红色填充区域分别输入如图 4-65 所示的文本，字体分别为"汉仪雪君体简"和"汉仪秀英体简"，颜色都为白色，其中字体大小可按"Ctrl+T"快捷键进行调整。

图 4-62 绘制选区　图 4-63 填充选区　图 4-64 添加素材图像

2. 制作房地产广告右侧图像

Step 1　选择工具箱中的矩形选框工具 ，在图像窗口左侧沿参考线绘制矩形，然后打开"效果图 .jpg"图像文件，按"Ctrl+A"快捷键全选图像，按"Ctrl+C"快捷键复制，回到编辑的图像窗口中，按"Shift+Ctrl+V"快捷键复制生成带图层

蒙版的"图层 4"，适当变换图像，如图 4-66 所示。

Step 2　打开"标示 .psd"图像文件，将其拖曳到编辑的图像窗口中，并变换大小，如图 4-67 所示。

图 4-65 输入文字　图 4-66 添加素材图像　图 4-67 添加标示

Step 3　选择背景图层，填充为红色。完成广告的制作，最终效果如图 4-57 所示。

4.5　练习与上机

1. 单项选择题

（1）按（　　）快捷键可以复制图层。

　　A．Ctrl+D　　　　　　B．Ctrl+J　　　　　　C．Ctrl+C　　　　　　D．Alt+Shift

（2）在"图层"控制面板中，单击控制面板底部的 按钮，即可为图像添加（　　）。

　　A．图层蒙版　　　　　B．通道蒙版　　　　　C．快速蒙版　　　　　D．Alpha 通道

（3）选择【图层】/【图层蒙版】/【显示全部】命令的作用是（　　）。

　　A．创建一个空白蒙版

　　B．创建一个全黑蒙版

　　C．根据图层中的选区创建蒙版，只显示选区中的图像

　　D．选区反转后创建蒙版，屏蔽选区内的图像

2. 多项选择题

（1）按住（　　）键不放可以选择多个图层。

　　A．Shift　　　　　　　B．Alt　　　　　　　C．Ctrl　　　　　　　D．Ctrl+Alt

（2）以下选项中，属于 Photoshop 蒙版的有（　　）。

　　A．快速蒙版　　　　　B．图层蒙版　　　　　C．矢量蒙版　　　　　D．剪贴蒙版

（3）RGB 颜色模式的图像通道由下面哪些通道组成？（　　）

　　A．Lab 通道　　　　　B．红通道　　　　　　C．绿通道　　　　　　D．蓝通道

3. 简单操作题

根据提供的"树 .jpg"图像文件，利用通道的复制和编辑等知识抠出树图像，如图 4-68 所示。

提示：打开素材文件，在"通道"控制面板中复制蓝色通道进行编辑，然后在"曲线"对话框中调整图像颜色对比度。

所有素材：素材文件\第4章\树.jpg
完成效果：效果文件\第4章\抠取图像.psd

图 4-68　抠取图像后的效果

4. 综合操作题

要求根据提供的几幅图像素材制作公益广告，要求文件大小为 20cm×20cm，分辨率为 72 像素 / 英寸，色彩模式为 RGB 模式，保留图层。最终效果如图 4-69 所示。

所有素材：素材文件\第4章\盆景.jpg、绿芽.jpg
完成效果：效果文件\第4章\公益广告.psd

图 4-69　公益广告

拓展知识

随着时代的进步，广告的形式也越来越多样化，除了本章前面所介绍的广告设计知识外，我们在对多领域的广告设计时还需要了解以下几个方面的行业知识。

一、广告的创意设计

随着市场竞争的日益扩张与升级，"创意"一词在广告设计中便显得尤为重要，也成为广告界最流行的常用名词。广告创意即是根据广告主题，经过精心思考和策划，运用艺术手段，把所掌握的材料进行创造性的组合，从而塑造一个意象的过程。因此，在制作创意广告时，不能因循守旧、墨守成规，而要善于标新立异、独辟蹊径，要以与众不同的新奇感来引人注目，从而触发人们的强烈兴趣，在受众脑海中留下深刻的印象；同时，广告的主题也要为广大受众所接受。简单来说，便是在"新颖性"与"可理解性"之间寻找到平衡点。

二、创意广告欣赏

图片来源于 Arting365.com（中国艺术设计联盟）。

作者：David Zaitz

佳能监控摄像头广告

第一幅图是来自于美国摄影师 David Zaitz 的作品，在其中充满创意，仅用一个小瓶子就能让人看到不一样的风景。

第二幅图是佳能监控摄影头的广告，旨在表现摄镜头的捕捉功能，在画面中，摄镜头让小偷无处遁形。

第5章
路径和文字的应用

📖 **本章要点**

● 创建与编辑路径
● 输入与编辑文字
● 制作 DM 单

📖 **内容简介**

本章主要讲述在 Photoshop 中使用路径和文字的相关操作,包括创建路径、编辑路径、输入文字和编辑文字等。通过本章内容的学习,可以快速熟悉路径和文字的操作,并学会 DM 单的设计与制作方法。

5.1 创建与编辑路径

路径是 Photoshop CS3 中的重要工具，主要用于选择光滑图像区域、绘制光滑线条和定义画笔等。下面将具体讲解路径的创建和编辑方法。

5.1.1 认识路径

Photoshop CS3 中的路径是使用贝赛尔曲线构成的一段闭合或者开放的线段，下面对路径的组成元素和"路径"控制面板分别进行讲解。

1. 路径的组成元素

路径可分为直线路径和曲线路径，直线路径由锚点和路径线组成，而曲线路径相对直线路径来说要多一个控制手柄，拖曳它可以任意调整曲线路径的弧度，如图 5-1 所示。

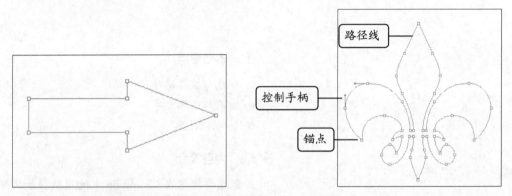

图 5-1　直线路径与曲线路径

2. "路径"控制面板

在"图层"控制面板组中单击"路径"选项卡，或选择【窗口】/【路径】命令打开"路径"控制面板，如图 5-2 所示。

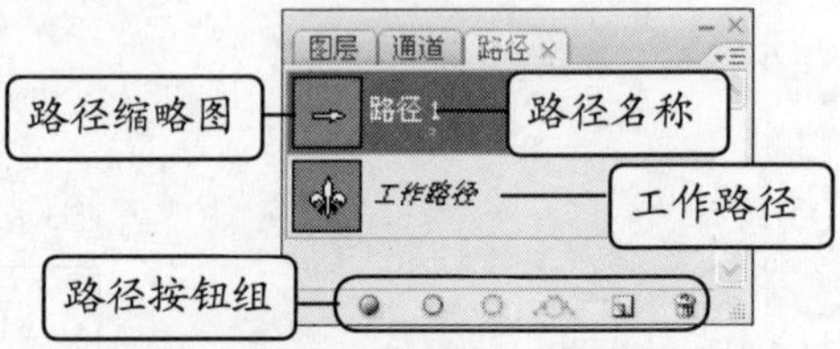

下面对各个选项进行具体讲解。

图 5-2　打开"路径"控制面板

- 路径缩略图：用于显示该路径的预览缩略图，单击右上角的 ≡ 按钮，在弹出的菜单中选择"调板选项"命令，在打开的对话框中可以调整预览缩略图的大小，若选中"无"单选项，则在"路径"控制面板中将不会显示路径的预览缩略图。
- 路径名称：用于显示路径对应的名称。双击可重命名路径名称。
- 当前工作路径：用于显示当前工作中的路径，当对工作路径完成设置后，可将其删除。
- "用前景色填充路径"按钮 ●：单击该按钮可将当前路径使用前景色进行填充。
- "用画笔描边路径"按钮 ○：单击该按钮可将当前路径使用画笔进行描边。
- "将路径作为选区载入"按钮 ○：单击该按钮可将当前路径载入选区。
- "从选区生成工作路径"按钮 ◇：单击该按钮可将当前选区转换成工作路径。

- "创建新路径"按钮 [ ]：单击该按钮可新建路径。
- "删除当前路径"按钮 [ ]：单击该按钮可删除当前工作路径。

5.1.2　使用钢笔工具组和形状工具组创建路径

使用钢笔工具可以勾画出平滑的直线路径和曲线路径，而使用形状工具组则可绘制出各种固定形状的路径。

【例 5-1】下面将利用钢笔工具组和形状工具组中的各工具绘制路径。

Step 1　新建一个名称为"公司标志"的图像文件，设置宽度和高度为 500 像素 ×500 像素，分辨率为 72 像素 / 英寸，背景色为白色。

Step 2　选择工具箱中的钢笔工具 [ ]，在图像区域中单击创建起始锚点，再单击创建第二个锚点，按住鼠标左键不放拖曳绘制曲线路径，如图 5-3 所示。然后依次在其他位置单击，最后回到起始锚点处鼠标指针变为 [ ] 形状时即可闭合路径，如图 5-4 所示。

路径"按钮 [ ] 新建"路径 1"，然后继续使用钢笔工具 [ ] 在图像中绘制曲线路径，如图 5-5 所示。

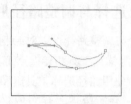

图 5-5　继续绘制曲线路径

Step 4　新建"路径 2"，选择工具箱中的椭圆工具 [ ]，在图像中按住"Shift"键不放绘制如图 5-6 所示的椭圆路径。

图 5-3　绘制曲线路径　　图 5-4　闭合路径

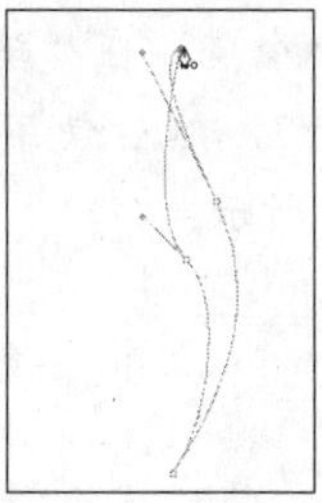

Step 3　在"路径"控制面板单击"创建新

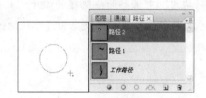

图 5-6　绘制椭圆路径

【知识补充】在选择工具箱中的钢笔工具和形状工具组中的工具后，其工具属性栏并没有太大区别，下面便以钢笔工具对应的工具属性栏为例进行讲解，如图 5-7 所示。

图 5-7　钢笔工具属性栏

下面对各个选项分别进行介绍。

- [ ] 按钮组：单击"形状图层"按钮 [ ] 将以创建的形状新建图层；单击"路径"按钮 [ ] 将创建路径；单击"填充像素"按钮 [ ] 将在图层上新建填充图形。
- [ ] 按钮组：该组按钮用于在各种形状工具间进行切换。包括钢笔工具 [ ]、自由钢笔工具 [ ]、矩形工具 [ ]、圆角矩形工具 [ ]、椭圆工具 [ ]、多边形工具 [ ]、直线工具 [ ] 和自定形状工具 [ ]。单击右侧的 [ ] 按钮，则会弹出相应工具的选项栏。
- "自动添加/删除"复选框：选中该复选框后，当鼠标指针移动到路径上变为 [ ] 形状时可在单击处添加一个锚点；将鼠标指针移动到任意锚点上，当其变为 [ ] 形状时，单击可删除该锚点。

提示：选择工具箱中的自由钢笔工具 ![icon]，也可绘制自由路径；选择工具箱中的添加锚点工具 ![icon] 和删除锚点工具 ![icon]，也可为路径添加或删除锚点。

另外，形状工具组中各工具的使用方法同使用椭圆工具的方式相同，因此，对于工具组中的矩形工具 ![icon]、圆角矩形工具 ![icon]、多边形工具 ![icon]、直线工具 ![icon] 和自定形状工具 ![icon]，这里便不再进行具体讲解。

提示：按"Shift+U"快捷键可以在形状工具组中的各工具之间进行切换。

5.1.3 选择与调整路径形状

选择路径与调整路径可以对绘制的不满意路径进行调整，其主要是通过工具箱中的路径选择工具组、添加/删除锚点工具和转换点工具等进行调整。

【例5-2】使用路径选择工具组和添加锚点工具等对例5-1中的路径进行调整。

Step 1 在"路径"控制面板中单击选择工作路径中的路径，然后选择工具箱中的直接选择工具 ![icon]，在绘制的路径中单击，则路径中会出现控制手柄，如图5-8所示。

Step 2 在要调整的曲线路径上，按住鼠标不放进行拖曳，可调整曲线路径的弧度，如图5-9所示，也可拖曳调整手柄来改变曲线路径的弧度。

Step 3 使用直接选择工具 ![icon] 单击选择左侧的锚点，然后按住鼠标左键不放拖曳其位置，并调整其曲线弧度，如图5-10所示。

Step 4 在"路径"控制面板中单击选择"路径1"，然后使用相同的方法调整路径，如图5-11所示。

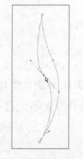
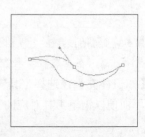

图5-8 选择路径　　图5-9 调整曲线路径　　　图5-10 调整锚点位置　　图5-11 调整曲线路径

提示：在工具箱中选择路径选择工具 ![icon]，将鼠标光标移动到图像窗口中单击路径，可选择该路径，选择路径后按住鼠标左键不放进行拖曳即可改变所选择的路径的位置。

【知识补充】选择工具箱中的添加锚点工具 ![icon] 或删除锚点工具 ![icon]，可以使创建的路径更加平滑，切曲线的弧度更容易控制，下面对其使用方法进行具体讲解。

● 添加锚点：在工具箱中选择添加锚点工具 ![icon]，将鼠标光标移到要添加锚点的路径上，当其变为 ![icon] 形状时单击，或在路径上单击鼠标右键，在弹出的快捷菜单中选择"添加锚点"命令，可以添加一个锚点，添加的锚点以实心显示，此时拖曳该锚点可以改变路径的形状，如图5-12所示。

● 删除锚点：选择工具箱中的删除锚点工具 ![icon]，将鼠标光标移到要删除的锚点上，当其变为 ![icon] 形状时单击，或在锚点上单击鼠标右键，在弹出的快捷菜单中选择"删除锚点"命令，可删除该锚点，删除锚点后，路径的形状也会发生相应的变化，如图5-13所示。

图 5-12 添加锚点

图 5-13 删除锚点

另外，选择工具箱中的转换点工具 ⚲，在锚点上单击，可以将平滑点转换成角点。

 提示：使用钢笔工具绘制路径后，按住"Ctrl"键可变为直接选择工具，按住"Alt"键可变为转换点工具，按住"Ctrl+Alt"键可变为路径选择工具。以方便对路径进行调整。

5.1.4 复制与删除路径

在 Photohop 中，绘制路径后，如果还需要一条相同的路径，可以将路径复制；不需要该路径时，可将其删除。

1. 复制路径

在"路径"控制面板中选择需要复制的路径，然后单击鼠标右键，在弹出的快捷菜单中选择"复制路径"命令，在打开的"复制路径"对话框中输入路径名称后，单击 确定 按钮，即可复制路径。

也可选择工具箱中的直接选择工具 ⚲或路径选择工具 ⚲选择路径后，按住"Alt"键不放拖曳复制路径，如图 5-14 所示。

 提示：如果在"路径"控制面板中的路径为工作路径，在复制前需要将其拖曳到"创建新路径"按钮 ⚲中，转换为普通路径。

2. 删除路径

删除路径的方法和复制路径的方法相似，在"路径"面板中单击鼠标右键，在弹出的快捷菜单中选择"删除路径"命令，或选择路径后，按"Delete"键，即可删除路径。

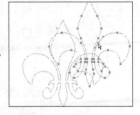

图 5-14 复制路径

5.1.5 描边与填充路径

绘制完路径后，可为其填充颜色和描边颜色，使其成为具有颜色的图像。

【例 5-3】为例 5-2 中调整后的路径填充颜色，完成公司标志的制作，最终效果如图 5-15 所示。

 完成效果：效果文件\第5章\公司标志.psd

图 5-15 公司标志效果

Step 1 新建图层，在"路径"控制面板中单击选择工作路径中的路径，设置前景色为红色（R:142,G:2,B:2），单击"路径"控制面板下方的"用前景色填充路径"按钮 ，填充路径，如图 5-16 所示。

Step 2 按住"Shift"键不放单击工作路径，即可隐藏路径，如图 5-17 所示。

图 5-16 填充路径　　图 5-17 隐藏路径

Step 3 新建图层，使用相同的方法为"路径 1"和"路径 2"填充同样的颜色，并按

"Ctrl+T"快捷键进行变换，如图 5-18 所示。

Step 4 选择"图层 1"，按"Ctrl+T"快捷键进行变换，完成后选择"图层 3"，删除部分图像，效果如图 5-19 所示。

图 5-18 填充其他路径　　图 5-19 变换图像

Step 5 选择工具箱中的横排文字工具 T 输入公司名称，在工具属性栏中将其设置字体分别为方正黄草简体、Century Gothic，颜色为黑色，字体大小可按"Ctrl+T"快捷键进行变换，如图 5-15 所示。

【知识补充】描边路径指的是使用一种图像绘制工具或修饰工具沿着路径绘制图像或修饰图像。选择需要描边的路径后，单击"路径"控制面板右上角 按钮，在弹出的菜单中选择"描边路径"命令，将打开"描边路径"对话框，在"工具"下拉列表框中选择描边的工具，如图 5-20 所示，最后单击 确定 按钮即可。

选择需要描边的路径后，单击"路径"控制面板右上角 按钮，在弹出的菜单中选择"填充路径"命令，打开"填充路径"对话框，在其中可以设置填充的内容、底色的作用方式和羽化效果等，如图 5-21 所示。

 提示：在工具箱中选择描边路径的画笔、橡皮擦或图章等工具，然后单击【路径】面板中的"用画笔描边路径"按钮 ，也可以对路径进行描边。对于没有封闭的路径，可以使用画笔工具对其进行描边。

图 5-20 打开"描边路径"对话框　　图 5-21 打开"填充路径"对话框

5.1.6　路径选区的互换

使用路径和选区相互转换的方法可以轻松实现各种图形的绘制，将路径转换为选区后，则可对路径按选区的方法进行编辑。

在图像中选择路径，单击"路径"控制面板下方的"将路径作为选区载入"按钮，或按"Ctrl+Enter"快捷键，可将选区转换成路径；单击"路径"控制面板下方的"从选区生成工作路径"按钮，可将选区转换成路径，如图 5-22 所示。

图 5-22　将选区转换为路径

5.2 ┃ 输入与编辑文字

在使用 Photoshop 进行图像处理过程中，文字起着非常重要的作用。它是各类设计作品中不可缺少的元素，起着说明和装饰等作用，下面主要介绍在 Photoshop CS3 中进行文字输入和编辑的方法。

5.2.1　使用文字工具组输入文字

在 Photoshop CS3 中提供有 4 种文字输入工具，包括横排文字工具T、直排文字工具T、横排文字蒙版工具和直排文字蒙版工具。

【例 5-4】使用横排文字工具制作图案文字，最终效果如图 5-23 所示。

所用素材:素材文件\第5章\花朵.jpg
完成效果:效果文件\第5章\图案文字.psd

图 5-23　图案文字效果

Step 1　打开"花朵.jpg"图像文件，选择工具箱中的横排文字蒙版工具，在图像中单击定位输入点，然后输入文字，如图 5-24 所示。

Step 2　选择文字，在其对应的工具属性栏中的　黑体　下拉列表框中设置字体为黑体，完成后单击工具属性栏中的✔按钮确认输入，如图 5-25 所示。

图 5-24　输入文字

图 5-25　确认输入

Step 3　选择【选择】/【变换选区】命令，

将文字选区放大，如图 5-26 所示。

图 5-27 所示。

图 5-26 放大选区

图 5-27 删除选区图像

Step 4 将背景图层转换为普通图层，然后反向选择选区，按"Delete"键删除，效果如

Step 5 新建图层，将其移动到"图层 0"的下方，并填充为白色，最终效果如图 5-23 所示。

【知识补充】下面以选择横排文字工具 T 为例，对文字工具的工具属性栏进行讲解，如图 5-28 所示。

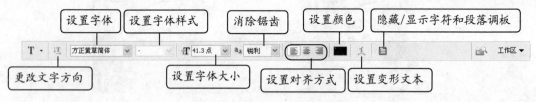

图 5-28 横排文字工具属性栏

 提示：在输入蒙版文字时，将鼠标指针移动到文字下方，当其变为 ▶ 形状时，按住鼠标左键不放可在蒙版状态下移动文字。

输入文字后，若要取消当前的编辑，可单击文字工具属性栏中的 ⊘ 按钮。

 提示：按"T"键可快速选择文字工具，按"Shift+T"快捷键可在文字工具组内的 4 个文字工具之间来回切换。

5.2.2 创建变形文字

Photoshop CS3 在文字工具属性栏中提供了一个文字变形工具 ，通过它可以将选择的文字改变成多种变形样式，从而提高文字的艺术效果。

单击文字工具属性栏中的 按钮，将打开"变形文字"对话框，在"样式"下拉列表框可设置文字的变形样式，包括"扇形"、"下弧"、"上弧"、"拱形"、"凸起"、"贝壳"、"花冠"、"旗帜"、"波浪"、"鱼形"、"增加"、"鱼眼"、"膨胀"、"挤压"和"扭转"等 15 个选项，如图 5-29 所示。

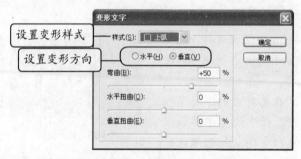

图 5-29 打开"变形文字"对话框

5.2.3　转换文字图层

在 Photoshop CS3 中，可将文字图层中的文字转换为工作路径，从而通过路径工具等对文字进行调整，以得到更加丰富的文字效果。

【例 5-5】在打开的图像中，为其制作个性的字母文字，最终效果如图 5-30 所示。

所用素材：素材文件＼第 5 章＼T 恤 .jpg
完成效果：效果文件＼第 5 章＼T 恤图案 .psd

图 5-30　T 恤文字图案效果

Step 1　打开"T 恤 .jpg"图像文件，选择工具箱中的横排文字工具 T ，在图像中输入如图 5-31 所示的文字，字体都为黑体，颜色为白色，字体大小按"Ctrl+T"快捷键进行调整。

图 5-31　输入文字

Step 2　选择 T 恤上方的文字图层，选择【图层】／【文字】／【转换为形状】命令，或是在文字图层上单击鼠标右键，在弹出的快捷菜单中选择"转换为形状"命令，将文字转换为路径，如图 5-32 所示。

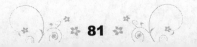

图 5-32　创建文字路径

Step 3　选择工具箱中的路径选择工具 ，选择第一个文字路径，然后使用钢笔工具移动到锚点上，当其变为 形状时单击删除锚点，如图 5-33 所示。

Step 4　使用相同的方法删除其他字母的相关锚点，隐藏工作路径后的效果如图 5-34 所示。

图 5-33　删除锚点　　　图 5-34　调整其他文字

Step 5　选择 T 恤下方的文字，将其转换为形状图层后，使用路径工具对其进行调整，效果如图 5-35 所示。

Step 6　新建图层，选择工具箱中的自定形状工具 ，在工具属性栏中单击 按钮，在弹出的选项栏中选择"会话 1"形状，然后在图像中进行绘制并填充为白色，如图 5-36 所示。

图 5-35　调整路径

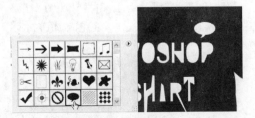

图 5-36　绘制形状

Step 7 新建图层，选择工具箱中的椭圆工具◎，在图像中绘制白色的圆形图案，如图 5-37 所示。

图 5-37 绘制圆形

【知识补充】除了可以将文字转换为形状外，还可将其转换为路径，其方法是选择【图层】/【文字】/【创建工作路径】命令，或是在文字图层上单击鼠标右键，在弹出的快捷菜单中选择"创建工作路径"命令。

对文字创建工作路径后，对路径进行调整时，不会像调整形状那样会自动对调整后的区域填充颜色。因此，为文字创建工作路径可结合路径与选区的相互转换来制作各种特殊效果。

5.2.4 沿路径输入文字

在图像处理过程中，用户可以通过路径来辅助文字的输入，以使文字产生更加丰富的效果。

【例 5-6】在打开的图像中，使用沿路径输入文字的方法在其中输入贺卡文字，最终效果如图 5-38 所示。

所用素材：素材文件\第5章\贺卡.jpg
完成效果：效果文件\第5章\贺卡文字.psd

图 5-38 输入贺卡文字效果

Step 1 打开"贺卡.jpg"图像文件，选择工具箱中的钢笔工具✒绘制如图 5-39 所示的曲线路径，并进行适当调整。

图 5-39 绘制路径

Step 2 选择工具箱中的横排文字工具Ｔ，移动鼠标到路径上，当其指针变为ℐ形状时单击，可确认文字的输入点，如图 5-40 所示。

图 5-40 确认文字输入点

Step 3 然后输入"Happy Birthday To You"文字，设置字体为 Century Gothic，颜色为黄色，按"Ctrl+T"快捷键调整大小，如图 5-41 所示。

Step 4 继续输入文字，设置字体为幼圆，如图 5-42 所示。

图 5-41 输入文字

图 5-42 输入其他文字

提示：在路径上输入文字后，按住"Ctrl"键不放，当鼠标指针变为┠形状时，在文字前拖曳可在路径上改变文字的位置。

提示：文本的颜色可以在输入完成后通过快捷键来快速修改，按"Alt+Delete"快捷键可使文本显示前景色，按"Ctrl+Delete"快捷键可使文本显示背景色。

5.2.5　设置字符与段落格式

在图像处理过程中，在文字工具的工具属性栏中包含的字体设置往往不能满足对文字的设置，此时，便可通过"字符"和"段落"控制面板进行更多的参数设置。

【例 5-7】在打开的图像中输入文字，然后通过"字符"控制面板对其进行设置，最终效果如图 5-43 所示。

图 5-43　设置文字格式后的效果

所用素材：素材文件\第5章\麦克风.jpg
完成效果：效果文件\第5章\设置文字格式.psd

Step 1　打开"麦克风.jpg"图像文件，选择工具箱中的横排文字工具输入文字"My music life."，如图 5-44 所示。

Step 2　单击工具属性栏中的 按钮，打开"字符"控制面板，如图 5-45 所示。

所示。

图 5-46　设置文字大小与颜色

图 5-44　输入文字　图 5-45　打开"字符"控制面板

图 5-47　完成设置

Step 3　选择第一个字母，然后在"字符"控制面板中的 200点 下拉列表框中输入 200点，设置字体大小为 200点，然后单击 颜色块，打开"选择文本颜色"对话框，设置颜色为红色，如图 5-46 所示。

Step 4　选择除第 1 个字母外的所有文字，在"字符"控制面板中的 200点 下拉列表框中输入 60，在 50 下拉列表框中选择"50"选项，设置字距为 50，完成后的效果如图 5-47

提示：如果想对以前输入的文本进行属性设置，应先选择文字工具，然后在该文本中的相应位置单击进入文字编辑状态，然后再对文字进行不同的选择并设置属性。

【知识补充】下面对于"字符"和"段落"控制面板中的各个选项进行具体介绍，分别如图 5-48 所示和如图 5-49 所示。

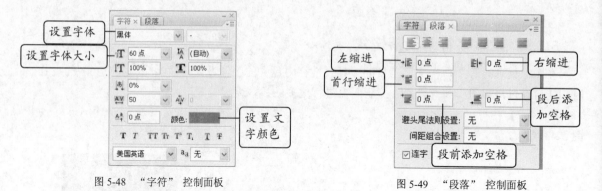

图 5-48 "字符" 控制面板   图 5-49 "段落" 控制面板

下面对"字符"控制面板中的各选项进行介绍。

● （自动）下拉列表框：用于设置文本之间的行间距，值越大，间距越大。如果数值小到超过一定范围，文本行与行之间将重合在一起，在应用该选项前应先选择至少两行的文本。

● 0%下拉列表框：用于设置字符的比例间距，数值越大，字距越小。

● 50下拉列表框：用于设置字符之间的距离，数值越大文本间距越大。

● 下拉列表框：用于微调两个字符的间距，数值越大，间距越大。设置该项不需要先选择文本，只需将文字输入光标插入到需要设置的位置即可。

● 0点文本框：用于设置选择文本的偏移量，当文本为横排输入状态时，输入正数时往上移，输入负数时往下移；当文本为竖排输入状态时，输入正数时往右移，输入负数时值往左移。

● T T TT Tr T¹ T₁ T Ŧ 按钮组：依次分别表示仿粗体、仿斜体、全部大写字母、小型大写字母、上标、下标、下划线和删除线，单击相应的按钮即可应用相应的设置。

下面对"段落"控制面板中的各选项进行介绍。

● 按钮组：用于设置文本的对齐方式，依次表示为左对齐文本、居中对齐文本、右对齐文本、最后一行左对齐、最后一行居中对齐、最后一行右对齐和全部对齐。

● "连字"复选框：选择该复选框后，可以将文本的最后一个外文单词拆开，形成连字符号，使剩余的部分自动换到下一行。

 提示：若要对文字进行填充或描边等操作时，系统会提示需要将文字图层栅格化后才能进行操作，此时，选择【图层】/【栅格化】/【文字】命令，或在文字图层上单击鼠标右键，在弹出的快捷菜单中选择"栅格化文字"命令即可，但是栅格化后的文字将不能再被更改。

5.3 应用实践——制作清新的相机DM单

由于 DM 广告是直接将广告信息传递给真正的受众，具有强烈的选择性和针对性。因此 DM 的设计便尤为重要。

5.3.1　什么是 DM 单

DM 是英文 direct mail advertising 简称，译为"直接邮寄广告"，即通过邮寄或赠送等形式，将宣传品送到消费者手中、家里或公司所在地。因此，DM 是区别于传统的广告刊载媒体的新型广告发布载体。其形式多种多样，如信件、订货单、宣传册和折价券等都属于 DM 单。为了由浅入深地练习本章所学知识，本例将制作清新的相机 DM 单效果。

5.3.2　确定 DM 单的主体

本例中制作的是相机的 DM 单效果，制作之前，首先要根据相机的图像颜色来确定 DM 单的主体颜色，本例中的主体颜色都为浅色调，较为清新，并且背景将以天蓝色为主。

颜色确定后，再确定 DM 单的相应主题，本例中的 DM 单旨在突出相机。因此，制作时要围绕相机展开。

在 Photoshop 中，根据提供的一些素材制作如图 5-50 所示的相机 DM 单的效果，相关要求如下。

- 商品名称：凯沁相机
- 制作要求：突出产品功能，简洁、直观并具有亲和力
- DM 单尺寸：800像素×1000像素
- 分辨率：72像素/英寸
- 色彩模式：RGB模式

图 5-50　DM 单效果

 　所用素材：素材文件\第5章\相机.jpg、公车.jpg、
云朵.jpg、城市1.jpg、城市2.jpg、城市
3.jpg、城市4.jpg

完成效果：效果文件\第5章\DM单.psd

5.3.3　DM 单的创意分析与设计思路

DM 单在设计上所包含的内容可根据实际需要来进行设定，其旨在吸引消费者的目光。本例的 DM 单重点突出相机的用途和功能。

根据本例的制作要求和提供的素材，还可以进行如下一些分析。

- 本例的DM单在设计上要清新自然，一切要以相机作为主体。
- 本例使用的素材较多，怎样将这些素材图像放置到一起而又不显得突兀，是设计者需要重点考虑的问题。
- DM单在颜色的搭配上也要注意，本例中的背景颜色为天蓝色，主要是为了突出相机和景色等图像。为了使DM单更加生动，添加了一些较活泼的元素。

本例的设计思路如图 5-51 所示，具体设计如下。

- 使用渐变工具绘制DM单背景，然后再添加一些背景图像元素，如云朵等。

● 将相机图像与汽车图像融合在一起，然后使用钢笔工具绘制路径并填充颜色。
● 使用加深和减淡工具对路径内图像进行处理后输入文字，并添加城市的图像，完成制作。

制作背景　　　　融合图像　　　　绘制路径　　　　完成制作

图 5-51　制作相机 DM 单的操作思路

5.3.4 制作过程

1. 绘制背景

Step 1　新建"DM 单"图像文件，设置宽度和高度为 800 像素 ×1000 像素，分辨率为 72 像素/英寸，然后使用颜色为（R:177,G:241,B:251）、（R:210,G:251,B:247）、（R:156,G:247,B:248）、（R:103,G:196,B:255）和（R:146,G:231,B:252）进行线性渐变填充，如图 5-52 所示。

Step 2　打开"云朵.jpg"图像文件，将红通道载入选区，然后按"Ctrl+C"快捷复制选区，回到编辑的图像窗口中，按"Ctrl+V"快捷键粘贴选区，将该图层的混合模式设置为叠加，变换大小后的效果如图 5-53 所示。

图 5-54　绘制选区　　　图 5-55　设置图层不透明度

Step 5　打开"公车.jpg"和"相机.jpg"图像文件，使用魔棒工具将图像选中并拖曳到编辑的图像窗口中，注意相机的图像位于公车图像上方，变换大小后的效果如图 5-56 所示。

Step 6　选择公车所在的图层，为后面的车轮建立选区，然后选择相机所在的图层，按"Delete"键删除选区内的图像，取消选区后的效果如图 5-57 所示。

图 5-52　渐变填充背景　　图 5-53　设置图层混合模式

Step 3　打开"城市 1.jpg"图像文件，使用套索工具绘制选区，并设置羽化为 50px，如图 5-54 所示。

Step 4　将其拖曳到编辑的图像窗口中，变换其大小后使用橡皮擦工具擦除不需要的图像，然后设置该图层的不透明度为 80%，如图 5-55 所示。

图 5-56　添加图像　　　图 5-57　删除选区内图像

2. 绘制路径

Step 1　新建图层，选择工具箱中的钢笔工具，绘制如图 5-58 所示的曲线闭合路径，绘制过程中要按住 "Ctrl" 键进行调整。

Step 2　继续绘制其他的路径，然后分别填充上不同的颜色（颜色可任意设置），隐藏路径后的效果如图 5-59 所示。

图 5-58　绘制路径　　　图 5-59　填充路径

Step 3　使用工具箱中的减淡工具和加深工具，选择柔角的画笔对绘制的路径进行颜色调整，以突出立体感，如图 5-60 所示。

3. 输入文字

Step 1　选择工具箱中的钢笔工具，绘制曲线路径，然后沿路径输入文字，设置字体为汉仪漫步体简，字体大小为 24 点，字距为 300，颜色设置为与颜色块相近的较深的颜色，如图 5-61 所示。

图 5-60　加深和减淡颜色　　　图 5-61　输入文字

Step 2　继续在其他颜色块上输入相关文字，如图 5-62 所示。

Step 3　继续使用横排文字工具输入文字，设置字体为汉仪菱心体简，颜色为蓝色（R:10,G:106,B:208），字体大小按 "Ctrl+T" 快捷进行调整，如图 5-63 所示。

Step 4　选择上面文字所在的文字图层，单击鼠标右键，在弹出的快捷菜单中选择 "栅格化文字" 命令，将文字栅格化处理，然后选择【编辑】/【描边】命令，在打开的 "描边" 对话框中设置描边宽度为 3px，颜色为白色，单击 确定 按钮后的效果如图 5-64 所示。

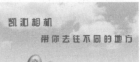

图 5-62　输入其他路径文字　　　图 5-63　输入文字

图 5-64　描边文字

4. 添加景物素材

Step 1　打开 "城市 2.jpg"、"城市 3.jpg" 和 "城市 5.jpg" 图像文件，选择 "城市 2.jpg" 图像文件，将其拖曳到编辑的图像窗口中，变换其大小，然后使用 10px 的白色描边图像，如图 5-65 所示。

图 5-65　描边图像

Step 2　使用相同的方法对其他图像文件进行处理，效果如图 5-66 所示。

图 5-66　对其他图像进行描边

5.4 练习与上机

1. 单项选择题

(1) 选择工具箱中的钢笔工具后，按住（　　）键可将其变为直接选择工具。

   A. Shift　　　　　　B. Alt　　　　　　C. Ctrl　　　　　　D. Delete

(2) 按住（　　）键不放可以复制路径。

   A. Shift+Ctrl　　　B. Ctrl+Alt　　　C. Ctrl+C　　　　D. Shift+Alt

(3) 工具箱中的转换点工具的作用是（　　）。

   A. 删除锚点　　　B. 添加锚点　　　C. 调整路径　　　D. 将平滑点转换成角点

(4) 在路径调整过程中，如果要单独选择路径上的某一节点，可以使用（　　）工具来实现。

   A. 钢笔工具　　　B. 添加锚点工具　　C. 直接选择工具　　D. 路径选择工具

(5) 选择【图层】/【栅格化】命令可以将（　　）转换为普通图层。

   A. 新填充图层　　B. 样式图层　　　C. 文字图层　　　D. 新调整层

2. 多项选择题

(1) 无论是开放路径还是闭合路径，其主要组成部分中相同的是（　　）。

   A. 锚点　　　　　B. 路径线　　　　C. 控制手柄　　　D. 方向线

(2) 下列关于路径的描述正确的是（　　）。

   A. 路径可以用画笔工具进行描边

   B. 当对路径进行填充颜色的时候，路径不可以创建镂空的效果

   C. 路径调板中路径的名称可以随时修改

   D. 路径可以随时转化为选区

(3) 下列操作中，将路径转换为选区正确的有（　　）。

   A. 单击"路径"控制面板下方的 按钮　　B. 按"Ctrl+Enter"快捷键

   C. 单击"路径"控制面板下方的 按钮　　D. 按"Enter"键

3. 简单操作题

(1) 使用路径工具和文字工具相结合，制作出如图 5-67 所示的公司标志图形效果。

提示：先使用钢笔工具绘制路径，然后填充颜色，并填充投影的图层样式，最后输入文字即可。

 完成效果:效果文件\第5章\公司标志图形.psd

图 5-67　公司标志图形效果

(2) 使用钢笔工具绘制路径，然后填充颜色，制作如图 5-68 所示的花朵图像。

提示：首先使用钢笔工具绘制曲线路径，按"Ctrl+T"快捷键对路径进行垂直变换，然后在工具属性栏中设置角度为 30°，按"Shift+Ctrl+Alt+T"快捷键对路径进行旋转复制操作，然后选择工具

箱中的路径选择工具选择单个路径，将其载入选择进行渐变填充。

完成效果 : 效果文件 \ 第 5 章 \ 花朵 .psd

图 5-68　花朵效果

4. 综合操作题

要求根据提供的几幅图像素材制作一张房地产的 DM 单，要求文件大小为 7cm×9cm，分辨率为 300 像素 / 英寸，色彩模式为 RGB 模式，效果如图 5-69 所示。

所用素材 : 素材文件 \ 第 5 章 \ 标示 .psd、高楼 .jpg、海 .jpg
完成效果 : 效果文件 \ 第 5 章 \ 房地产 DM 单 .psd

图 5-69　房地产 DM 单效果

拓展知识

除了本章前面所介绍的 DM 单的基础知识外，我们在进行 DM 单设计时还需要了解以下几个方面的行业知识。

一、DM 单的形式

DM 单形式有广义和狭义之分，广义上包括广告单页，如商场、超市散布的传单，肯德基或麦当劳的优惠卷等都属于 DM 单；狭义上仅指装订成册的集纳型广告宣传画册，页数在 20 多页至 200 多页不等。其特点为: DM 单广告杂志不能出售，不能收取订户发行费；DM 广告需有工商局批准的广告刊号才能刊登广告；目前可以和邮电局的 DM 单专送合作。

二、DM 的设计

在制作 DM 单之前，首先需要对商品有一定的了解，熟知消费者的心理习性和规律；且设计要新颖创意，印刷要精致美观，以吸引更多的眼球；DM 单的设计形式没有具体规定，可根据具体情况灵活掌握，自由发挥；对 DM 单的折叠方式、尺寸大小和实际重量等都要纳入考虑范围之内；配图时，多选择与所传递信息有强烈关联的图案；其色彩的搭配也要尤为注重；好的 DM 单还能纵深拓展，形成系列，从而积累广告资源；主题口号要响亮，能抓住消费者的眼球。

总之，DM 单适合于商场、超市、商业连锁、餐饮连锁、各种专卖店、电视购物、网上购物、电话购物、电子商务、无店铺销售等各类实体卖场和网上购物中心，也可用于其他行业相关产品的市场推广。

三、DM单欣赏

作者：江苏泡泡　来源：昵图网

作者：艺度空间小肖　来源：昵图网

第一幅为商店的两周年庆典的 DM 单广告，主要是使用商品促销活动来吸引顾客消费。

第二幅为商店开业的 DM 单，作用与上幅相同，这类 DM 单需要表达的信息较多，因此在文字排版上要尤为注意。

第6章

调整图像与应用滤镜

📖 **本章要点**

● 调整图像颜色

● 应用滤镜

● 制作创意海报

📖 **内容简介**

本章主要讲述 Photoshop 中调整图像颜色和对图像应用滤镜的相关知识，包括调整图像的色彩、使用滤镜库、使用常用滤镜和使用其他滤镜等。通过本章内容的学习，可以快速熟悉图像颜色的调整和滤镜的使用方法，并学会海报的设计与制作方法。

6.1 ▍ 调整图像

在图像处理过程中，图像色彩的调整是非常重要的一个组成部分，认识、了解和掌握色彩的运用是从事平面设计工作者必须具备的基础知识。在 Photoshop CS3 中的图像色彩主要是通过选择【图像】/【调整】命令，然后在弹出的子菜单中选择相应的命令进行调整。

6.1.1 调整图像的全局色彩

调整图像的全局色彩主要包括"色阶"命令、"曲线"命令、"色彩平衡"命令、"亮度 / 对比度"命令、"色相 / 饱和度"命令、"通道混合器"命令、"渐变映射"命令、"变化"命令和"去色"命令。

【例 6-1】将打开的图像中的衣服更改为其他颜色，并调整其亮度，最终效果如图 6-1 所示。

 所用素材：素材文件 \ 第 6 章 \ 衣服 .jpg
完成效果：效果文件 \ 第 6 章 \ 更改衣服颜色 .psd

图 6-1 更改衣服颜色

Step 1 打开"衣服 .jpg"图像文件，将衣服载入选区，如图 6-2 所示。

图 6-2 将衣服载入选区

Step 2 选择【图像】/【调整】/【色相 / 饱和度】命令，或按"Ctrl+U"快捷键打开"色相 / 饱和度"对话框，在其中选中"着色"复选框，然后拖曳各个滑块，设置色相为 -40，饱和度为 -13，明度为 -12，如图 6-3 所示。

Step 3 单击 确定 按钮，并取消选区后的效果如图 6-4 所示。

Step 4 选择【图像】/【调整】/【曲线】命令，或按"Ctrl+ M"快捷键打开"曲线"对话框，将

鼠标指针移动到调节线的右上方，然后单击增加一个调节点，如图 6-5 所示。

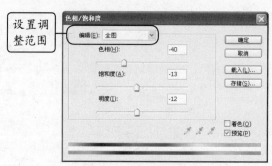

图 6-3 打开"色相 / 饱和度"对话框

图 6-4 调整颜色后的效果

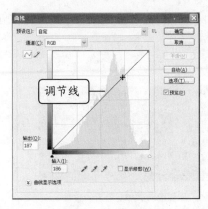

图6-5　添加调节点

图6-6　添加亮度

Step 5 按住鼠标左键向上方拖曳添加的调节点到合适位置，然后单击 确定 按钮，这时图像会显示亮度增加后的效果，如图6-6所示。

提示：在"曲线"对话框中的调节线上，可添加多个调节点来调整图像的亮度、对比度和纠正偏色等。若要删除不需要的调节点，可单击选择该调节点，然后将其拖曳到调节框外即可。

【知识补充】除例子中用到的"色相／饱和度"命令外，下面对其他颜色调整命令进行介绍。

● "色阶"命令：该命令常用来较精确地调整图像的中间色和对比度，是处理照片颜色时使用最频繁的命令之一。选择【图像】/【调整】/【色阶】命令，或按"Ctrl+L"快捷键打开如图6-7所示的"色阶"对话框，拖曳相应的滑块即可调整色阶，如图6-8所示为调整灰色后的效果。

图6-7　打开"色阶"对话框

图6-8　调整色阶后的效果

● "色彩平衡"命令：该命令可以在图像原色的基础上根据需要来添加其他颜色，或通过增加某种颜色的补色，以减少该颜色的数量，从而改变图像的原色彩。选择【图像】/【调整】/【色彩平衡】命令或按"Ctrl+B"快捷键后，打开"色彩平衡"对话框，如图6-9所示。其中阴影、中间调和高光分别对应图像中的低色调、半色调和高色调，选中相应的单选项就表示要对图像中对应的色调区域进行调整。如图6-10所示为添加蓝色后的图像效果。

● "亮度/对比度"命令：该命令是专用于调整图像亮度和对比度的。选择命令后，将打开如图6-11所示的"亮度/对比度"对话框，拖曳滑块即可调整图像的亮度和对比度，如图6-12所示为调整后的图像效果。

● "通道混合器"命令：该命令可以将图像不同通道中的颜色进行混合，从而达到改变图像色彩的目的。选择命令后，将打开如图6-13所示的"通道混合器"对话框，拖曳通道相应的滑块即可调整颜色，如图6-14所示为调整红通道后的效果。

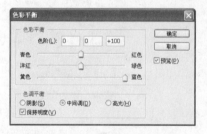

图 6-9 打开 "色彩平衡" 对话框

图 6-10 原图像与添加蓝色后的效果

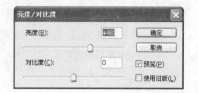

图 6-11 打开 "亮度/对比度" 对话框

图 6-12 调整亮度后的效果

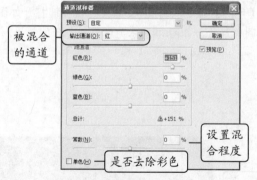

图 6-13 打开 "通道混合器" 对话框

图 6-14 调整后的图像效果

● "渐变映射"命令：该命令可以使用渐变颜色对图像进行叠加，从而改变图像色彩。选择命令后，将打开如图6-15所示的"渐变映射"对话框，单击渐变样式显示框可打开"渐变编辑器"对话框进行渐变颜色设置，如图6-16所示为设置后的渐变效果。

图 6-15 打开 "渐变映射" 对话框

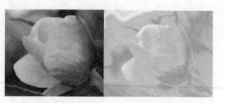

图 6-16 设置渐变颜色后的效果

● "变化"命令：该命令可以直观地为图像增加或减少某些色彩，还可方便地控制图像的明暗关系。选择命令后，将打开如图6-17所示的"变化"对话框，在其中单击要添加的颜色缩略图，即可为图像添加相应的颜色，如图6-18所示为加深3次绿色后的效果。

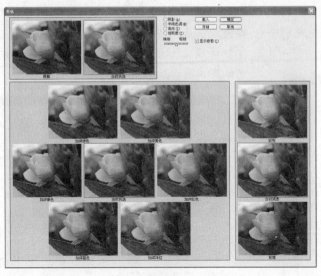

图 6-17　打开"变化"对话框

图 6-18　加深绿色后的效果

● "去色"命令：该命令可以去除图像中的所有颜色信息，从而使图像以单色显示。选择【图像】/【调整】/【去色】命令，或按"Shift+Ctrl+U"快捷键即可去除颜色，如图6-19所示。

图 6-19　去色后的效果

6.1.2　调整图像的局部色彩

学习使用调整命令调整图像全局色彩后，本节将介绍如何使用调整命令调整图像中的部分色彩。主要使用到的调整命令有"匹配颜色"命令、"替换颜色"命令、"可选颜色"命令、"照片滤镜"命令和"阴影/高光"命令，这些命令同样是通过选择【图像】/【调整】命令，在弹出的子菜单中进行选择操作。

【例 6-2】使用"替换颜色"命令改变花瓣的颜色，最终效果如图 6-20 所示。

所用素材：素材文件\第6章\花.jpg
完成效果：效果文件\第6章\更改花瓣颜色.psd

图 6-20　改变花瓣颜色后的效果

Step 1　打开"花.jpg"图像文件，如图 6-21 所示。

Step 2　选择【图像】/【调整】/【替换颜色】

命令，打开"替换颜色"对话框，在打开的图像中花瓣的任意地方单击，此时对话框如图 6-22 所示。

Step 3　单击"添加到取样"按钮，设

置颜色容差为 134，然后在玫瑰花瓣中不同的部分单击增加颜色取样，直至预览框中玫瑰花瓣全部呈白色选择状态为止，如图 6-23 所示。

Step 6　通过步骤 5 调整色相后的玫瑰花瓣变成了蓝色，但不够鲜艳，可向右拖曳"饱和度"滑块，如图 6-26 所示，单击 确定 按钮后的效果如图 6-20 所示。

图 6-21　打开图像文件　　图 6-22　打开对话框

图 6-23　添加取样　　　图 6-24　从取样中减去

Step 4　单击"从取样中减去"按钮，然后在图像背景中单击，以减少对图像背景的选择，如图 6-24 所示。

Step 5　在"替换"栏中向左拖曳"色相"的滑块，直到对话框右下侧"结果"颜色块变成蓝色为止，如图 6-25 所示。

图 6-25　设置色相　　　图 6-26　设置饱和度

【知识补充】除例子中使用到的"替换颜色"命令外，下面对其他颜色调整命令进行介绍。

● "匹配颜色"命令：该命令可以使作为源的图像色彩与作为目标的图像进行混合，从而达到改变目标图像色彩的目的。选择命令后，打开如图 6-27 所示的"匹配颜色"对话框，在"图像统计"栏中的"源"下拉列表框中选择要匹配的源图像文件，在"图像选项"栏中对其进行调整后，即可将源图像与目标图像混合。如图 6-28 所示为匹配颜色后的效果。

图 6-27　打开"匹配颜色"对话框　　　　　图 6-28　匹配颜色后的效果

● "可选颜色"命令：该命令可以对 RGB、CMYK 和灰度等模式的图像中的某种颜色进行调整，而不影响其他颜色。选择命令后，将打开如图 6-29 所示的"可选颜色"对话框，在"颜色"下拉列表框中可选择要调整的颜色，如图6-30所示为调整红色中洋红后的效果。

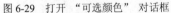

图 6-29　打开"可选颜色"对话框

图 6-30　调整红色后的效果

● "照片滤镜"命令：该命令可以模拟传统光学滤镜特效，以使图像呈暖色调、冷色调或其他颜色色调显示。选择命令后，将打开如图6-31所示的"照片滤镜"对话框，在"滤镜"下拉列表框中可任意选择一种滤镜，也可直接改变颜色。如图6-32所示为将颜色改为紫色后的效果。

图 6-31　打开"照片滤镜"对话框

图 6-32　改变颜色后的效果

● "阴影/高光"命令：该命令可以修复图像中过亮或过暗的区域，从而使图像尽量显示更多的细节。选择命令后，将打开如图6-33所示的"阴影/高光"对话框，在其中可调整图像的阴影数量和高光数量。如图6-34所示为调整阴影数量后的效果。

图 6-33　打开"阴影 / 高光"对话框

图 6-34　调整阴影后的效果

6.1.3　分离图像色彩

分离图像色彩主要是通过使用"阈值"命令和"色调分离"命令来进行调整。

【例 6-3】结合"阈值"和"渐隐阈值"命令为图像制作艺术画效果。

所用素材：素材文件\第6章\景色.jpg

完成效果：效果文件\第6章\艺术画.psd

Step 1 打开"景色.jpg"图像文件，如图 6-35 所示。

在其中设置模式为柔光，如图 6-38 所示，单击 确定 按钮后的效果如图 6-39 所示。

图 6-35　打开图像文件

图 6-36　设置阈值色阶

图 6-37　设置后的效果

Step 2 选择【图像】/【调整】/【阈值】命令，打开"阈值"对话框，在其中向右拖曳对话框底部的滑块，设置阈值色阶为 149，如图 6-36 所示。单击 确定 按钮后的效果如图 6-37 所示。

Step 3 选择【编辑】/【渐隐阈值】命令，或按"Shift+Ctrl+F"快捷键打开"渐隐"对话框，

图 6-38　打开"渐隐"对话框　图 6-39　设置后的效果

【知识补充】"色调分离"命令可以指定图像的色调级数，并按此级数将图像的像素映射为最接近的颜色。选择【图像】/【调整】/【色调分离】命令，打开如图 6-40 所示的"色调分离"对话框，在其中可设置分离的色阶。如图 6-41 所示为设置分离色阶后的效果。

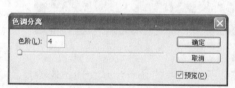

图 6-40　打开"色调分离"对话框

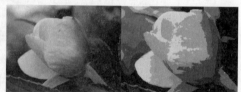

图 6-41　设置分离色阶后的效果

6.2 应用滤镜

　　滤镜的工作原理是利用对图像中像素的分析，按每种滤镜的特殊数学算法进行像素色彩和亮度等参数的调节，从而完成原图像部分或全部像素的属性参数的调节或控制，使图像呈现所需要的变化。

　　在图像处理的过程中，灵活使用滤镜可以为图像制作出许多意想不到的特殊图像效果，不同的滤镜产生的效果不同，同一滤镜设置不同的参数，产生的效果也会不同。

6.2.1　通过滤镜库来制作

　　选择【滤镜】/【滤镜库】命令，将打开"滤镜库"对话框，在其中包括风格化滤镜、画笔描边类滤镜、扭曲类滤镜、素描类滤镜、纹理类滤镜和艺术效果类滤镜。

提示：选择"滤镜"菜单，在弹出的菜单命令中也可选择相应的命令来使用滤镜库中所包含的滤镜效果。

【例 6-4】下面使用滤镜库中的相关滤镜来制作火焰字效果，如图 6-42 所示。

完成效果：效果文件\第6章\火焰字.psd

图 6-42　火焰字效果

Step 1　新建一个名称为"火焰字"的图像，宽度和高度为 500 像素 × 500 像素，分辨率为 300 像素 / 英寸，背景色为黑色。

Step 2　选择工具箱中的横排文字工具 **T**，在图像中输入文字，设置字体为隶书，颜色为白色，字体大小按"Ctrl+T"快捷键进行变换，如图 6-43 所示。

Step 3　复制文字图层，并隐藏原文字图层，然后栅格化复制后的文字图层，按"Ctrl+T"快捷键旋转文字，如图 6-44 所示。

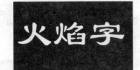

图 6-43　输入文字　　　　图 6-44　旋转文字

Step 4　选择【滤镜】/【风格化】/【风】命令，打开如图 6-45 所示的"风"对话框，在其中选中"方法"栏中的"风"单选项，选中"方向"栏中的"从左"单选项。

Step 5　单击 确定 按钮后的效果如图 6-46 所示。

Step 6　选择【滤镜】/【风】菜单命令，或按"Ctrl+F"快捷键执行两次"风"滤镜，效果如图 6-47 所示。

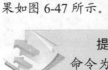
提示："滤镜"菜单下的第 1 个命令为上一次使用过的滤镜命令，其快捷键都为"Ctrl+F"键，按下该快捷键可再次对图像应用最近使用过的滤镜。

Step 7　再次旋转文字，然后复制设置后的文字图层，选择【滤镜】/【模糊】/【高斯模糊】命令，在打开的如图 6-48 所示的"高斯模糊"对话框中设置模糊半径为 2 像素，单击 确定 按钮后的效果如图 6-49 所示。

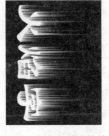

图 6-47　多次应用后的效果　　图 6-48　打开"高斯模糊"对话框

Step 8　复制背景图层，将复制后的图层移至"副本 2"图层的下方，如图 6-50 所示。

图 6-45　打开"风"对话框　图 6-46　设置后的风效果

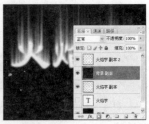

图 6-49　模糊后的效果　　图 6-50　复制背景图层

Step 9 选择"副本2"的文字图层，执行"向下合并"命令，合并图层。选择【滤镜】/【液化】命令，或按"Shift+Ctrl+X"快捷键打开"液化"对话框，在其右侧的"工具选项"栏中设置画笔大小为100，然后在左侧的文字上进行涂抹绘制火焰的效果，如图6-51所示。

图6-52 继续涂抹　　图6-53 为图像着色

图6-51 涂抹文字

Step 10 使用相同的方法更改画笔大小，并绘制出小的火焰效果，完成后单击 确定 按钮，效果如图6-52所示。

Step 11 按"Ctrl+U"快捷键打开"色相/饱和度"对话框，选中"着色"复选框，依次输入色相、饱和度和明度的数值为40、100和-5，效果如图6-53所示。

Step 12 复制当前图层，将复制后的图层混合模式设置为叠加，如图6-54所示。

Step 13 对之前栅格化后的文字图层执行"高斯模糊"命令，设置半径为3像素，然后再复制背景图层与其合并，如图6-55所示。

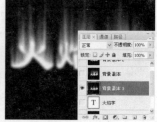

图6-54 设置图层混合模式　　图6-55 高斯模糊

Step 14 按照相同的方法对"副本3"图层执行液化和着色操作，然后将其图层混合模式设置为强光，如图6-56所示。

Step 15 将原文字图层移动到"图层"控制面板中的最上方，栅格化文字图层后进行渐变填充，完成后将其移动到合适位置，如图6-57所示。

图6-56 制作火焰　　图6-57 完成制作

【知识补充】在Photoshop中的大部分滤镜都集中在滤镜库中，使用滤镜库不仅可以累积应用滤镜，也可多次应用单个滤镜，还可以查看每个滤镜效果的缩略图，而且能重新排列滤镜并更改已应用的滤镜设置，从而实现所需的效果，但"滤镜"菜单中列出的滤镜并不是在"滤镜库"中都可使用。如图6-58所示为打开的"滤镜库"对话框。

单击滤镜选择区中各滤镜组左边的▷按钮，可展开该滤镜组，若要使用某个滤镜，只需在该滤镜的缩略图上单击即可。

- 预览框：用于观察滤镜应用到图像上的变化效果，单击其底部的 - 或 + 按钮，可缩小或放大预览框中的图像。
- 滤镜效果列表：用于显示对图像加载的滤镜选项，设置方法与"图层"控制面板相似，可以打开或关闭滤镜名称前的 ◉ 图标来决定是否应用该滤镜项，系统默认列表中只有一个滤镜，若要同时应用其他滤镜，应单击 按钮后选择要应用的滤镜即可；在列表中选择一个滤镜效果图层后单击 按钮，可删除选择的滤镜效果。

对于滤镜库中的其他滤镜效果，可任意打开一幅图像，对其应用各种滤镜来查看各滤镜组中的相应滤镜效果。

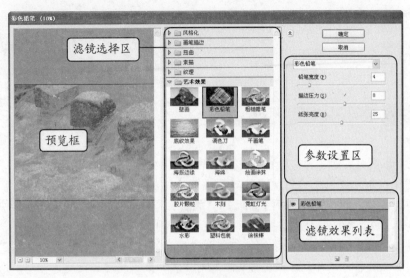

图 6-58　"滤镜库" 对话框

6.2.2　使用常用滤镜

在 Photoshop CS3 提供了抽出、液化、图案生成器和消失点等 4 个简单滤镜，下面将通过实例来对其进行讲解。

【例 6-5】使用消失点滤镜按透视关系复制枫叶，如图 6-59 所示。

所用素材：素材文件＼第 6 章＼枫叶.jpg
完成效果：效果文件＼第 6 章＼复制图像.psd

图 6-59　复制枫叶后的效果

Step 1　打开"枫叶.jpg"图像文件，复制图层，选择【滤镜】／【消失点】命令，或按"Alt+Ctrl+V"快捷键打开如图 6-60 所示的"消失点"对话框。

Step 2　选择创建平面工具 ，并在预览窗的不同位置单击 4 次，以创建具有 4 个顶点的透视平面，如图 6-61 示。

Step 3　选择编辑平面工具，拖动平面边缘的控制点，调整透视关系，如图 6-62 所示。

Step 4　选择图章工具，然后按住"Alt"键的同时在透视平面内的枫叶上单击取样，移动鼠标到透视平面的左侧处并单击，这样就将取样处的枫叶复制到了单击处，如图 6-63 所示。

图 6-60　打开 "消失点" 对话框

Step 5　其中可在对话框的顶部设置画笔的大小来复制细节，单击 确定 按钮后的完成效果如图 6-64 所示。

图 6-61 创建透视点   图 6-62 调整透视点   图 6-63 复制图像   图 6-64 完成复制

【知识补充】下面对其他 3 种常用滤镜进行讲解。

● 抽出滤镜：该滤镜可以将图像中特定区域精确地从背景中提取出来，因此可以将其看作是对绘制选区功能的补充。选择【滤镜】/【抽出】命令，或按"Alt+Ctrl+X"快捷键将打开如图6-65所示的"抽出"对话框，在其中即可进行相应设置。

● 液化滤镜：该滤镜可以对图像的任何部分进行各种各样的类似液化效果的变形处理，如收缩、膨胀和旋转等，并且在液化过程中可对其各种效果程度进行随意控制，是修饰图像和创建艺术效果的有效方法。选择【滤镜】/【液化】命令，或按"Shift+Ctrl+X"快捷键将打开如图6-66所示的"液化"对话框。其中在前面例6-4中已经对图像用到了"液化"滤镜，这里不再做具体讲解。

图 6-65 打开"抽出"对话框   图 6-66 打开"液化"对话框

● 图案生成器滤镜：该滤镜可以根据选取图像的部分或剪贴板中的图像来生成各种图案，其特殊的混合算法避免了在应用图像时的简单重复，实现了拼贴块与拼贴块之间的无缝拼接。选择【滤镜】/【图案生成器】命令，或按"Alt+Shift+Ctrl+X"快捷键打开如图6-67所示的"图案生成器"对话框，在其中选择矩形选框工具 ，在预览框中绘制一个区域作为图案生成区，单击 生成 按钮，即可得到图案平铺效果，如图6-68所示。

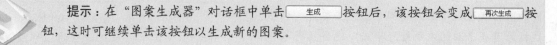

提示：在"图案生成器"对话框中单击 生成 按钮后，该按钮会变成 再次生成 按钮，这时可继续单击该按钮以生成新的图案。

图 6-67　打开 "图案生成器" 对话框

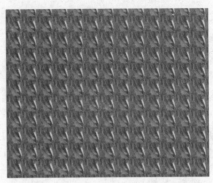

图 6-68　平铺图案

6.2.3　设置与使用其他滤镜

学习了常用滤镜后，本节将具体讲解在滤镜库中没有的滤镜，主要包括像素化类滤镜、杂色类滤镜、模糊类滤镜、渲染类滤镜和锐化类滤镜。

【例 6-6】使用渲染类滤镜和杂色类滤镜制作木纹效果，如图 6-69 所示。

完成效果：效果文件\第6章\木纹.psd

图 6-69　木纹效果

Step 1　新建一个 "木纹" 图像文件，设置宽度和高度为 600 像素 ×400 像素，分辨率为 72 像素／英寸，模式为 RGB 颜色。

Step 2　设置前景色和背景色分别为淡暖褐和暗暖褐，这两种颜色在 "色板" 控制面板中可以找到，然后选择【滤镜】/【渲染】/【云彩】命令，填充图像，如图 6-70 所示。

Step 3　选择【滤镜】/【杂色】/【添加杂色】命令，打开 "添加杂色" 对话框，设置数量为 20%，选中 "高斯分布" 单选项和 "单色" 复选框，如图 6-71 所示，单击 确定 按钮后的效果如图 6-72 所示。

Step 4　选择【滤镜】/【模糊】/【动感模糊】命令，打开 "动感模糊" 对话框，设置角度为 0 度，距离为 999 像素，如图 6-73 所示，单击 确定 按钮后效果如图 6-74 所示。

图 6-70　填充图像　　图 6-71　打开 "添加杂色" 对话框

Step 5　选择工具箱中的矩形选框工具，在任意处选区绘制矩形选区，然后选择【滤镜】/【扭曲】/【旋转扭曲】命令，打开 "旋转扭曲" 对话框，角度为默认，单击 确定 按钮确认设置，按 "Ctrl+F" 快捷键多次执行该命令，直到得到满意的效果为止，如图 6-75 所示。然后多次重复框选区域，每框选一个区域后，按 "Ctrl+F" 快捷键执行上次的扭曲滤镜，如图 6-76 所示。

图 6-72　添加杂色后的效果

图 6-75　旋转扭曲　　图 6-76　完成扭曲操作

Step 6　选择【图像】/【调整】/【亮度/对比度】命令，设置亮度和对比度分别为 40 和 30，如图 6-77 所示。

Step 7　使用加深工具在图像的部分区域进行涂抹，完成后的效果如图 6-78 所示。

图 6-73　打开"动感模糊"对话框　图 6-74　设置后的效果

图 6-77　增加亮度　　图 6-78　加深颜色

【知识补充】下面对滤镜库中没有的其他几种滤镜进行具体讲解。

● 像素化类滤镜：该类主要是通过将相似颜色值的像素转化成单元格的方法使图像分块或平面化。在其中提供了7种滤镜，包括彩色块、彩色半调、点状化、晶格化、马赛克、碎片和铜板雕刻，选择【滤镜】/【像素化】命令，在弹出的子菜单中即可选择相应的滤镜项。

● 杂色类滤镜：该类主要用来向图像中添加杂点或去除图像中的杂点，通过混合干扰，制作出着色像素图案的纹理。在其中提供了5种滤镜，包括减少杂色、蒙尘与划痕、去斑、添加杂色和中间值，选择【滤镜】/【杂色】命令，在弹出的子菜单中即可选择相应的滤镜项。

● 模糊类滤镜：该类可以通过削弱相邻像素的对比度，使相邻像素间过渡平滑，从而产生边柔和、模糊的效果。在其中提供了11种滤镜，选择【滤镜】/【模糊】命令，在弹出的子菜单中即可选择相应的滤镜项。

● 渲染类滤镜：该类主要用于模拟不同的光源照明效果，在其中提供了5种滤镜，包括分层云彩、光照效果、镜头光晕、纤维和云彩，选择【滤镜】/【渲染】命令，在弹出的子菜单中即可选择相应的滤镜项。

● 锐化类滤镜：该类通过增强相邻像素间的对比度使图像轮廓分明，从而达到使图像清晰的效果。在其中提供了5种滤镜，包括USM锐化、进一步锐化、锐化、锐化边缘和智能锐化，选择【滤镜】/【锐化】命令，在弹出的子菜单中即可选择相应的滤镜项。

6.3 应用实践——制作文艺公演海报

海报是指向广大群众报道或介绍有关戏剧、电影、体育比赛、文艺演出和报告会等消息的招贴广告，同广告一样具有向人们介绍某一物体或事件的特性，所以海报也是广告的一种。

6.3.1　了解公演海报的一般要素

海报一般应包含标题、正文和落款等内容，在本例中制作的是公演海报，因此在制作之前，首先需要了解海报的相关信息。

- 本例将制作一个文艺公演的海报，因此通常在海报中要写清楚活动的性质、活动的主办单位、时间和地点等内容。
- 海报的语言要求简明扼要，形式要做到新颖美观。

在 Photoshop 中根据提供的一些素材，制作如图 6-79 所示的文艺公演海报效果，相关要求如下。

- 公演主题：天上人间
- 制作要求：在海报中要写明公演时间、地点和主办单位等信息
- 海报尺寸：800像素×1100像素
- 分辨率：300像素/英寸
- 色彩模式：RGB模式

图 6-79　海报效果

所用素材：素材文件\第6章\梅.jpg、山.jpg、琵琶.jpg

完成效果：效果文件\第6章\公演海报.psd

6.3.2　收集海报的相关信息与素材

在了解海报的要素和确定海报要求后，即可针对该主题海报查找一些相应的素材。

- 在查找素材时，要首先对该海报的主色调进行确认。
- 确定主色调后，要对海报的文字信息等进行确认，如公演的时间、地点、人员和票价等，这些都需要客户提供相关资料。
- 收集好素材和相关信息后，即可使用Photoshop对素材图像进行处理，然后是将客户提供的相关信息文字在其中进行相应的排版。
- 在制作之前，也可在网上查找一些相关的效果图，作为参考。

6.3.3　海报的创意分析与设计思路

本例的海报重点是突出公演的主题及相关信息等。根据本例的制作要求和提供的素材，还可以进行如下一些分析。

- 本例海报的位置主要是张贴于公共场所。如公交站台、公园、商业闹区和街道醒目位置等。
- 本例在制作过程中，主题文字要尽量大一些，颜色要醒目一些，这样可以让人们在远处容易看清。

本例的设计思路如图 6-80 所示，具体设计如下。

● 使用"云彩"滤镜、"添加杂色"滤镜和"表面模糊"滤镜制作海报的背景。

● 打开素材，使用"色相/饱和度"命令对其进行调整，然后更改其图层的混合模式和不透明度等。

● 输入文字，并分别进行相应的设置，完成制作。

制作背景　　　　　　添加要用的素材　　　　　完成制作

图 6-80　公演海报的操作思路

6.3.4　制作过程

1. 制作海报背景

Step 1　新建一个名为"公演海报"的图像文件，设置宽度和高度为 800 像素 ×1100 像素，分辨率为 300 像素 / 英寸。

Step 2　设置前景色和背景色为棕色（R:220,G:196,B:167）和浅棕色（R:196,G:166,B:130），然后选择【滤镜】/【渲染】/【云彩】命令，填充背景，如图 6-81 所示。

Step 3　选择【滤镜】/【杂色】/【添加杂色】命令，在打开的"添加杂色"对话框中设置数量为 10%，如图 6-82 所示。

图 6-81　填充背景　　　图 6-82　添加杂色

　　　提示：在执行"云彩"命令时，选取两个相近的颜色是为了使运用滤镜后的图像效果颜色反差不大。

Step 4　选择【滤镜】/【模糊】/【表面模糊】

命令，打开如图 6-83 所示的"表面模糊"对话框，在其中设置半径为 10 像素，阈值为 50 色阶，单击 确定 按钮后的效果如图 6-84 所示。

图 6-83　打开对话框　　图 6-84　模糊后的效果

2. 添加海报所需素材

Step 1　打开"梅 .jpg"图像文件，将其拖至编辑的图像窗口中，按"Ctrl+U"快捷键打开"色相 / 饱和度"对话框，选中"着色"复选框，完成后的效果如图 6-85 所示。

Step 2　设置该图层的混合模式为正片叠底，不透明度为 20%，如图 6-86 所示。

Step 3　在梅花图层的下方新建图层，设置前景色为灰色（R:163,G:136,B:117），设置画笔的流量为 50%，然后进行涂抹，完成后选择【滤镜】/【模糊】/【高斯模糊】命令，设置模糊为 40，效果如图 6-87 所示。

Step 4　打开"山 .jpg"图像文件，使用套索工具绘制选区，设置羽化为 30px，然后将其拖至编辑的图像窗口中，设置色相 / 饱和度为着色，然后为其添加图层蒙版，使用黑色的画笔抹去不需要的部分，如图 6-88 所示。

意每一个文字为一层，这样才可方便调整每个文字的大小，然后为其添加投影图层样式，距离为 4 像素，大小为 21 像素，效果如图 6-90 所示。

图 6-85 调整颜色

图 6-86 设置不透明度

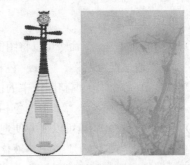
图 6-89 处理琵琶图像

Step 2 复制文字图层，将复制后的文字颜色设置为灰色（R:205,G:186,B:153），然后将其移到动各自文字对应的位置，突出文字层次，如图 6-91 所示。

图 6-87 模糊后的效果

图 6-90 设置文字格式　　　图 6-91 突出文字立体感

Step 3 继续输入英文文字，设置字体为 Bell MT，字体大小为 7 点，颜色为黑色，如图 6-92 所示。

Step 4 继续使用文字工具输入其他文字，依次设置字体为楷体 _GB2312 和黑体，颜色为深棕色（R:91,G:50,B:2）和黑色，其中部分文字需要加粗，如图 6-93 所示。

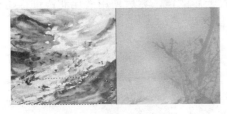
图 6-88 编辑图层蒙版

Step 5 打开"琵琶 .jpg"图像文件，将琵琶图像拖至编辑的图像窗口中，然后设置图层不透明度为 15%，混合模式为变暗，为其添加图层蒙版，涂抹掉不需要的部分，如图 6-89 所示。

3. 输入文字

Step 1 选择工具箱中的横排文字工具 T，在图像中输入"天上人间"文字，设置字体为汉仪柏青体简，颜色为黑色（R:47,G:40,B:22），注

图 6-92 输入英文文字　　　图 6-93 完成文字的输入

6.4 练习与上机

1. 单项选择题

（1）使用下列（　　）命令可以将图像不同通道中的颜色进行混合，从而达到改变图像色彩的目的。

　　　A. "通道混合器"　　B. "色相/饱和度"　C. "色彩平衡"　　　D. "色阶"

（2）（　　）命令用于调整图像中的色相、饱和度和明度值。

　　　A. 色彩平衡　　　　B. 色相/饱和度　　C. 照片滤镜　　　D. 通道混合器

（3）下面（　　）滤镜可以很方便地对图像进行扭曲。

　　　A. 抽出　　　　　　B. 液化　　　　　　C. 图案生成器　　D. 消失点

（4）对图像应用一次滤镜后，按（　　）快捷键可继续应用该滤镜。

　　　A. Ctrl+F　　　　　B. Ctrl+G　　　　　C. Alt+F　　　　D. Alt+G

2. 多项选择题

（1）下面说法正确的有（　　）。

　　　A. "变化"命令可以直观地为图像增加或减少某些色彩，还可方便地控制图像的明暗关系

　　　B. "亮度/对比度"命令是专用于调整图像亮度和对比度

　　　C. "色彩平衡"命令常用来较精确地调整图像的中间色和对比度

　　　D. "色彩平衡"命令主要用来改变图像的原色彩

（2）以下滤镜中，属于常用滤镜的有（　　）。

　　　A. 液化　　　　　　B. 抽出　　　　　　C. 模糊　　　　　D. 图案生成器

3. 简单操作题

使用滤镜和图层样式的相关知识，制作出如图 6-94 所示的手镯效果。

提示：首先设置前景色为红色，背景色为白色，执行云彩滤镜，然后使用液化滤镜进行随意涂抹，绘制椭圆选区，并删除不需要的选区，最后对其添加图层样式。

 完成效果 :效果文件\第6章\手镯.psd

图 6-94　手镯效果

4. 综合操作题

要求根据提供的几幅图像素材制作一张文字海报效果，要求文件大小为 800 像素 ×600 像素，分辨率为 300 像素/英寸，色彩模式为 RGB 模式，保留图层，效果如图 6-95 所示。

 所用素材 :素材文件\第6章\纸张.jpg、金属.jpg
完成效果 :效果文件\第6章\文字海报.psd

图 6-95　文字海报

拓展知识

　　海报的目的是为了引起人们的注意，因此其设计尤为重要。除了本章前面所介绍的海报设计知识外，我们在对海报设计时还需要了解以下几个方面的行业知识。

一、海报的写作格式

　　在前面已经讲解了海报一般是由标题、正文和落款 3 部分组成，这只是海报的一般格式，而在实际的使用中，有些内容可以少写或省略。

　　需要注意的是，在制作海报时，一定要具体且真实地写明活动的地点、时间及主要内容等，在文中也可以用鼓动性的词语，但不可夸大事实；海报文字要求简洁明了，篇幅要短小精悍；海报的版式可以做艺术性的处理，以吸引观众。但随着时代的进步，现在的海报形式多种多样，并不只局限于以上格式，因此在制作海报时，可视需要设定。

二、海报的分类

　　一般来说，从内容上看可将海报分为以下几类。（1）电影海报：指在影剧院公布演出电影的名称、时间、地点及内容介绍的一种海报。（2）文艺晚会、杂技、体育比赛等海报：这类海报同电影海报大同小异，其内容是观众可以身临其境进行观赏的一种演出活动，一般有较强的参与性。在设计上，往往新颖别致。（3）学术报告类海报：指的是一种为一些学术性的活动而发布的海报。一般张贴在学校或相关的单位，具有一定针对性。（4）个性海报：这类海报包含的内容较多，指的是由自己设计并制作，具有明显主观性的海报。

三、海报欣赏

 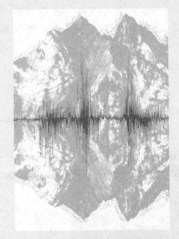

第 78 届奥斯卡获奖影片海报　来源：中国艺术设计联盟　　　音乐主题海报　来源：中国艺术设计联盟

　　第一幅是电影《纳尼亚传奇》的宣传海报，该海报中包括有电影的名称等文字，旨在宣传电影。

　　第二幅是一张主题海报，表现的是音乐节的主题思想，该海报上没有文字，但是其中的音节和音符已经足以表现该主题。

第7章
Illustrator CS3 的基本操作

📖 **本章要点**

● Illustrator CS3 的基础知识
● IllustratorCS3 的基本设置
● 图形的输入与输出
● 制作自定义的工作界面

📖 **内容简介**

本章主要讲述 Illustrator CS3 的基本操作，包括 Illustrator CS3 的基础知识、Illustrator 的基本设置和图像的输入和输出等。通过本章内容的学习，可以快速熟悉 Illustrator CS3 的一些基本操作，并学会自定义工作界面的设置方法。

7.1 ▌ Illustrator CS3的基础知识

在第 1 章中，已经对平面设计中的一些基础知识进行了讲解，下面直接对 Illustrator CS3 的基础知识进行介绍。

7.1.1　Illustrator CS3 的工作界面

Illustrator CS3 的工作界面和 Photoshop CS3 的工作界面非常相似，在其中任意打开一幅图像文件，其工作界面如图 7-1 所示。

图 7-1　Illustrator CS3 工作界面

下面对各个组成部分分别进行讲解。

● 标题栏：主要用于显示当前运行程序的名称，其右侧的 ▬ 、▢ 和 ✖ 按钮分别用来最小化、还原和关闭工作界面。

● 菜单栏：集合了 Illustrator CS3 中的所有操作命令，包括"文件"、"编辑"、"对象"、"文字"、"选择"、"滤镜"、"效果"、"视图"、"窗口"和"帮助"10 个菜单项，同 Photoshop 相同，在每个菜单项下内置了多个菜单命令，有的菜单命令右下侧带有 ▸ 符号，表示该菜单命令下还有子菜单；菜单命令右侧的快捷键，表示使用该快捷键也可执行该操作命令。

● 工具属性栏：在工具箱中单击选择某个工具，并在页面区域中选择相应的对象后，菜单栏下方的工具属性栏会显示当前工具对应的属性和参数，用户可以通过设置这些参数来调整工具的属性。如图7-2所示为未在页面区域中选择对象之前的工具属性栏，如图7-3所示为使用选择工具 ▶ 在页面区域中单击选择图形对象后的工具属性栏。

图 7-2　未选择对象时的工具属性栏

图 7-3　选择对象后的工具属性栏

● 工具箱：在Illustrator CS3的工具箱中集合了大量工具，其默认位置在工作界面的左侧，在工具箱顶部按住鼠标左键不放，可将其拖曳到图像工作界面的任意位置。单击工具箱顶部的 按钮，可以更改工具箱中的工具排列方式，如图7-4所示为双列的排列方式。要选择工具箱中的工具，只需单击该工具对应的图标按钮即可。其中有的工具按钮右下角有一个黑色的小三角形，表示该工具下还有隐藏的工具，在该工具按钮上按住鼠标左键不放，可显示该工具组中隐藏的工具，如图7-5所示，此时，单击工具组后面的黑色三角形，可以将该工具组从工具箱中分离出来，如图7-6所示。

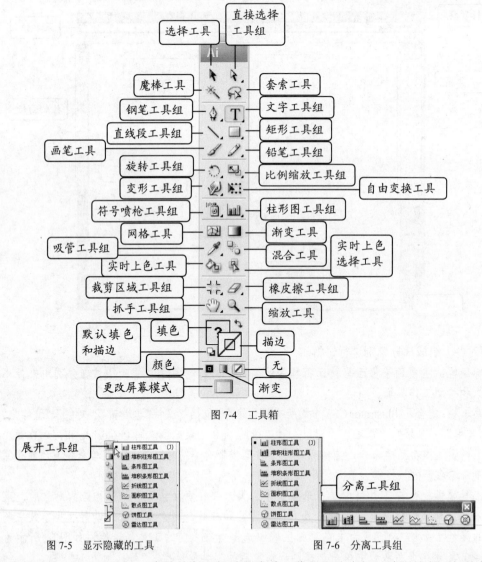

图 7-4　工具箱

图 7-5　显示隐藏的工具　　　　　图 7-6　分离工具组

● 控制面板：Illustrator CS3中的控制面板默认在其工作界面的右侧，单击控制面板按钮，即可打开相应的控制面板组，如图7-7所示为"色板"控制面板组，也可选择"窗口"菜单，在其下选择相应的命令打开控制面板。Illustrator中的控制面板组同Photoshop中的控制面板组一样，可以任意拆分或组合，这里不再进行讲解。其中单击控制面板右上角的 _、 □ 和 × 按钮可最小化、最大化和关闭该控制面板，将鼠标指针移动到控制面板的右下角的 图标处，按住鼠标左键拖曳可任意放大或缩小控制面板。

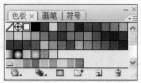

图 7-7　"色板"控制面板组

● 状态栏：位于工作界面的最下方，主要包括3个部分，最左侧的百分比表示当前文档的显示比例；单击中间可弹出菜单，显示的是当前使用的工具、当前的日期时间、文件操作的还原次数和文档颜色配置文件；最右侧为滚动条，拖曳可浏览整个图像文件。

7.1.2　新建和打开文件

对 Illustrator CS3 的工作界面有所了解后，下面对新建和打开文件的操作进行讲解。

1. 新建文件

选择【文件】/【新建】命令，或按"Ctrl+N"快捷键，打开如图 7-8 所示的"新建文档"对话框，设置好各选项后单击 确定 按钮即可。下面对其中的各选项进行详细介绍。

图 7-8　打开"新建文档"对话框

● "新建文档配置文件"下拉列表框：单击其右侧的 ∨ 按钮，可在弹出的下拉列表框中选择需要的选项，选择的选项不同，其后面的大小、颜色模式等都不相同。

● "大小"下拉列表框：可在该下拉列表框中选择系统自带的文件尺寸，也可在下面的"宽度"和"高度"文本框中自定义文件尺寸。

● "单位"下拉列表框：用于设置文件所采用的单位，默认情况下为毫米。

● "取向"：单击相应的按钮，可将文件按设置为竖向或横向排列。

● "颜色模式"下拉列表框：用于设置新建文件的颜色模式，包括有RGB和CMYK两种模式。

2. 打开文件

选择【文件】/【打开】命令，或按"Ctrl+O"快捷键打开如图 7-9 所示的"打开"对话框，在"查找范围"下拉列表框中选择需要打开的文件位置，然后在中间的列表框中选择文件，单击 打开 按钮即可打开文件。

7.1.3　保存和关闭文件

在新建或打开文件后，可对其进行保存和关闭操作。

1. 保存文件

当对文件进行第一次保存时，选择【文件】/【存储】

图 7-9　打开"打开"对话框

命令，或按"Ctrl+S"快捷键，打开"存储为"对话框，如图 7-10 所示。在对话框中设置要保存文件的名称、路径和类型后，单击 保存(S) 按钮即可保存文件。

> **提示**：若不是第一次对该文件进行保存，选择命令后，不再打开"存储为"对话框，将直接覆盖原文件来保存。

若要保存文件而又不覆盖原文件，可选择【文件】/【存储为】命令，或按"Shift+Ctrl+S"快捷键打开"存储为"对话框，在其中将修改后的文件重命名，并重新设置文件的路径或类型，单击 保存(S) 按钮即可在不覆盖原文件的同时保存文件。

2. 关闭文件

选择【文件】/【关闭】命令，或按"Ctrl+W"快捷键，可关闭当前文件，也可单击绘图窗口上的 × 按钮来关闭文件。

若当前文件被修改过或是新建的文件，在关闭文件之前，会打开如图 7-11 所示的提示对话框，提示是否存储修改后的文件，单击 是 按钮表示保存文件后关闭；单击 否 按钮表示不保存文件直接关闭；单击 取消 按钮表示取消关闭文件的操作。

图 7-10 打开"存储为"对话框

图 7-11 打开提示对话框

7.2 | Illustrator CS3的基本设置

在 Illustrator CS3 中绘制图像时，常需要对辅助工具、图像的显示效果、颜色、渐变色和出血线等进行设置，下面具体进行讲解。

7.2.1 设置标尺、参考线和网格

在 Illustrator CS3 中使用标尺、参考线和网格可以帮助用户对所绘制和编辑的图形进行精确定位，并可测量图形的准确尺寸。

1. 标尺

选择【视图】/【显示标尺】命令或按"Ctrl+R"快捷键，将显示出标尺，如图 7-12 所示，再次选择该命令即可隐藏标尺，在标尺上单击鼠标右键，在弹出的快捷菜单中可选择标尺的单位。

选择【编辑】/【首选项】/【单位和显示性能】命令，在打开的如图 7-13 所示的"首选项"对话

框中的"常规"选项的下拉列表框中设置标尺的显示单位。

图 7-12　显示标尺

图 7-13　打开"首选项"对话框

如果仅需要对当前文件设置标尺的显示单位，可选择【文件】/【文档设置】命令或按"Alt+Ctrl+P"快捷键，在打开的"文档设置"对话框中的"单位"选项的下拉列表框中设置标尺的显示单位，设置后的标尺单位将只针对当前文件，而对以后新建的文件标尺单位不起作用。

提示：在默认情况下，标尺的坐标原点在工作界面的左下角，单击水平标尺和垂直标尺的相交点，并按住鼠标左键不放拖曳到页面中，即可将坐标原点设置在此处；双击水平标尺与垂直标尺的交点即可恢复标尺原点的默认位置。

2. 参考线

建立参考线主要有以下几种方法。

- 在水平标尺或垂直标尺上按住鼠标左键不放向页面中拖曳，释放鼠标后即可建立参考线。
- 也可根据需要将图形或路径转换为参考线，选中要转换的路径，如图7-14所示，选择【视图】/【参考线】/【建立参考线】命令，或按"Ctrl+5"快捷键即可将选中的路径转换为参考线，如图7-15所示，选择【视图】/【参考线】/【释放参考线】命令，或按"Alt+Ctrl+5"快捷键可将选中的参考线转换为路径。

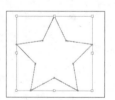

图 7-14　选择路径

图 7-15　建立参考线

选择【视图】/【参考线】/【隐藏参考线】命令，或按"Ctrl+;"快捷键可隐藏参考线；选择【视图】/【参考线】/【锁定参考线】命令，或按"Alt+Ctrl+;"快捷键可锁定参考线；选择【视图】/【参考线】/【清除参考线】命令，可清除参考线。

提示：选择【视图】/【智能参考线】命令，或按"Ctrl+U"快捷键可以显示智能参考线。当图像移动或旋转到一定角度时，智能参考线就会高亮显示并给出提示信息。

3. 网格

选择【视图】/【显示网格】命令，或按"Ctrl+"键可显示出网格，如图7-16所示，再次选择该命令即可隐藏网格。

选择【编辑】/【首选项】/【参考线和网格】命令，在打开的如图 7-17 所示的"首选项"对话框中可设置网格的颜色、样式和间隔等属性。

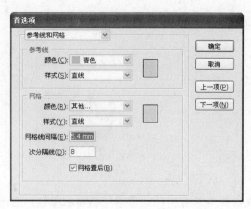

图 7-16　显示网格　　　　　　　　　图 7-17　打开"首选项"对话框

7.2.2　设置图像的显示效果

在使用 Illustrator CS3 绘制和编辑图像的过程中，用户可根据需要调整图像的显示模式和显示比例，以便于图像的绘制和编辑操作。

1. 选择视图模式

在 Illustrator CS3 中提供有"预览"、"轮廓"、"叠印预览"和"像素预览"4 种视图模式，下面分别进行讲解。

● "预览"模式：该模式属于系统默认的视图模式，图像显示效果如图7-18所示。
● "轮廓"模式：选择【视图】/【轮廓】命令或按"Ctrl+Y"快捷键，将切换到"轮廓"模式，该模式会隐藏颜色信息，只用线框轮廓来显示图像，如图7-19所示。
● "叠印预览"模式：选择【视图】/【叠印预览】命令，或按"Alt+Shif+Ctrl+Y"快捷键，将切换到"叠印预览"模式，该模式可以将图像以近油墨混合效果显示，如图7-20所示。
● "像素预览"模式：选择【视图】/【像素预览】命令，或按"Alt+Ctrl+Y"快捷键将切换到"像素预览"模式，该模式可以将图像转换为位图的图像效果进行显示，这样可以有效控制图像的精确度和尺寸等，如图7-21所示。

图 7-18　预览　　　　图 7-19　轮廓　　　　图 7-20　叠印预览　　　图 7-21　像素预览

2. 按窗口大小和实际大小显示图像

● 适合窗口大小显示：选择【视图】/【适合窗口大小】命令，或按"Ctrl+0"快捷键即可将图像调整为适合窗口大小进行显示。也可双击工具箱中的手形工具 来进行调整。

● 按实际大小显示：选择【视图】/【实际大小】命令，或按"Ctrl+1"快捷键，将图像以实际大小进行显示。

3. 缩放图像

缩放图像包括放大显示图像和缩小显示图像，其方法主要有以下几种。

● 菜单命令：选择【视图】/【放大】(【缩小】)命令，或按"Ctrl++"("Ctrl+-")快捷键即可放大（缩小）图像，每选择一次命令，图像便放大（缩小）一级，如图像以 100% 显示时，选择命令后，图像将会以 150% 显示，以此类推。

● 缩放工具 ：选择工具箱中的缩放工具 ，将其移到页面中，当变为 形状时单击即可放大图像；使用缩放工具 框选要放大的图像区域，可局部放大图像，如图7-22所示。按住"Alt"键单击即可缩小图像。

● 状态栏：在状态栏中的 下拉列表框中选择要放大（缩小）的百分数值，或直接输入要放大的数值，按"Enter"键即可将图像按照设置的百分比进行放大（缩小）。

● "导航器"控制面板：在"导航器"控制面板中单击其右下角的 按钮，可逐级放大图像；单击其左下角的 按钮，可逐级缩小图像，拖曳滑块可以自由放大或缩小图像；也可在左下角的百分比数值框中直接输入数值，按"Enter"键放大或缩小图像。如图7-23所示。

图 7-22　局部放大图像　　　　图 7-23　通过"导航器"控制面板放大图像

> 提示：若当前使用的是其他工具时，按住"Ctrl+空格"快捷键不放，单击可放大图像；按"Ctrl+Alt+空格"快捷键不放单击可缩小图像。

4. 全屏显示图像

单击工具箱底部的"更改屏幕模式"按钮 ，可在弹出的菜单中选择图像的显示模式。在 Illustrator CS3 中提供有最大屏幕显示模式 、标准屏幕显示模式 、带有菜单栏的全屏模式 和全屏模式 4 种，也可反复按"F"键进行切换。

5. 图像窗口显示

当在 Illustrator CS3 中打开有多个图像文件时，按"Tab"键，可以关闭工作界面中的工具箱和控制面板，然后将鼠标指针放置在图像窗口的标题栏上，可将其拖曳到屏幕的任意位置。

选择【窗口】/【层叠】命令或【窗口】/【平铺】命令，可将打开的多个图像窗口以层叠或是平铺的方式显示，如图 7-24 所示。

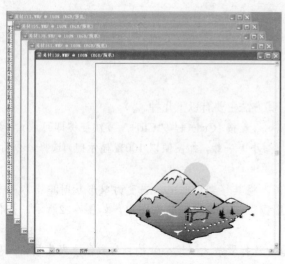

图 7-24 层叠与平铺图像效果

7.2.3 设置和填充颜色

在 Illustrator CS3 中用于颜色填充的操作包括"色板"控制面板中的单色对象、图案对象或渐变对象，以及"颜色"控制面板中的自定义颜色，另外，在"色板库"菜单命令下提供了多种外挂的色谱、渐变对象和图案对象。

1．使用"拾色器"对话框

双击工具箱中"填色"图标□和"描边"图标□，可以在打开的"拾色器"对话框中为选择的图形对象填充或描边颜色，其使用方法与在 Photoshop 中的方法相同，这里不再进行讲解。按"X"键后可切换其位置，单击 按钮或按"Shift+X"快捷键时，可使选择对象的颜色在填充和描边之间进行切换。

2．使用"颜色"控制面板

在"颜色"控制面板中单击右上角的 按钮，可在弹出的菜单中选择当前要使用的颜色模式，如图 7-25 所示。其中的 图标与工具箱中的 图标作用相同，单击相应的图标，即可启用。

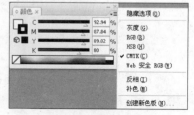

图 7-25 弹出的菜单

将鼠标指针移动到 上，当鼠标指针变为 形状时单击即可选取颜色，也可拖曳各个颜色通道对应的滑块或直接输入数值，来更加精确地调配颜色，如图 7-26 为使用红色填充图像和描边图像后的效果。

图 7-26 填色与描边后的效果

3．使用"色板"控制面板

选择【窗口】/【色板】命令，显示"色板"控制面板，在选择图像后，单击其中的任意颜色或样本，即可将图像颜色设置为在"色板"控制面板中选择的颜色或样本，如图 7-27 所示为使用图案进行填充后的图像效果。

其中各按钮的作用如下。

● "色板库"菜单按钮 ：单击该按钮，即可弹出"色板库"的菜单，同选择【窗口】/【色板库】命令后，弹出的子菜单命令相同。

- 显示"色板类型"菜单按钮 ：单击该按钮，可显示所用的样本。
- "色板选项"按钮 ：在控制面板中选择颜色或样本后，单击该按钮将打开"色板选项"对话框，选择的颜色或样本不同，所打开的对话框中选项也不同。如图7-28所示为选择颜色后打开的对话框。
- "新建颜色组"按钮 ：单击该按钮，可在打开的如图7-29所示的"新建颜色组"对话框中新建颜色组。

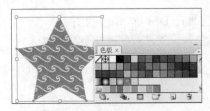

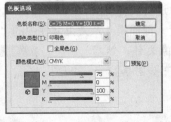

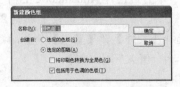

图7-27　使用图案填充图像　　　图7-28　打开"色板选项"对话框　　图7-29　打开"新建颜色组"对话框

- "新建色板"按钮 ：单击可打开"新建色板"对话框，在其中设置要要新建的色板颜色后单击 确定 按钮即可。
- "删除色板"按钮 ：单击该按钮可将选择的颜色或样本从控制面板中删除。
- 图标：在控制面板的左上角有一个 图标，表示无填充颜色。

> 提示：在"色板"控制面板中单击右上角的 按钮，可在弹出的菜单中选择相应的命令进行相关操作。选择【窗口】/【色板库】/【其他库】命令，可以将其他文件中的色板样本、渐变样本和图案样本导入其中。

7.2.4　创建渐变色

Illustrator CS3 中的渐变填充只包括线性渐变和径向渐变两种渐变类型，选择工具箱的渐变工具 ，或使用"渐变"控制面板和"颜色"控制面板来设置选择对象的渐变颜色，或使用"色板"控制面板的渐变样本来建立渐变填充。

在如图 7-30 所示的"渐变"控制面板中，单击渐变滑块 ，然后在"颜色"控制面板中选择所需的颜色即可设置该滑块的颜色，如图 7-31 所示。在控制面板中的颜色条下方的任意位置，即可添加一个渐变滑块，如图 7-32 所示，使用相同的方法可为其设置颜色；要删除渐变滑块，只需选择该滑块，将其拖至控制面板以外的位置即可。

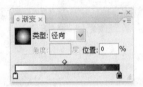

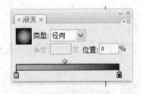

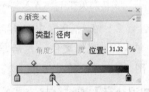

图7-30　显示"渐变"控制面板　　　图7-31　更改渐变颜色　　　图7-32　添加渐变滑块

单击颜色条上方的渐变滑块 进行拖曳，或在控制面板中的"位置"数值框中输入数值，可改变渐变的位置。在"类型"下拉列表框中可选择渐变填充的类型。

7.3 图形的输入与输出

Illustrator CS3 能够置入很多其他格式的文件，如 PDF、BMP、DWG、GIF、PSD 和 TIF 等。下面便对在 Illustrator CS3 中置入文件、输出文件和打印文件的操作进行讲解。

7.3.1 置入文件

下面对在 Illustrator 中置入文件进行具体讲解。

【例 7-1】在 Illustrator CS3 中置入前面第 4 章效果文件中的"房地产 DM 单 .psd"文件。

Step 1 按默认设置新建图像文件，然后选择【文件】/【置入】命令，打开如图 7-33 所示的"置入"对话框。

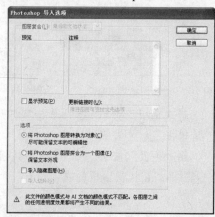

 提示：在"置入"对话框中，如果选中"链接"复选框，则 Illustrator 并不会将图形真正地置入到当前文档中，而是产生一个低分辨率的屏幕预览影像，原来图形文件依旧在原来目录之下，并且不发生任何变化。

图 7-34 打开 "Photoshop 导入选项" 对话框

Step 3 保持默认设置单击 确定 按钮即可置入文件，如图 7-35 所示。

图 7-33 打开 "置入" 对话框

Step 2 在对话框中选择要置入的"房地产 DM 单 .psd"图像文件，然后单击 置入 按钮，打开如图 7-34 所示的对话框。

图 7-35 导入后的图像效果

【知识补充】通过链接方式置入的图形，使得 Illustrator 的文件变小，能够节省较多的系统资源和提高计算机速度。但如果链接文件发生变化，使 Illustrator 无法查到原始文件所在位置，将会造成链接中断，从而无法正确地打开或输出。

在 Illustrator CS3 中提供的"链接"控制面板，在其中可以方便地管理好链接到 Illustrator 中的图形，选择【窗口】/【链接】命令，打开如图 7-36 所示的"链接"控制面板，置入到 Illustrator 中的所有图形均以缩略图的形式出现在该控制面板中。

图 7-36　"链接"控制面板

- "重新置入"按钮 ：单击该按钮可以打开"置入"对话框，重新置入新的文件，并且代替"链接"控制面板中被选中的文件。
- "转至链接"按钮 ：单击该按钮可以直接选中链接的图像。
- "更新链接"按钮 ：该按钮只有在"链接"控制面板中选择链接文件时才可用。如果置入图像的原文件已经更改，单击该按钮可以更新置入的图像。
- "编辑原稿"按钮 ：单击该按钮可以直接启动链接文件的原始文件以便编辑原文件。

7.3.2　输出文件

在 Illustrator CS3 中，可以将文件存储为多种格式的图像。

选择【文件】/【导出】命令，将打开如图 7-37 所示的"导出"对话框，在"保存类型"下拉列表框中提供有多种图像的输出格式，在对话框中设置保存位置、保存名称和保存类型后单击 保存(S) 按钮即可按照设置输出文件。

除此之外，也可选择【文件】/【存储为 Web 和设备所用格式】命令来输出文件，选择命令后或按"Alt+Shift+Ctrl+S"快捷键将打开如图 7-38 所示的"存储为 Web 和设备使用格式"对话框，在"预设"下拉列表框中可选择存储类型，单击对话框中的"双联"和"四联"选项卡，可以预览图像在不同质量参数设置下的效果，如图 7-39 所示为单击"四联"选项卡后的效果，设置完成后，单击 存储 按钮，将打开"将优化结果存储为"对话框，如图 7-40 所示。选择文件保存的位置，输入文件名，再单击 保存(S) 按钮即可。

图 7-37　打开"导出"对话框

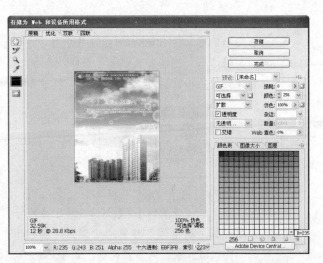

图 7-38　打开"存储为 Web 和设备使用格式"对话框

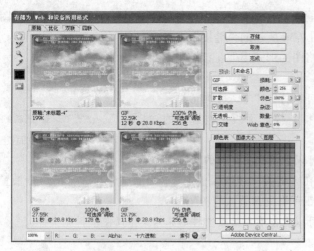

图 7-39　四联显示　　　　　　　　　　　图 7-40　打开 "将优化结果存储为" 对话框

7.3.3　打印文件

完成图像的绘制后，可将绘制的作品打印出来。在打印之前，需要先进行打印准备和打印设置等各项操作。

1. 打印准备

在打印页面之前，需要进行一些基本准备，以免在打印的过程中出现不必要的问题。

- 清除不可打印对象：在Illustrator CS3中打印文件时，只会打印出页面区域中的内容，页面区域以外的部分将不会被打印。但页面区域外的空文本路径、独立点或未着色物体会占据文件空间，并使打印机加载一些不必要的数据，造成不必要的麻烦，因此，在打印页面之前要对其进行清理。选择【对象】/【路径】/【清理】命令，将打开如图7-41所示的"清理"对话框，在其中选中"游离点"复选框可以删除文件中的独立点；选中"未上色对象"复选框可以删除文件中没有上过颜色的对象；选中"空文本路径"复选框可以删除文件中的空文本路径。
- 查看文档信息：在 Illustrator CS3 中打印文件之前，选择【窗口】/【文档信息】命令，将打开"文档信息"控制面板，在其中可以查看文档名称、颜色、标尺单位、画板尺寸等文档信息，查看文档的各项设置是否满足要求，如图 7-42 所示。

图 7-41　打开 "清理" 对话框　　　　　　图 7-42　打开 "文档信息" 控制面板

- 文件设置：选择【文件】/【文档设置】命令，或按"Alt+Ctrl+P"快捷键打开如图7-43所示的"文档设置"对话框，在其中可以对"画板"选项、"文字"选项和"透明度"选项进行设置。如图7-44所示为选择"文字"选项后的"文档设置"对话框。

2. 打印设置

在打印前，还可根据需要对打印机进行设置。

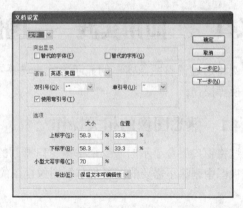

图 7-43　选择 "画板" 选项　　　　　　　　图 7-44　选择 "文字" 选项

打开要打印的图像文件后，选择【文件】【打印】命令，或按 "Ctrl+P" 快捷键打开如图 7-45 所示的 "打印" 对话框，在 "打印机" 下拉列表框中可选择与计算机相连接的打印机，在 "常规" 栏中可设置打印的份数，还可通过选择相应的复选框来设置打印的顺序，在 "介质" 栏中的 "取向" 选项组中还可设置打印的方向；在 "选项" 栏中的 "打印图层" 下拉列表框中可以设置打印的图层，还可选择相应的打印方式，包括 "不要缩放"、"调整到页面大小" 和 "自定缩放" 3 种方式。单击 打印 按钮即可打印文件。

图 7-45　打开 "打印" 对话框

　　　　提示：打印机分辨率的高低不会影响到打印尺寸，打印尺寸是由图像分辨率决定的，但提高打印机分辨率可以让打印质量更好。

3. 分色设置

若要在照排机或 PS 打印机上分色输出图像，则必须进行分色设置。分色是指将不同的颜色打印在分开的纸张或胶片上，这些胶片可以用于印刷的制版。

分色方式可分为四色分色和专色分色。四色分色主要用于使用四色的油墨印刷，不同数量的青、品、黄和黑四色油墨可以组合成图像上的不同颜色，其优点在于可以产生丰富的颜色；专色分色用于使用专色的印刷，通过选用与图像颜色相吻合的油墨来产生相应的颜色，其优点在于印刷出的颜色明亮清晰。

7.4 应用实践——图像操作

本例将通过调整图像窗口的显示方式来熟悉在 Illustrator CS3 中窗口的排列、缩放图像和视图模式的切换等操作。

7.4.1 熟悉图像的相关操作

通过将窗口层叠显示的命令来掌握窗口排列的方法，通过缩放文件来掌握图像的显示方式，通过在轮廓视图中删除不需要的图形来掌握图像视图的切换方式。

 所用素材：素材文件\第7章\素材1.wmf、素材2.wmf、素材3.wmf、素材4.wmf

7.4.2 图像操作的分析与思路

在进行图像操作之前，首先需要启动 Illustrator CS3，然后打开指定的图像文件，再进行图像的相关操作。

本例的设计思路如图 7-46 所示，具体设计如下。

● 启动 Illustrator CS3，然后打开素材图像，更改其显示方式。

● 缩小图像并以轮廓视图显示图像，然后使用选择工具选择图像。

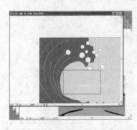 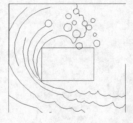 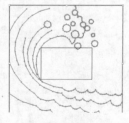

层叠显示图像　　　　　　　　　显示轮廓　　　　　　　　　选择图像

图 7-46　图像操作的思路

7.4.3 操作过程

Step 1 启动 Illustrator CS3，打开"素材1.wmf"到"素材4.wmf"图像文件，如图 7-47 所示。

Step 2 选择【窗口】/【层叠】命令，将图像的 4 个窗口层叠显示，然后单击"素材1.wmf"图像窗口的标题栏，将该窗口显示在前面，如图 7-48 所示。

Step 3 选择工具箱中的缩放工具，按住"Alt"键的同时，在页面中单击，以缩小页面，直到图像的内容全部显示为止，如图 7-49 所示。

 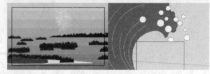

图 7-47　打开文件

Step 4 选择【视图】/【轮廓】命令，显示图像的轮廓，如图 7-50 所示。

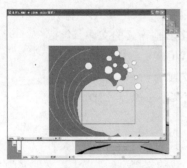

图 7-48　显示指定图像

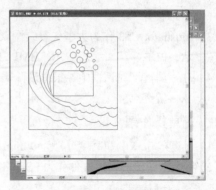

图 7-50　显示轮廓

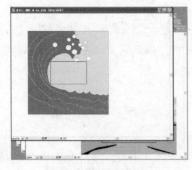

图 7-49　缩小图像

Step 5　选择工具箱中的选择工具，单击
选择整个图像，如图 7-51 所示。

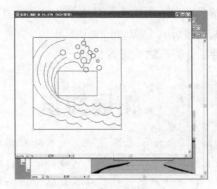

图 7-51　选择图形

7.5　练习与上机

1. 单项选择题

（1）在 Illustrator CS3 中，可以按（　　）键隐藏工具箱和所有的控制面板。

　　A．Tab　　　　　　　　B．Shift　　　　　　　C．Ctrl　　　　　　　D．Alt

（2）在（　　）模式下只显示物体的路径，即只有线条，线条稿的颜色只能显示为黑白色调。

　　A．轮廓视图　　　　　B．预览视图　　　　　C．叠印预览　　　　　D．像素预览

（3）将其他格式的文件置入到 Illustrator CS3 中的操作很简单，只需执行（　　）命令即可。

　　A．打开　　　　　　　B．置入　　　　　　　C．输出　　　　　　　D．输出为 Microsoft Office

（4）Illustrator CS3 中（　　）控制面板，可以方便地管理好链接到 Illustrator 中的图形。

　　A．链接　　　　　　　B．属性　　　　　　　C．信息　　　　　　　D．文件信息

（5）在 Illustrator CS3 中打印图形之前，通过（　　）控制面板，可以查看文档信息。

　　A．链接　　　　　　　B．属性　　　　　　　C．信息　　　　　　　D．文档信息

2. 多项选择题

（1）在 Illustrator CS3 中，文档设置包括（　　）。

　　A．画板设置　　　　　B．页面设置　　　　　C．文字设置　　　　　D．透明度设置

（2）在 Illustrator CS3 中，可以使用（　　）方式显示所有的窗口。

A. 层叠   B. 重合   C. 平铺   D. 排列

（3）Illustrator CS3 作为大型矢量绘图软件，能够置入很多其他格式的文件，包括（   ）。

A. PDF   B. BMP   C. DWG   D. GIF

（4）在"清理"对话框中，根据清除需要，可供选择的选项有（   ）。

A. 游离点   B. 未上色对象   C. 空文本路径   D. 路径

3. 简单操作题

（1）新建一个宽度和高度分别为 90mm 和 55mm，颜色模式为 CMYK 的图像文件。

（2）将上题新建的图像文件作为 PSD 格式的文件保存到"我的文档"文件夹中，文件名为"名片"。

4. 综合操作题

结合本章所学的文件基本操作知识，在 Illustrator CS3 中新建一个文件，文件名称为"A 设计"，宽度和高度分别为 200mm 和 150mm，文件方向为"横向"，颜色模式为"CMYK 颜色"，然后再将其保存在计算机的 E 盘根目录下。

拓展知识

    Illustrator CS3 是 Adobe 公司推出的专业矢量绘图工具，是出版、多媒体和在线图像的工业标准矢量插画软件。它被广泛地应用于海报、包装和排版等平面广告设计、网页图形制作和艺术效果的处理等诸多领域。该软件具有图形绘制、图形优化以及艺术处理等多方面的超强功能，能充分满足设计者的实际工作需要。

效果图欣赏

    如图 7-52 所示为使用 Illustrator CS3 制作的一个书籍封面效果。

    其中的素材图像是直接置入的；而文字与在 Photoshop 中的输入方法相同，直接输入后在"字符"控制面板中设置相应的参数即可；封面上的圆形和直线是使用工具箱中的椭圆工具和直线段工具进行绘制的。

    综上所述，该书籍封面的制作其实并不难，主要是素材的放置位置，以及怎样与文字进行融合。

    如图 7-53 所示为一幅使用 Illustrator 绘制的插画，来源于设计无限资源网。

图 7-52 Illustrator 效果图

图 7-53 Illustrator 效果图

第8章
创建与编辑图形

📖 **本章要点**

● 绘制线段、网格和图形
● 绘制与编辑路径
● 编辑对象
● 绘制商业插画

📖 **内容简介**

本章主要讲述在 Illustrator CS3 中创建与编辑图形的操作，包括绘制线段、网格和图形，绘制与编辑路径，以及编辑对象等。通过本章内容的学习，可以快速熟悉图形的创建与编辑操作，并学会商业插画的设计与制作方法。

8.1 ▎ 绘制线段、网格和图形

在绘制图形的过程中，一个完整的图形通常都是通过线段、网格和图形来进行绘制的，下面具体讲解使用相关工具来绘制图像的方法。

8.1.1 使用直线段、弧线和螺旋线工具

在线段工具组中，包括直线段工具、弧线工具、螺旋线工具、矩形网格工具和极坐标网格工具，使用该工具组可以绘制线段、弧线、螺旋线、矩形网格线和极坐标网格线。下面对直线段、弧线和螺旋线的绘制进行讲解。

【例 8-1】通过线段工具组的使用，绘制化学容器试管，最终效果如图 8-1 所示。

 完成效果：效果文件\第 8 章\试管.ai

图 8-1 试管效果

Step 1 新建一个"试管.ai"图像文件，选择工具箱中的直线段工具，然后在页面中按住"Shift"键的同时并按住鼠标左键进行拖曳，绘制如图 8-2 所示的直线段。

Step 2 使用相同的方法在绘制的直线右侧继续绘制直线，如图 8-3 所示。

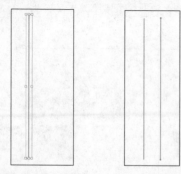

图 8-2 绘制直线　　图 8-3 继续绘制

Step 3 选择工具箱中的弧线工具，按

住"Shift"键的同时并按住鼠标左键进行拖曳，绘制如图 8-4 所示的弧线。

Step 4 使用相同的方法继续绘制弧线，然后选择工具箱中的直接选择工具，单击选择任意一条弧线，按方向键移动使两条弧线相交，如图 8-5 所示。

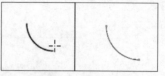

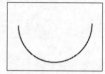

图 8-4 绘制弧线　　　　图 8-5 移动弧线

Step 5 选择工具箱中的选择工具，框选两条弧线，当四周出现蓝色框线时按住"Shift"键缩放图形，并移动到相应位置，如图 8-6 所示。

Step 6 选择工具箱中的直线段工具，在顶部绘制封闭图形，效果如图 8-7 所示。

图 8-6　移动图形　　　图 8-7　绘制直线

【知识补充】螺旋线的绘制方法与直线段和弧线的相同，选择工具箱中的直线段工具 \、弧线工具 ⌒ 和螺旋线工具 ◎ 后，按住"Shift"键，然后按住鼠标左键不放进行绘制可以绘制出一定角度的直线、弧线和螺旋线；按住"～"键，然后按住鼠标左键不放进行绘制可以绘制出多条直线、弧线或螺旋线，如图 8-8 所示。

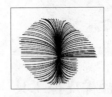

图 8-8　绘制的直线、弧线和螺旋线

8.1.2　使用矩形网格和极坐标网格工具

矩形网格和极坐标网格的绘制方法与绘制直线的方法相同。

1．绘制矩形网格

选择工具箱中的矩形网格工具 ▦，在页面需要的位置单击并按住鼠标左键不放拖曳，即可绘制矩形网格；按住"Shift"键，按住鼠标左键不放进行绘制，可绘制一个正方形网格，如图 8-9 所示；按住"～"键，按住鼠标左键不放进行绘制，可绘制多个矩形网格，如图 8-10 所示；在页面中单击鼠标，将打开如图 8-11 所示的"矩形网格工具选项"对话框，在其中进行相应设置，可精确的绘制矩形网格。

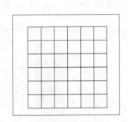
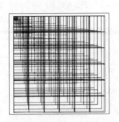

设置水平网格数量

设置垂直网格数量

图 8-9　绘制正方形网格　　　图 8-10　绘制多个矩形　　　图 8-11　打开"矩形网格工具选项"对话框

2. 绘制极坐标矩形网格

选择工具箱中的极坐标矩形网格工具 ，在页面需要的位置单击并按住鼠标左键不放拖曳，即可绘制极坐标网格；按住"Shift"键，按住鼠标左键不放进行绘制，可绘制一个圆形极坐标网格，如图 8-12 所示；按住"～"键，按住鼠标左键不放进行绘制，可绘制多个圆形极坐标网格，如图 8-13 所示；在页面中单击鼠标，将打开如图 8-14 所示的"极坐标网格工具选项"对话框，在其中进行相应设置，可精确的绘制极坐标网格。

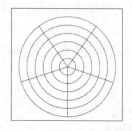

图 8-12　绘制圆形极坐标网格　　图 8-13　绘制多个圆形极坐标网格　　图 8-14　打开"极坐标网格工具选项"对话框

8.1.3　使用铅笔、平滑和路径橡皮擦工具

在 Illustrator CS3 中，可以使用铅笔工具 、平滑工具 和路径橡皮擦工具 手绘图像。

【例 8-2】使用铅笔工具和平滑工具绘制树木图形，最终效果如图 8-15 所示。

　完成效果：效果文件\第8章\树.ai

图 8-15　树木效果

Step 1　新建一个"树木"的图像文件，设置宽度为 210mm，高度为 290mm。取向为竖向，颜色模式为 CMYK。

Step 2　选择工具箱中的铅笔工具 ，在页面中按住鼠标左键不放拖曳绘制树枝，在绘制过程中会依据鼠标的轨迹来设置节点从而生成路径，如图 8-16 所示。

Step 3　设置颜色为棕色（C:27,M:79,Y:94,K:15），填充后的效果如图 8-17 所示。

Step 4　选择工具箱中的铅笔工具 ，在页面中需要的位置处单击并按住鼠标左键，然后按住

"Alt"键进行绘制封闭的曲线路径，如图 8-18 所示。

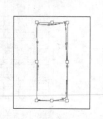

图 8-16　绘制树干　　　图 8-17　填充颜色

Step 5　选择工具箱中的平滑工具 ，将鼠标指针移动到需要平滑的路径旁，然后按住鼠标左键不放并拖曳，如图 8-19 所示。

图 8-18　绘制封闭路径　　　图 8-19　平滑路径

Step 6　平滑树叶路径后的效果如图 8-20 所示。

Step 7　设置颜色为绿色（C:44,M:0,Y:100,K:0），填充后的效果如图 8-21 所示。

图 8-20　平滑路径　　　　图 8-21　填充颜色

Step 8　继续使用相同的方法绘制路径，然后平滑路径，并填充上深绿色（C:100,M:26,Y:100,K:56）和黄色（C:0,M:18,Y:100,K:0），如图 8-22 所示。

Step 9　选择刚刚绘制的图形，单击鼠标右键，在弹出的快捷菜单中选择【排列】/【后移一层】命令，将其移到到原图形的后面，如图 8-23 所示。

图 8-22　绘制其他图形　　　图 8-23　排列图形

Step 10　选择工具箱中的选择工具，框选所有图形，然后启用描边，再单击工具箱中的"无"按钮，去除描边，效果如图 8-15 所示。

提示：选择工具箱中的铅笔工具，在闭合图形的两个节点之间进行拖曳，可以修改图形的形状。

【知识补充】在工具箱中选择路径橡皮擦工具，可以擦除已有路径的全部和部分路径，但不应用于文本对象和包含有渐变网格的对象。选择要擦除的路径，将鼠标指针移到要擦除的路径旁，按住鼠标左键不放在路径上拖曳，即可擦除路径，如图 8-24 所示。

在工具箱中的铅笔工具和平滑工具上双击鼠标，将打开如图 8-25 所示和如图 8-26 所示的"铅笔工具首选项"对话框和"平滑工具首选项"对话框。在其中可以精确设置所绘制的路径。

图 8-24　擦除路径

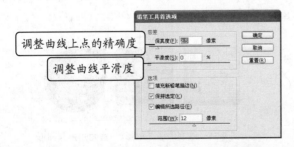

图 8-25　打开"铅笔工具首选项"对话框　　　图 8-26　打开"平滑工具首选项"对话框

8.1.4　使用矩形、圆角矩形和椭圆工具

矩形工具□、圆角矩形工具□和椭圆工具○的使用方法与绘制直线段的方法相同。

【例8-3】使用椭圆工具等绘制娃娃脸，最终效果如图8-27所示。

　完成效果:效果文件\第8章\娃娃脸.ai

图8-27　娃娃脸效果

Step 1　新建一个"娃娃脸"的图像文件，设置宽度为210mm，高度为290mm。取向为竖向，颜色模式为CMYK。

Step 2　选择工具箱中的椭圆工具○，按住"Shift"键的同时在页面中拖曳绘制一个正圆形，如图8-28所示。

Step 3　在"色板"控制面板中设置颜色为黄色进行填充，并设置描边为无，如图8-29所示。

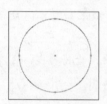　

图8-28　绘制椭圆　　　　图8-29　填充颜色

Step 4　选择工具箱中的椭圆工具○，按住"Shift"键的同时在页面中拖曳绘制一个圆形，并填充为黑色，如图8-30所示。

Step 5　继续绘制圆形，并填充为白色，

再绘制两个白色圆形，如图8-31所示。

图8-30　绘制黑色圆形　　图8-31　绘制白色圆形

Step 6　使用相同的方法绘制右边的眼睛，然后在眼睛的下方绘制椭圆，设置颜色为洋红色，如图8-32所示。

Step 7　继续按住"Shift"键绘制两个圆形，并填充为青色，如图8-33所示。

图8-32　绘制其他椭圆形　　图8-33　完成绘制

【知识补充】选择工具箱中的矩形工具□、圆角矩形工具□和椭圆工具○，按住"Shift"键后，可绘制正方形、宽度和高度都相等的圆角矩形和正圆形，如图8-34所示；按住"～"键后，可绘制多个矩形、多个圆角矩形或多个椭圆形，如图8-35所示。

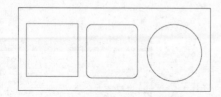　

图8-34　按住"Shift"键绘制　　图8-35　绘制的多个矩形、圆角矩形和圆形

分别选择工具箱中的矩形工具□、圆角矩形工具□和椭圆工具○后，在页面中单击可分别打开

如图 8-36 所示的"矩形"对话框、如图 8-37 所示的"圆角矩形"对话框和如图 8-38 所示的"椭圆"
对话框，在其中可精确设置矩形、圆角矩形及椭圆的宽度和高度。

图 8-36　打开"矩形"对话框

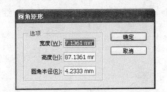
图 8-37　打开"圆角矩形"对话框

图 8-38　打开"椭圆"对话框

提示：选择工具箱中的矩形工具▣，按住"Alt"键，在页面中单击并按住鼠标左键不放，拖曳鼠标，可绘制一个以鼠标单击点为中心的矩形；按住"Alt+Shift"键，可绘制一个以单击点为中心的正方形；在页面中单击按住鼠标左键不放绘制，按住"BackSpace"键可以暂停绘制并任意移动未绘制完成的矩形，释放"BackSpace"键后即可继续绘制矩形。该方法在圆角矩形工具▢、椭圆工具◯、多边形工具◯和星形工具☆中同样适用。

8.1.5　使用多边形、星形和光晕工具

使用多边形工具◯、星形工具☆和光晕工具◉可以绘制更加丰富的图形效果，下面将具体讲解这些工具的使用方法。

【例 8-4】使用多边形工具和星形工具等绘制水果图形，最终效果如图 8-39 所示。

完成效果：效果文件\第 8 章\水果 .ai

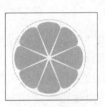
图 8-39　水果效果

Step 1　新建一个"水果"的图像文件，设置宽度为 210mm，高度为 290mm。取向为竖向，颜色模式为 CMYK。

Step 2　选择工具箱中的多边形工具◯，在页面中单击打开如图 8-40 所示的"多边形"对话框，在其中设置半径为 40mm，边数为 8，单击 确定 按钮即可绘制多边形。

图 8-40　打开"多边形"对话框

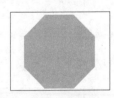
图 8-41　填充颜色

Step 3　将绘制的多边形填充为橙色（C:0,M:52,Y:91,K:0），描边为无，如图 8-41 所示。

Step 4　选择图形，选择【滤镜】/【扭曲】/【收缩和膨胀】命令，打开如图 8-42 所示的"收缩和膨胀"对话框，设置收缩为 17%，单击 确定 按钮后效果如图 8-43 所示。

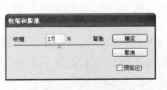
图 8-42　打开对话框

图 8-43　收缩后的效果

Step 5　选择工具箱中的星形工具☆，在

页面中单击打开如图 8-44 所示的"星形"对话框，在其中设置半径 1 为 4mm，半径 2 为 80mm，角点数为 8，单击 确定 按钮后的效果如图 8-45 所示。

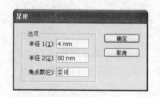

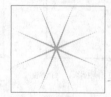

图 8-44　打开"星形"对话框　　　　图 8-45　绘制的星形

Step 6　选择图形，并填充为白色，将其拖曳到多边形的上方，按"Shift+Alt"键的同时拖曳

鼠标可以等比例缩放图形，如图 8-46 所示。

Step 7　选择工具箱中的椭圆工具 ，按住"Shift+Alt"组合键，选择多边形的中间位置绘制圆形，并设置填充颜色为无，描边为灰色（C:55,M:46,Y:44,K:0），如图 8-47 所示。

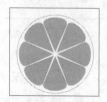

图 8-46　缩放图形　　　　　　图 8-47　绘制圆形

【知识补充】选择工具箱中的多边形工具 和星形工具 后，按住"Shift"键可绘制正多边形和正星形，如图 8-48 所示；按住"～"键可绘制多个多边形和多个星形，如图 8-49 所示。

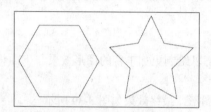

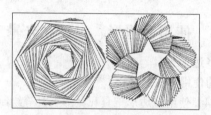

图 8-48　绘制正多边形和正星形　　　　　　图 8-49　绘制多个多边形和多个星形

下面对工具箱中的光晕工具 进行讲解。

选择工具箱中的光晕工具 ，在页面中拖曳鼠标绘制，释放鼠标后的效果如图 8-50 所示，然后在其他位置再次单击并拖曳鼠标，如图 8-51 所示，释放鼠标后即可绘制出一个光晕图形，取消选择后的效果如图 8-52 所示。

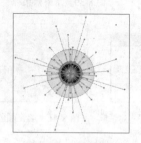

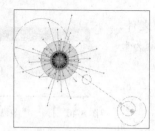

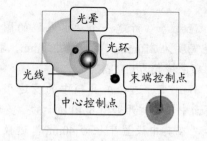

图 8-50　绘制中心点　　　　图 8-51　绘制光环　　　　图 8-52　光晕图形

在绘制出的光晕形保持不变时，将鼠标指针移动到末端控制点上，当指针变为 形状时，按住鼠标左键不放拖曳可调整中心控制点和末端控制点之间的距离，如图 8-53 所示；按住"Ctrl"键并按住鼠标左键拖曳，可更改终止位置的光环大小，如图 8-54 所示；按住"～"键并按住鼠标左键拖曳，可随机排列光环位置，如图 8-55 所示。

选择工具箱中的光晕工具 ，在页面中单击，同样会打开"光晕工具选项"对话框，在其中可对光晕的位置、射线、光晕大小和光环进行具体设置。

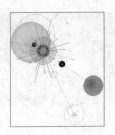
图 8-53 调整距离

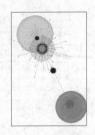
图 8-54 更改光环大小

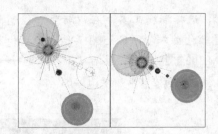
图 8-55 排列光环位置

提示：选择工具箱中的光晕工具，按住"Shift"键拖曳，可将中心控制点、光线和光晕按比例缩放；按住"Ctrl"键拖曳，可使中心控制点保持不变的同时，按比例缩放光线和光晕；同时按住"↑"键，可逐渐增加光线的数量；按住"↓"键可逐渐减少光线数量。

8.1.6 使用画笔和符号工具

使用画笔工具可以为绘制的图形添加不同风格的外边装饰，而符号工具则用在插图的绘制上，使用该工具可以绘制多种不同的符号。

【例 8-5】使用画笔工具和符号工具绘制鱼缸图形，最终效果如图 8-56 所示。

图 8-56 鱼缸图形效果

完成效果：效果文件 \ 第 8 章 \ 鱼缸 .ai

Step 1 新建一个"鱼缸"的图像文件，设置宽度为 210mm，高度为 290mm。取向为竖向，颜色模式为 CMYK。

Step 2 选择工具箱中的星形工具，绘制多个星形，填充颜色为绿色，无描边，按"Ctrl+G"快捷键组合图形，如图 8-57 所示。

Step 3 选择图形，选择【窗口】/【画笔】命令，打开"画笔"控制面板，单击"新建画笔"按钮，打开如图 8-58 所示的"新建画笔"对话框，选中"新建图案画笔"单选项。

Step 4 单击 确定 按钮，打开如图 8-59 所示的"图案画笔选项"对话框，保持默认设置单击 确定 按钮，定义的画笔将出现在"画笔"控制面板中，如图 8-60 所示。

图 8-59 打开"图案画笔选项"对话框

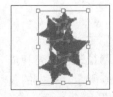
图 8-57 绘制星形

图 8-58 打开"新建画笔"对话框

Step 5 选择工具箱中的矩形工具，绘

制矩形，选择渐变工具，在"渐变"控制面板中设置颜色为深蓝（C:55,M:7,Y:5,K:0）和蓝色（C:97,M:100,Y:26,K:0），然后从下往上进行绘制，填充矩形，无描边效果，如图8-61所示。

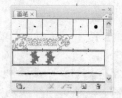

图8-60 "画笔"控制面板　　图8-61 渐变填充矩形

Step 6 选择工具箱中的画笔工具 ，在其工具属性栏中的"描边"下拉列表框中选择"0.5pt"，在"画笔"控制面板中选择刚定义的画笔，进行绘制得到如图8-62所示的效果。

图8-62 使用画笔绘制

Step 7 打开"符号"控制面板，单击 按钮，在弹出的菜单中选择【打开符号库】/【自然界】命令，打开"自然界"控制面板，选择"鱼类1"符号，拖曳到图形中，当鼠标指针变为 形状时旋转符号，如图8-63所示。

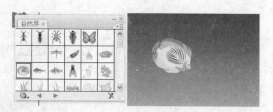

图8-63 添加符号

Step 8 选择图形后按住"Alt"键继续复制，将其移到相应位置，并进行旋转缩放，然后打开"透明度"控制面板，设置模式为强光，如图8-64所示。

图8-64 复制图形

Step 9 使用相同的方法添加其他符号，并注意图形的排列，如图8-65所示。

图8-65 添加其他符号

【知识补充】除了在画笔工具对应的工具属性栏中可设置描边粗细外，也可在"画笔"控制面板中进行设置，在"画笔"控制面板中单击 按钮，在弹出的菜单中可选择相应的命令对画笔进行设置，如选择"打开画笔库"命令，在弹出的子菜单中可选择多种画笔样式。

8.2 绘制与编辑路径

　　路径是组成线条和图形的基本元素，与Photoshop中的路径相似，同样可以对路径进行填充和描边等操作。Illustrator CS3中的路径包括开放路径、闭合路径和复合路径，如图8-66所示。其中的复合路径指的是将几个开放路径或闭合路径进行组合而形成的路径。

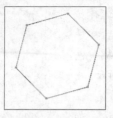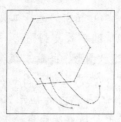

图 8-66　开放路径、闭合路径和复合路径

8.2.1　使用钢笔工具

使用钢笔工具可以绘制直线、曲线和任意形状的路径，并可对其进行精确地调整。

【例 8-6】使用钢笔工具等相关知识，绘制如图 8-67 所示的卡通房子。

完成效果：效果文件\第 8 章\卡通房子.ai

图 8-67　卡通房子效果

Step 1　新建一个"卡通房子"的图像文件，设置宽度为 210mm，高度为 290mm。取向为竖向，颜色模式为 CMYK。

Step 2　选择工具箱中的钢笔工具 ，在页面中单击确定起始锚点，将鼠标向上移动再次单击，创建第 2 个锚点。然后继续单击绘制如图 8-68 所示的直线路径。

Step 3　使用相同的方法继续单击绘制闭合路径，填充为橘黄色（C:0,M:50,Y:100,K:0），无描边，如图 8-69 所示。

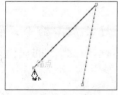

图 8-68　绘制路径　　　图 8-69　闭合路径

Step 4　选择工具箱中的椭圆工具 ，按住"Shift"键进行绘制，并填充颜色为黑色，无描边，如图 8-70 所示。

Step 5　使用选择工具 框选所有图形，选择【窗口】/【路径查找器】命令，打开"路径查找器"

控制面板，单击"与形状区域相减"按钮 ，再单击 扩展 按钮，调整图形，如图 8-71 所示。

图 8-70　绘制圆形　　　图 8-71　调整路径

Step 6　选择工具箱中的钢笔工具 ，按住"Shift"键绘制直线的闭合路径，并填充为橘黄色（C:2M:30,Y:80,K:0），无描边，如图 8-72 所示。

Step 7　使用钢笔工具 绘制房子的图形，填充为白色，无描边，如图 8-73 所示。

图 8-72　绘制图形　　　图 8-73　绘制房子图形

Step 8 选择工具箱中的选择工具 选择房子图形，按住"Alt"键不放复制图形，然后按住"Shift+Alt"组合键缩放图形，并填充颜色为橘黄色（C:2M:30,Y:80,K:0），无描边，如图8-74所示。

Step 9 选择工具箱中的矩形工具 ，在房子图像上绘制矩形，填充为白色，无描边，如图8-75所示。

图8-76 填充颜色

图8-77 复制图形

Step 12 使用钢笔工具 绘制云朵图形，如图8-78所示，然后填充为蓝色（C:34,M:0,Y:2,K:0），无描边，如图8-79所示。

图8-74 缩放图形

图8-75 绘制矩形

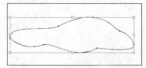
图8-78 绘制云朵图形

图8-79 填充颜色

Step 10 使用相同的方法复制矩形并缩放矩形，填充相同的颜色，如图8-76所示。

Step 11 使用选择工具 并按住"Shift"键选择房子和窗户图形，然后进行复制并放大，移动到相应的位置，如图8-77所示。

Step 13 选择云朵图形，单击鼠标右键，在弹出的快捷菜单中选择【排列】/【置于底层】命令，然后复制图形，并调整大小，如图8-67所示。

【知识补充】 在Illustrator CS3中使用钢笔工具 绘制直线和曲线路径的方法，与Photoshop CS3中绘制的方法相同，这里不再具体讲解。下面对复合路径的绘制进行讲解。

复合路径指的是由两个或两个以上的开放或闭合路径所组成的路径，在复合路径中，重叠在一起的公共区域被镂空，呈透明状态，如图8-80所示。

绘制两个图形，并选中，选择【对象】/【复合路径】/【建立】命令，或按"Ctrl+8"快捷键即可将其建立成复合

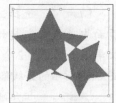
图8-80 原路径与建立复合路径后的效果

路径；选择图形后，在其上单击鼠标右键，在弹出的快捷菜单中选择"建立复合路径"命令也可将选择的图形建立为复合路径。

若要取消复合路径，只需选择图形，选择【对象】/【复合路径】/【释放】命令，或按"Alt+Shift+Ctrl+8"快捷键，释放复合路径；选择图形后，在其上单击鼠标右键，在弹出的快捷菜单中选择"释放复合路径"命令也可释放复合路径。

8.2.2 使用添加锚点、删除锚点和转换锚点工具

在Illustrator CS3中，在路径上添加或删除锚点的操作与Photoshop中添加和删除锚点的方法相同，都是使用选择工具 选择路径后，然后选择工具箱中的添加锚点工具 或删除锚点工具 ，将鼠标移到绘制的路径上，当鼠标指针变为 形状时在路径上单击可添加锚点，如图8-81所示，当鼠标指针变为 形状时，在锚点上单击可删除锚点，如图8-82所示。

绘制一段闭合的路径，选择工具箱中的转换锚点工具 ，单击路径上的锚点，即可转换锚点，拖

曳锚点可编辑路径形状，如图 8-83 所示。

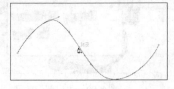  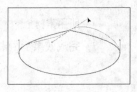

图 8-81 添加锚点　　　　图 8-82 删除锚点　　　　图 8-83 转换锚点

8.2.3 使用剪刀和美工刀工具

使用剪刀工具✂和美工刀工具🔪可以对路径进行剪切和裁切操作。

1. 使用剪刀工具

首先任意绘制一段路径，选择工具箱中的剪刀工具✂，单击路径上的任意一点，则路径会从单击的位置被剪切为两条路径，如图 8-84 所示，按键盘上的方向键，即可移动剪切的路径，如图 8-85 所示。

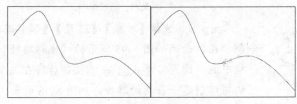 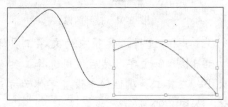

图 8-84 剪切路径　　　　　　　　　图 8-85 移动路径

2. 使用美工刀工具

绘制一段闭合路径，选择工具箱中的美工刀工具🔪，在需要裁切的位置单击并按住鼠标左键不放从路径上方至下方拖出一条线，如图 8-86 所示。释放鼠标，闭合的路径即可被裁切为两个闭合路径，如图 8-87 所示。按键盘上的方向键移动路径，可清楚看到被裁切的两部分，如图 8-88 所示。

图 8-86 拖出线条　　　　图 8-87 裁切路径　　　　图 8-88 移动路径

8.2.4 使用路径相关命令

在 Illustrator CS3 中，除了使用工具箱中的工具对路径进行编辑外，还可应用路径的相关菜单命令进行编辑。选择【对象】/【路径】命令，在弹出的子菜单中包括有"连接"、"平均"、"轮廓化描边"、"偏移路径"、"简化"、"添加锚点"、"移去锚点"、"分割下方对象"、"分割为网格"和"清理"10 个编辑命令，如图 8-89 所示。

【例 8-7】使用绘制路径的"偏移路径"命令制作生日贺卡，最终效果如图 8-90 所示。

图 8-89 菜单命令

所用素材:素材文件\第8章\背景.jpg
完成效果:效果文件\第8章\生日贺卡.ai

图 8-90 生日贺卡效果

Step 1 打开"背景.jpg"图像文件,使用选择工具 缩放到合适大小,如图 8-91 所示。

图 8-91 打开图像

Step 2 选择工具箱中的文字工具 T,输入"生日快乐"文字,然后使用选择工具 设置其大小,在其工具属性栏中设置字体为方正启体简体,如图 8-92 所示。

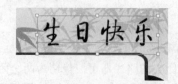
图 8-92 输入文字

Step 3 继续使用文字工具 T 输入文字,设置颜色为红色,设置字体为 Tw Cen MT Condensed Extra Bold,如图 8-93 所示。

图 8-93 继续输入文字

Step 4 选择文字,然后选择【文字】/【创建轮廓】命令,将文字转换为轮廓路径,如图 8-94 所示。

图 8-94 创建轮廓

Step 5 选择【对象】/【路径】/【偏移路径】命令,在打开的如图 8-95 所示的"位移路径"对话框中进行设置,单击 确定 按钮后将在文字路径的内部创建一条新的路径,如图 8-96 所示。

图 8-95 设置偏移　　图 8-96 偏移后的效果

Step 6 设置描边为黑色,效果如图 8-97 所示。

图 8-97 描边黑色

Step 7 使用相同的方法输入文字并进行相同设置,最终效果如图 8-90 所示。

【知识补充】下面对其他 9 种路径命令的作用进行讲解。

● "连接"命令:使用该命令可以将开放路径的两个端点连接起来,形成新的路径。若连接的两个端点在同一条路径上,将形成闭合路径;若连接的两个端点在不同的开放路径上,将形成一条新的开放路径。

● "平均"命令:使用该命令可以将路径上所有的点按照一定的方式进行平均分布,常用来制作对称图案。

- "轮廓化描边"命令：使用该命令可以在已经描边的路径两侧创建新的路径，且无论是开放路径还是闭合路径，使用该命令后的路径都为闭合路径。
- "简化"命令：使用该命令可以在尽量不改变图形的原始形状基础上，删除多余的锚点来简化路径。
- "添加锚点"命令：使用该命令可以为选择的路径添加锚点，选择一次命令后可以在两个相邻锚点间添加一个锚点。
- "分割下方对象"命令：使用该命令可以使用已有的路径切割位于其下方的闭合路径。
- "分割为网格"命令：使用该命令可以将闭合路径分割为网格形态的路径。
- "清理"命令：使用该命令可以为当前文档删除游离点、未上色对象和空文本路径 3 种对象。

8.3　编辑对象

在 Illustrator CS3 中，编辑对象包括对象的选择、移动、镜像、旋转、倾斜、扭曲变形、复制和删除等，下面分别对其进行讲解。

8.3.1　使用选择工具

在 Illustrator CS3 中，提供有 5 种选择工具，包括选择工具、直接选择工具、编组选择工具、魔棒工具和套索工具。下面分别对其进行介绍。

1. 使用选择工具选择对象

选择工具箱中的选择工具 ，移动到图形上单击即可选择图形，也可在要选择的图形外拖曳鼠标框选图形，按住"Shift"键分别在要选择的图形上单击，可选择对个图形对象。

2. 使用直接选择工具选择对象

选择工具箱中的直接选择工具 ，在图形上单击可选择整个对象，在图形对象的某个锚点上单击，则可选择该锚点，按住鼠标左键不放拖曳，可改变图形的形状。使用该工具也可框选图形对象。

> 提示：在拖曳锚点时，按住"Shift"键，可使锚点沿着 45° 角的整数倍方向移动；按住"Alt"键，可以复制该锚点，这样可得到一段新路径。

3. 使用魔棒工具选择对象

双击魔棒工具 ，可打开如图 8-98 所示的"魔棒"控制面板，在其中选中"填充颜色"复选框，可使填充相同颜色的对象被同时选中；选中"描边颜色"复选框，可使填充相同描边的对象被同时选中；选中"描边粗细"复选框，可使填充相同笔画宽度的对象被同时选中；选中"不透明度"复选框，可使相同透明度的对象被同时选中；选中"混合模式"复选框，可使相同混合模式的对象被同时选中。其使用方法为，在要选择的图形对象上单击即可选择具有相同属性的图形对象。

4. 使用套索工具选择对象

Illustrator CS3 中的套索工具与 Photoshop 中的套索工具使用方法相似，　图 8-98　"魔棒"控制面板

在 Illustrator CS3 中，要使用套索工具选择图形，必须在要选择的图形外边拖曳鼠标绘制套索圈，如图 8-99 所示。要选择多个对象，必须使套索线经过要选择的多个图形，如图 8-100 所示。

图 8-99　选择单个对象　　　　图 8-100　选择多个对象

　　提示：除了上述几种方法外，选择"选择"菜单，在弹出的菜单中选择相应的命令也可选择图形对象。

8.3.2　使用变换工具

在 Illustrator CS3 中，使用变换工具对图形进行操作，包括对图形对象的比例缩放、移动和镜像等，下面对其进行具体讲解。

【例 8-8】对打开的图像中的人物进行镜像复制，最终效果如图 8-101 所示。

所用素材：素材文件\第8章\人物.ai
完成效果：效果文件\第8章\镜像图形.ai

图 8-101　镜像图形效果

Step 1　打开"人物.ai"图像文件，然后按住"Shift+Alt"键从中心缩放图形，如图 8-102 所示。

Step 2　选择图形，按住鼠标左键不放将其移动到页面的左侧位置，或按键盘上的方向键，如图 8-103 所示。

Step 3　选择工具箱中的镜像工具，在页面中的中间位置单击，以确定镜像轴标志的位置，如图 8-104 所示。

Step 4　按住"Alt"键，在页面中的右侧单击，则会在与镜像轴对称的位置产生镜像图形，如图 8-105 所示，释放后的效果如图 8-101 所示。

图 8-102　缩放图形　　图 8-103　移动图形　　　　图 8-104　确定镜像轴　　图 8-105　产生镜像

【知识补充】选择工具箱中的比例缩放工具，在对象上单击即可出现缩放对象的中心控制点，在其上单击并拖曳，可移动中心控制点的位置，用鼠标在对象上拖曳即可缩放对象。

选择【窗口】/【变换】命令，在打开的"变换"控制面板中设置也可缩放并移动对象；也可选择【对象】/【变换】命令，在弹出的子菜单中选择相应的命令，打开相应对话框进行缩放、移动和镜像对象。

提示：选择工具箱中的选择工具选择图形对象后，按住鼠标左键拖曳变换框，也可得到镜像对象，按住"Shift"键或"Shift+Alt"键可得到规则的镜像对象。

8.3.3　使用变形和自由变换工具

选择图形后，选择工具箱中的自由变换工具，则在图形四周出现变换框，将鼠标移动到变换框外边，单击并拖曳即可旋转对象；选择工具箱中的旋转工具，在图形上单击确定旋转中心点，然后单击拖曳即可沿中心点进行旋转，其旋转中心点位置不同，其旋转后的效果也不同，如图 8-106 所示，与镜像工具的使用方法相似；选择【对象】/【变换】/【旋转】命令，打开"旋转"对话框，如图 1-107 所示，在其中可精确设置旋转的角度。

图 8-106　旋转对象

在 Illustrator CS3 中，对象的变形工具包括变形工具、旋转变形工具、缩拢工具、膨胀工具、扇贝工具、晶格化工具以及褶皱工具，其中双击相应的工具，都会打开对应工具的相应对话框，在其中可对扭曲变形进行精确设置。下面具体进行讲解。

图 8-107　打开"旋转"对话框

选择工具箱中变形工具组中的某个工具，将鼠标指针移动到相应位置，再在对象上进行拖曳，即可进行扭曲变形操作，如图 8-108 所示为原图形和使用变形工具、旋转变形工具、缩拢工具、膨胀工具、扇贝工具、晶格化工具以及褶皱工具后的效果。

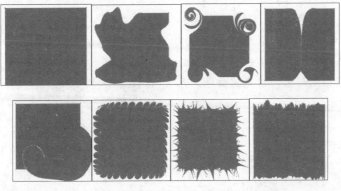

图 8-108　原图形和各变形效果

8.3.4　对象的基本操作

对象的基本操作包括复制、删除、撤销、恢复和剪切等操作，下面具体进行讲解。

【例 8-9】使用椭圆工具、渐变工具、钢笔工具和"路径查找器"控制面板等，结合对象的基本操

作绘制卡通动物图形，最终效果如图 8-109 所示。

所用素材：素材文件\第8章\海豚.ai
完成效果：效果文件\第8章\卡通动物.ai

图 8-109　卡通动物效果

Step 1　新建一个"卡通动物"的图像文件，设置宽度为 210mm，高度为 290mm。取向为竖向，颜色模式为 CMYK。

Step 2　选择工具箱中的椭圆工具 ⬭，按住"Shift"键绘制圆形，并设置渐变颜色从蓝色（C:90,M:18,Y:0,K:0）到白色填充，无描边，如图 8-110 所示。

Step 3　继续绘制多个椭圆，选择【窗口】/【路径查找器】命令，打开如图 8-111 所示的"路径查找器"控制面板。

图 8-110　绘制圆形　　　图 8-111　打开控制面板

Step 4　在其中单击"与形状区域相加"按钮 ⬚，生成新的图形对象，在单击 扩展 按钮，对其缩放并移动到圆形图形上，填充为白色，无描边，如图 8-112 所示。

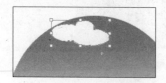

图 8-112　缩放并移动图形

Step 5　按"Ctrl+C"快捷键复制云朵图形，按"Ctrl+F"快捷键原位粘贴，并分别移动到合适的位置，如图 8-113 所示。

Step 6　使用钢笔工具 ✎ 绘制如图 8-114 所示的路径，填充为蓝色（C:87,M:76,Y:0,K:0），无描边。

图 8-113　复制图形　　　图 8-114　绘制路径

Step 7　打开"海豚"图像文件，将其复制并粘贴到页面中，并调整到合适大小，如图 8-115 所示。

Step 8　使用椭圆工具 ⬭，按住"Shift"键的同时绘制圆形并填充为白色，无描边，如图 8-116 所示。

图 8-115　复制图形　　　图 8-116　绘制圆形

Step 9　继续绘制圆形，分别填充为黑色和白色，无描边，然后选择这 3 个圆形，按"Ctrl+G"快捷键编组，如图 8-117 所示。

Step 10　在海豚的右侧首先绘制一个黑色的圆形，然后复制左侧眼睛，进行粘贴，如图 8-118 所示。

图 8-117　绘制眼睛

图 8-118　复制图形

图 8-119　完成绘制

图 8-119 所示。

Step 11　在右侧眼睛下的黑色圆形上绘制圆形，填充为红色（C:2,M:44,Y:27,K:0），如

【知识补充】在实例中已经对复制和粘贴等操作进行了介绍，下面对其他未讲到的知识补充讲解。

- 选择【编辑】/【复制】（或【粘贴】）命令，也可复制和粘贴图形；选择要复制的图形，按住"Alt"键不放拖曳，释放鼠标后即可复制该图形。若要清除不需要的图形，只需选择【编辑】/【清除】命令或按"Delete"键，即可清除单个或多个图形对象。
- 要撤销对对象的操作，可选择【编辑】/【还原】命令，或按"Ctrl+Z"快捷键即可还原上一步的操作；选择【编辑】/【重做】命令，或按"Shift+Ctrl+Z"快捷键，可以恢复上一次的操作。
- 选择【编辑】/【剪贴】命令，或按"Ctrl+X"快捷键可剪切对象并将其放置在剪贴板中。

"路径查找器"控制面板是常用工具之一，在其中可应用形状模式和路径查找器中的按钮对路径进行编辑，其中在"形状模式"栏中依次表示"与形状区域相加"按钮 、"与形状区域相减"按钮 、"与形状区域相交"按钮 和"排除重叠形状区域"按钮 ；在"路径查找器"栏中依次表示"分割"按钮 、"修边"按钮 、"合并"按钮 、"裁剪"按钮 、"轮廓"按钮 和"减去后方对象"按钮 。

8.4　应用实践——绘制商业卡通吉祥物插画

商业插画指的是为企业或产品绘制插图，获得与之相关的报酬，作者放弃对作品的所有权，只保留署名权的商业买卖行为。在现代设计领域中，商业插画可以说是最具有表现意味的插画。为了由浅入深地练习本章所学知识，本例将绘制一幅商业卡通吉祥物的插画。

8.4.1　什么是吉祥物插画

吉祥物插画同样是插画的一种，从创作到完成需要较长的周期，如北京奥运会的福娃，便是代表奥运会的吉祥物，因此，创作的吉祥物必须有各自代表的意义。如图 8-120 所示为 2010 年上海世博会的吉祥物。如图 8-121 所示为 2011 年西安世园会吉祥物——长安花。

图 8-120　2010 年上海世博会的吉祥物

图 8-121　2011 年西安世园会吉祥物

在 Illustrator CS3 中绘制如图 8-122 所示的商业卡通吉祥物的插画效果，相关要求如下。

- 企业名称及性质：友晨儿童杂志社
- 制作要求：突出企业特点，主题鲜明且立意新颖。
- 页面尺寸：230mm×255mm
- 取向：竖向
- 色彩模式：CMYK模式

完成效果：效果文件\第8章\卡通吉祥物.ai

图 8-122　吉祥物效果

8.4.2　插画的构图与色彩

在对本例的插画进行构图前，可以在网上查找一些相关的卡通形象，并结合自己的创意思想，先在纸上绘制出大致形状。对于构图和色彩，还需要注意以下几个方面。

- 创作吉祥物的形状是一个较为漫长的过程，因为每一个吉祥物要表达的意义都不同，创作时，要绝对契合其公司或城市形象。
- 对于吉祥物的色彩，代表的意义不一样，色彩的主题便不一样，如以环保为主题的吉祥物，其色彩的主色调便以绿色为佳。
- 除了主色调外，在色彩的设计上，最好是要根据实际出发，从实际中进行延伸。

8.4.3　插画的创意分析与设计思路

本例绘制的商业吉祥物插画，主要代表的是企业或产品的形象，因此本例的绘制重点要突出企业或产品的合适形象，且同时体现出时尚感和现代感。

根据本例的制作要求，还可以进行如下一些分析。

- 本例绘制的吉祥物插画为卡通草莓，通过拟人的手法对其进行刻画。
- 本例在色彩的运用上大胆鲜明，给人眼前一亮的感觉，从而抓住人们的视线。

本例的设计思路如图 8-123 所示，具体设计如下。

绘制头部图形　　绘制眼镜、嘴巴等　　　　绘制手　　　　　　完成绘制

图 8-123　制作商业吉祥物插画的操作思路

- 使用钢笔工具绘制吉祥物的大致图形，并填充颜色。
- 在图形上使用钢笔工具和椭圆工具绘制眼镜、嘴巴等图形。

● 使用钢笔工具绘制手图形，然后填充颜色，复制并填充图形，完成手的绘制。

● 使用钢笔工具和椭圆工具绘制脚和裤子图形，然后使用椭圆工具绘制裤子的装饰图形，并填充不同的颜色，完成制作。

8.4.4　制作过程

1. 绘制草莓大致图形

Step 1　新建一个"卡通吉祥物"的图像文件，设置宽度为 230mm，高度为 255mm，取向为竖向，颜色模式为 CMYK。

Step 2　选择工具箱中的钢笔工具 ，绘制如图 8-124 所示的曲线路径，在绘制的过程中按住"Ctrl"键不断进行调整。

Step 3　选择图形，填充为红色（C:32,M:92,Y:58,K:0），无描边，如图 8-125 所示。

图 8-124　绘制路径　　图 8-125　填充颜色

Step 4　使用相同的方法再绘制一个图形，填充为桃红色（C:15,M:50,Y:54,K:0），无描边，效果如图 8-126 所示。

Step 5　继续绘制图形，并将其填充为红色（C:20,M:100,Y:86,K:0），无描边，如图 8-127 所示。

图 8-126　填充颜色　　图 8-127　绘制并填充颜色

Step 6　选择工具箱中的椭圆工具 ，在图形的左侧绘制椭圆，并填充颜色为黄色（C:10,M:12,Y:66,K:0），无描边，如图 8-128 所示。

Step 7　按住"Alt"键复制椭圆，并适当缩放大小，如图 8-129 所示。

2. 绘制眼睛等图形

Step 1　选择工具箱中的钢笔工具 ，绘制如图 8-130 所示的路径。

图 8-128　绘制椭圆　　图 8-129　复制椭圆

Step 2　选择该图形，填充为绿色（C:66,M:25,Y:85,K:4），描边颜色为绿色（C:60,M:0,Y:97,K:42），在工具属性栏中选择描边的宽度为"2pt"，如图 8-131 所示。

图 8-130　绘制路径　　图 8-131　填充和描边颜色

Step 3　选择该图形后，按"Ctrl+Shift+["快捷键将其置于底层，如图 8-132 所示。

Step 4　选择工具箱中的钢笔工具 ，绘制眼镜图形，填充颜色为棕色（C:50,M:95,Y:76,K:24），无描边，如图 8-133 所示。

图 8-132　置入底层　　图 8-133　绘制眼镜图形

Step 5　使用钢笔工具 在眼镜上绘制图形，填充颜色为绿色（C:65,M:25,Y:88,K:0），描边颜色为绿色（C:43,M:0,Y:100,K:0），描边粗细为 1pt，如图 8-134 所示。

Step 6　继续在眼镜图形的右侧绘制，选

择工具箱中的吸管工具 ，在左侧图形上单击复制其属性，如图 8-135 所示。

图 8-134　绘制图形　　图 8-135　复制图形属性

Step 7　使用相同的方法绘制嘴巴，填充颜色为红色（C:50,M:100,Y:100,K:27），无描边，然后绘制舌头，填充颜色为（C:0,M:86,Y:98,K:0），无描边，如图 8-136 所示。

图 8-136　绘制嘴巴

3. 绘制身体图形

Step 1　选择工具箱中的钢笔工具 ，绘制一条曲线段，然后设置描边颜色为红色（C:30,M:93,Y:90,K:9），粗细为 10pt，无填充颜色，并将其置于底层，如图 8-137 所示。

Step 2　选择工具箱中的椭圆工具 ，绘制椭圆形，设置填充颜色为红色（C:27,M:98,Y:87,K:0），无描边，然后选择工具箱中的钢笔工具 ，绘制图形，如图 8-138 所示。

Step 3　按住"Shift"键选择绘制的图形，使用吸管工具在椭圆上单击复制图形属性，然后复制除手臂以外的手的图形，设置填充颜色为黄色（C:10,M:50,Y:87,K:0），无描边，如图 8-139 所示。

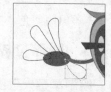

图 8-137　绘制手臂　　图 8-138　绘制手

Step 4　使用相同的方法绘制右侧的手图形，然后在手的上方绘制椭圆，填充颜色为肉色（C:6,M:24,Y:35,K:0），无描边，复制该图形，填充颜色为黄色（C:10,M:49,Y:85,K:0），将复制的图形进行缩放，如图 8-140 所示。

图 8-139　填充并复制图形　　图 8-140　绘制右侧的手

Step 5　使用钢笔工具 和椭圆工具 绘制脚图形，其中脚上的椭圆颜色为红色（C:15,M:100,Y:85,K:0），如图 8-141 所示。

Step 6　使用钢笔工具绘制裤子图形，填充为黄色（C:23,M:30,Y:84,K:0），描边颜色为红色（C:30,M:93,Y:90,K:9），然后使用椭圆工具绘制装饰图形，其颜色可自行设置，如图 8-142 所示。

图 8-141　绘制脚　　图 8-142　完成绘制

8.5　练习与上机

1. 单项选择题

（1）如果要同时移动多个对象，只需按下（　　）键，使用选择工具逐一单击要移动的对象，将其选中，再拖曳鼠标即可。

A．Shift　　　　　B．Alt　　　　　C．Ctrl　　　　　D．Tab

（2）两个部分重叠、具有不同填充色和边线色的圆形执行"路径寻找器"控制面板中的"分割"按钮后，下列描述正确的是（　　　）。

A．两个圆形的填充色都变成原来位于前面的圆形的填充色。

B．两个圆形的填充色都变成原来位于后面的圆形的填充色。

C．两个圆形变成了复合路径。

D．两个圆形不能同时被移动。

（3）"画笔"控制面板中共包含 4 种类型的笔刷，下列不包含在其中的是（　　　）。

A．书法效果画笔　　　B．散点画笔　　　　C．边线画笔　　　　D．图案画笔

2．多项选择题

（1）工具箱中的自由变换工具可以完成下列（　　　）操作。

A．移动　　　　　B．涡形旋转　　　　C．缩放　　　　　D．透视变形

（2）关于矩形、椭圆及圆角矩形工具的使用，下列叙述正确的是（　　　）。

A．在绘制矩形时，起给点为右下角，鼠标只需向左上角拖曳，便可绘制一个矩形。

B．如果经鼠标击点为中心绘制矩形，椭圆及圆角矩形，使用工具的同时按"Shift"键就可以实现。

C．在绘制圆角矩形时，如果希望长方形的两边呈对称的半圆形，可在"圆角矩形"对话框中使用圆角半径值大于高度的一半。

D．如果要显示图形的中心点，首先确定图形处于选择状态，然后在"属性"控制面板上单击"显示中心"按钮 回。

（3）下列关于铅笔工具的描述，不正确的是（　　　）。

A．铅笔工具不可以绘制封闭路径。

B．在使用铅笔工具的过程中，配合"Alt"键就可以绘制封闭的路径。

C．使用铅笔工具绘制的过程中，当终点和起点重合的时候，路径会自动封闭。

D．使用铅笔工具可将封闭路径变成开放的路径，也可以使开放的路径变成封闭路径。

3．简单操作题

（1）使用各种绘图工具，绘制出如图 8-143 所示的橙子效果。

提示：使用椭圆工具绘制橙子的大致形状，使用钢笔工具绘制出橙子的阴影、高光和叶子等形状，然后使用钢笔工具和效果命令制作投影效果。

 完成效果：效果文件\第 8 章\橙子.ai

图 8-143　橙子效果

（2）使用绘图工具，绘制出如图 8-144 所示的橙子瓣效果。

提示：图中的各种图形都是使用钢笔工具绘制的，然后填充相应的颜色即可，其中的直线是使用

直线工具进行绘制的，要注意各个图形的排列关系。

 完成效果：效果文件\第8章\橙子瓣.ai

图 8-144　橙子瓣效果

4．综合操作题

根据要求为某童话故事书籍绘制卡通雪人图标，要求文件大小为 297mm×210mm，取向为横向，色彩模式为 CMYK 模式，画面鲜活明朗、温馨自然。参考效果如图 8-145 所示。

 完成效果：效果文件\第8章\卡通雪人.ai

图 8-145　卡通雪人效果

拓展知识

除了本章前面所介绍的商业插画设计知识外，在对绘制商业插画时还需要了解以下几个方面的行业知识。

一、商业插画的分类

商业插画主要分为 4 个类型，各个类型的特点如下。

- 广告商业插画，主要特点是为商品服务，具有强烈的消费观念；为广告商服务，必须具有灵活的价值观念；为社会服务，必须具有仁厚的群体责任，如图8-146所示。
- 卡通吉祥物插画，主要分为产品吉祥物、企业吉祥物和社会吉祥物。
- 出版物插画（书籍类插画、杂志类插画），可分为文学艺术类、儿童读物类、自然科普类和社会人文类。
- 影视游戏类插画，可分为形象设计类、场景设计类和故事脚本类，如图8-147所示。

图 8-146　广告商业插画

图 8-147　游戏插画

二、商业插画的要素

商业插画顾名思义就是具有商业价值的插画，不属于纯艺术范畴。可定义为企业或产品绘制的数码作品，获得与之相关的报酬，作者放弃对作品的所有权，只保留署名权的商业买卖行为。商业插画有一定的规则，它必须具备以下 3 个要素：直接传达消费需求、符合大众审美品位和夸张强化商品特性。具备了上述 3 个要素，才能被认为是合格的商业插画。

三、商业插画欣赏

作者：不详 来源：图萝网　　　　　　　广州亚运会吉祥物

第一幅插画为广告商业插画，在其中表现有强烈的价值观念。

第二幅是卡通吉祥物插画，代表的是广州亚运会，广州也被称为"羊城"，因此以羊作为吉祥物，充分体现了东道国、主办城市的历史底蕴、精神风貌和文化魅力，表达了"吉祥、和谐、幸福、圆满和快乐"的美好祝愿。

第9章

文本与图表工具

📖 **本章要点**

● 创建与编辑文本

● 编辑图表

● 制作汽车销售宣传单

📖 **内容简介**

本章主要讲述在 Illustrator CS3 中文本和图表工具的操作，包括创建与编辑文本、创建与编辑图表等。通过本章内容的学习，可以快速熟悉文本与图表工具的操作，并学会宣传单的设计与制作方法。

9.1 创建与编辑文本

在 Illustrator CS3 中，提供了强大的文本编辑和图文混排的功能，文本对象与一般图形对象一样可以进行各种变化与编辑操作，同时还可应用各种外观和样式等。

9.1.1 使用文本工具

在 Illustrator CS3 中，包括有文字工具 T、区域文字工具 T、路径文字工具、直排文字工具 T、直排区域文字工具 T 和直排路径文字工具。下面分别对其进行讲解。

在 Illustrator CS3 中输入横排文字和直排文字的方法与在 Photoshop CS3 中输入文字的方法相同，即在 Illustrator CS3 中选择工具箱中的文字工具 T 或直排文字工具 T 后，在页面中单击即可输入文字，当输入的文本需要换行时，按"Enter"键即可。也可先使用工具绘制一个文本框然后再输入文字块。

9.1.2 使用区域文本和路径文本工具

区域文本工具和路径文本工具的使用方法非常简单，下面对这几种工具的具体使用方法进行讲解。

1. 使用区域文本工具

在 Illustrator CS3 中首先绘制一个具有填充颜色的图形对象，然后选择工具箱中的文字工具 T 或区域文字工具 T，将鼠标指针移到图形对象上，当其指针变为 形状时，在图形上单击，图形对象的填充和描边属性被取消，并转换为文本路径，在其中输入的文本将按水平方向在图形内排列，如图 9-1 所示。

使用直排文字工具 T 或直排区域文字工具 T 与使用文字工具 T 的方法相同，只不过在文本路径中创建的是竖排文字，如图 9-2 所示。

图 9-1　输入文本

图 9-2　输入直排文本

提示：如果输入的文本超出了文本路径所能容纳的范围，此时在文本路径的右下角会出现一个 田 图标，表示还有未显示出的文本内容。

2. 使用路径文本工具

在 Illustrator CS3 中创建路径文本的方法与在 Photoshop CS3 中的创建路径文本的方法相同，首先使用钢笔工具 绘制一段开放的路径，再选择工具箱中的路径文字工具 和直排路径文字工具，在绘制好的路径上单击即可输入文本。

选择工具箱中的选择工具 或直接选择工具，选择要编辑的路径文本，此时将鼠标指针移到文本的前面，当其变为 形状时，按住鼠标左键不放拖曳可移到文本位置，如图 9-3 所示，将鼠标指针

移到路径上的中间位置时，当指针变为 ▶️ 形状时向路径相反方向拖曳，翻转文本，如图 9-4 所示。

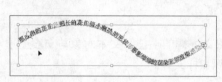
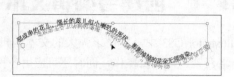

图 9-3　移动文本　　　　　　　　　　　　　图 9-4　翻转文本

9.1.3　选择文本

在对文本对象进行编辑之前，需要选择文本，选择工具箱中的选择工具 ▶️，在需要选择的文本上单击，即可选择该文本。

选中文本后，用鼠标拖曳可将其移到任意位置，选择【对象】/【变换】/【移动】命令，或按"Shift+Ctrl+M"快捷键打开如图 9-5 所示的"移动"对话框，在其中可通过设置数值来精确移动文本对象。单击文本框中的控制点进行拖曳可任意调整文本框的大小；选择工具箱中的比例缩放工具 ▣，可对选中的文本对象进行缩放；选择【对象】/【变换】/【缩放】命令，打开如图 9-6 所示的"比例缩放"对话框，在其中可通过设置数值来精确缩放文本对象。

图 9-5　打开"移动"对话框　　　　　　　　图 9-6　打开"比例缩放"对话框

选择工具箱中的文字工具 T，在文字上单击插入光标，可对文字进行更改并选择部分文字。

9.1.4　设置字符和段落格式

在 Illustrator CS3 中，同样可以对输入的文字进行字符和段落格式设置，下面分别进行讲解。

【例 9-1】使用矩形工具 ▢、椭圆工具 ◯ 和文字工具 T 等制作百货招贴效果，最终效果如图 9-7 所示。

完成效果：效果文件\第9章\百货招贴.ai

图 9-7　百货招贴效果

Step 1 新建一个"百货招贴"的图像文件，设置宽度为 210mm，高度为 297mm，取向为竖向，模式为 CMYK 模式。

Step 2 选择工具箱中的矩形工具 ▣，在页面中绘制矩形，填充颜色为绿色（C:47,M:0,Y:95,K:0），无描边，如图 9-8 所示。

Step 3 继续在矩形的左侧绘制一个矩形，填充为黄色，无描边，然后按住"Alt"键复制一个矩形放置到矩形的右侧，如图 9-9 所示。

图 9-8　绘制矩形　　　图 9-9　复制图形

Step 4 选择工具箱中的选择工具 ▸，按住"Shift"键，同时选择矩形旁边的两个小的矩形，然后双击混合工具 ▣，打开如图 9-10 所示的"混合选项"对话框，在其中进行相应设置，单击 确定 按钮，分别在两个图形上单击鼠标，混合效果如图 9-11 所示。

图 9-10　打开对话框　　　图 9-11　设置后的混合效果

Step 5 选择混合图形，然后将其旋转到一定的角度，如图 9-12 所示。

Step 6 选择工具箱中的椭圆工具 ◯，按住"Shift"键在混合图形上方绘制圆形，设置从绿色（C:20,M:0,Y:85,K:0）到深绿色（C:60,M:25,Y:100,K:0）的线性渐变，如图 9-13 所示。

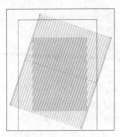 

图 9-12　旋转图形　　　图 9-13　绘制圆形

Step 7 复制一个圆形，并缩小移到相应位置，选择这两个圆形，在"路径查找器"控制面板中单击"与形状区域相加"按钮 ▣ 和 扩展 按钮，效果如图 9-14 所示。

Step 8 选择除后面矩形外的所有图形，按"Ctrl+G"快捷键进行编组，然后使用矩形工具在其上方绘制一个与底层矩形相同大小的矩形，并填充相同的颜色，框选所有图形，单击鼠标右键，在弹出的快捷菜单中选择"建立裁剪蒙版"命令，效果如图 9-15 所示。

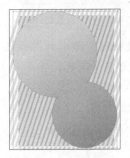 

图 9-14　调整圆形　　　图 9-15　建立裁剪蒙版

Step 9 使用椭圆工具 ◯ 绘制圆形，并填充为白色，然后复制，继续绘制圆形，填充为"色板"控制面板中的黄色，选择左上方的两个圆形，将其置于顶层，如图 9-16 所示。

Step 10 选择工具箱中的文字工具 T，在页面中输入文字，并选中文字后，选择【窗口】/【文字】/【字符】命令，或按"Ctrl+T"快捷键，打开如图 9-17 所示的"字符"控制面板。

Step 11 在其中设置字体为方正大黑简体，字体大小为 111pt，填充颜色为红色（C:30,M:100,Y:100,K:0），描边颜色为黄色（C:7,M:3,Y:85,K:0）如图 9-18 所示。

图 9-16 绘制圆形　　图 9-17 "字符"控制面板

Step 12 复制文字并置于底层，缩小文字，设置填充颜色为橘黄（C:3,M:30,Y:90,K:0），然后框选所有文字，双击混合工具，在打开的"混合选项"对话框中设置间距为指定的步数30，完成后分别在两组文字上单击，如图9-19所示。

图 9-18 设置字体　　图 9-19 设置混合图形

Step 13 将文字移动到页面中的图形上，然后继续输入文字，设置颜色为黑色，字体大小为15pt和30pt，如图9-20所示。

Step 14 复制右侧的文字，设置填充颜色

为绿色（C:63,M:7,Y:100,K:0），如图 9-21 所示。

图 9-20　输入文字　　　　图 9-21　复制文字

Step 15 继续输入文字，设置字体为汉仪综艺体简，字体大小为30pt，填充为白色，描边为红色，选择【对象】/【封套扭曲】/【用变形建立】命令，在打开的如图9-22所示的"变形选项"对话框进行设置，效果如图9-23所示。

图 9-22　打开"变形选项"对话框　图 9-23　变形后的效果

Step 16 使用相同的方法输入其他文字，字体为汉仪综艺体简。字体大小为32pt和24pt，颜色为深绿色（C:60,M:25,Y:100,K:0），其中数字字体大小为48pt，右下方文字行距为36pt，最终效果如图9-7所示。

【知识补充】在例子中，主要用到的是"字符"控制面板，下面对"字符"控制面板和"段落"控制面板分别进行介绍。

选择【窗口】/【文字】/【字符】命令，或按"Ctrl+T"快捷键打开如图9-24所示的"字符"控制面板，下面对其中的各选项进行具体讲解。

- "设置字体序列" Adobe 宋体 Std L 下拉列表框：单击右侧的 按钮，可在弹出的下拉列表框中选择需要的字体。
- "设置字体大小" T 12 pt 下拉列表框：用于设置文字的大小，单击左侧的微调按钮 按钮，可以逐级调整文字的大小。
- "设置行距" (21pt) 下拉列表框：用于设置文字的行距，定义文字中行与行之间的距离。
- "水平缩放" T 100% 下拉列表框：可以使文字的纵向大小保持不变，其横向被缩放，缩放比例小于100%时文字被压扁，大于100%时文字被拉伸。

图 9-24 "字符"控制面板

- "垂直缩放" IT 100% 下拉列表框：可以使文字的横向尺寸保持不变，纵向被缩放，缩放比例小于100%时文字被压扁，大于100%时文字被拉长。

- "设置两个字符间的字偶间距调整"　下拉列表框：用于调整字符间的水平间距，输入正值时，字距变大；输入负值时，字距变小。
- "设置所选字符的字符间距调整"　下拉列表框：用于细微的调整字符与字符之间的距离。
- "设置基线偏移"　下拉列表框：用于调整文字的上下位置，可通过设置为文字制作上标或下标。
- "字符旋转"　下拉列表框：用于设置文字的旋转角度。

选择【窗口】/【文字】/【段落】命令，或按"Alt+Ctrl+T"快捷键，打开如图 9-25 所示的"段落"控制面板。下面对其中的各选项进行具体讲解。

- 　按钮组：从左只有分别表示左对齐、居中对齐、右对齐、两端对齐末行左对齐、两端对齐末行居中对齐、两端对齐末行右对齐和全部两端对齐。选中要设置对齐方式的段落，单击相应的按钮即可。
- 段落缩进：在Illustrator CS3中，包括5种段落缩进方式，依次为左缩进、右缩进、首行左缩进、段前间距和段后间距。这与Photoshop CS3中"段落"控制面板中的缩进方式作用相同，这里不再具体介绍。

图 9-25　"段落"控制面板

9.1.5　文本块的调整

在 Illustrator CS3 中，较长的段落文本通常会采用分栏的页面形式，在分栏时可自动创建链接文本，也可手动创建文本的链接。

【例 9-2】使用创建文本分栏的方法制作饮食栏目效果，最终效果如图 9-26 所示。

所用素材：素材文件\第9章\栏目标题.ai
完成效果：效果文件\第9章\饮食栏目.ai

图 9-26　饮食栏目效果

Step 1　打开"栏目标题.ai"图像文件，按"Ctrl+C"快捷键复制图形，然后新建"饮食栏目"图像文件，设置宽度为 210mm，高度为 285mm，取向为竖向，模式为 CMYK 模式，然后按"Ctrl+V"快捷键粘贴，并移动到合适位置，如图 9-27 所示。

Step 2　选择工具箱中的文本工具，在页面中绘制文本框，然后输入相关文字，设置字体为宋体，字体大小为 13pt，行距为 18pt，颜色

为黑色，如图 9-28 所示。

图 9-27　粘贴图形

Step 3　选择文字，选择【文字】/【区域文字选项】命令，打开如图 9-29 所示的"区域文字选项"对话框，在"列"栏中设置列的数量为

2，间距为 6mm，在"位移"栏中设置内边距为 5mm，单击 确定 按钮后的效果如图 9-30 所示。

图 9-28 输入文字

图 9-30 设置分栏后的效果

图 9-29 打开 "区域文字选项" 对话框

Step 4 选择工具箱中的矩形工具，在页面的合适位置绘制矩形，填充颜色为橘黄色（C:0,M:25,Y:90,K:0），无描边，然后按 "Ctrl+Shift+[" 快捷键将其置于底层。

Step 5 选择工具箱中的文本工具 T，选择文字中的标题，设置字体为微软雅黑，字体大小为 18pt，与第 1 行文本的行距为 30pt，然后对文字中的一些地方进行相应的处理，效果如图 9-26 所示。

【知识补充】当文本框中出现文本溢出现象时，除了可以通过文本框中大小来显示完整的文字外，还可将溢出的文字链接到另外一个文本框中，并可进行多个文字框的链接。点文本和路径文本不能够进行链接。

选择有溢出现象的文本框，绘制一个闭合的路径或重新创建一个文本框，将其同时选中，如图 9-31 所示，然后选择【文字】/【串接文本】/【创建】命令，则左侧溢出的文本将自动移动到右侧的文本框中，如图 9-32 所示。

图 9-31 绘制文本框

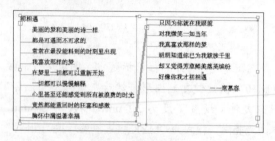

图 9-32 链接文本

提示：如果右侧的文本框中还有溢出的文本，可继续绘制文本框链接溢出的文本。选择【文字】/【串接文本】/【释放所选文字】命令，可解除各文本之间的链接状态。

9.1.6　文本绕图

文本绕图即图文混排，这在版式设计中经常使用，文本绕图是对整个文本块起作用，对于文本块中的部分文本，以及点文本、路径文本都不能进行文本绕图。

【例 9-3】为例 9-2 中制作的效果进行文本绕图设置，最终效果如图 9-33 所示。

所用素材：素材文件\第9章\食物.psd、番茄.psd
完成效果：效果文件\第9章\图文混排.ai

图 9-33　图文混排效果

Step 1　选择【文件】/【置入】命令，置入"食物.psd"图像文件，单击工具属性栏中的 [　嵌入　] 按钮，在打开的对话框中直接单击 [确定] 按钮，拖曳图片到合适位置，并调整其大小，如图 9-34 所示。

Step 2　选择图片，选择【对象】/【文本绕排】/【建立】命令，建立文本绕图排列，如图 9-35 所示。

Step 3　使用相同的方法置入"蔬菜.psd"图像文件，将其拖曳到第 2 列的文本上建立图文绕排效果，对溢出的文本删除即可，如图 9-36 所示。

图 9-36　继续设置图文绕排

图 9-34　缩小图片　　图 9-35　建立图文绕排

注意：在设置图文绕排时，图形必须放置在文本块之上才能设置。选择【对象】/【文本绕排】/【释放】命令，可取消文本绕图。

9.1.7　将文本转换为图形

在 Illustrator CS3 中，将文本转换为轮廓图形后，可以像对其他图形对象一样进行编辑操作，通过这种方式，可以创建多种特殊的文字效果。

【例 9-4】使用将文本转换为图形的方法为图像添加个性文字，最终效果如图 9-37 所示。

所用素材：素材文件\第9章\卡通.jpg
完成效果：效果文件\第9章\个性文字.ai

图 9-37　文字效果

Step 1　打开"卡通.jpg"图像文件，适当进行大小调整，如图 9-38 所示。

图 9-38　调整图像

Step 2　选择工具箱中的文字工具 T，在页面中输入"我的快乐时光"文字，设置字体为华文琥珀，字体大小为48pt，颜色为橘黄色（C:10,M:58,Y:78,K:0），如图 9-39 所示。

图 9-39　输入文字

Step 3　选择文字，在其上单击鼠标右键，在弹出的快捷菜单中选择"创建轮廓"命令，将文字转换为轮廓，如图 9-40 所示。

图 9-40　创建轮廓

Step 4　双击工具箱中的缩拢工具，在打开的如图 9-41 所示的"收缩工具选项"对话框中设置宽度和高度都为5mm，单击 确定 按钮后，鼠标指针变为 ⊕ 形状时在文字上拖曳，将文字变形，如图 9-42 所示。

Step 5　双击工具箱中的旋转扭曲工具，在打开的"旋转扭曲工具选项"对话框中设置宽度和高度都为 5mm，变形文字，如图 9-43 所示。

图 9-41　打开"收缩工具选项"对话框

图 9-42　缩拢文字

图 9-43　扭曲文字

Step 6　选择文字，按"Shif+Ctrl+G"快捷键取消文字的编组，然后分别调整文字的大小和位置，如图 9-44 所示。

Step 7　选择所有文字，按"Alt"键向下拖曳复制文字，填充为黑色，并按"Ctrl+["快捷键后移一层，如图 9-45 所示。

图 9-44　取消编组文字

图 9-45　复制文字

【知识补充】为文字创建轮廓后，可以对其进行渐变填充，还可以为其应用滤镜，如图 9-46 所示。

图 9-46　填充文字与应用滤镜后的效果

注意：当文字转换为轮廓后，将不再具有文字的一些属性，因此在文本转换前需要设置文字的字体大小。转换轮廓时，不能在一行文本内转换单个文字。

9.2　编辑图表

在 Illustrator CS3 中，提供了 9 种不同的图表工具，包括柱形图工具、堆积柱形图工具、条形图工具、堆积条形图工具、折线图工具、面积图工具、散点图工具、饼图工具和雷达图工具，使用这些工具可以创建不同类型的图表。

9.2.1　图表的分类

下面对各个图表工具分别进行介绍。

- 柱形图：该图表是一种比较常见的图表类型，它是使用一些竖排的、高度可变的矩形柱来表示各种数据，矩形的高度要与数据的大小成正比，如图 9-47 所示。
- 堆积柱形图：该图表与柱形图类似，只是显示方式不同，柱形图表示的是单一的数据比较，而堆积柱形图则显示的是全部数据总和的比较，如图 9-48 所示，因此，在进行数据总量的比较时，多用堆积柱形图表示。
- 条形图：该图表与柱形图类似，只是以水平向上的矩形来显示图表中的数据，如图 9-49 所示。

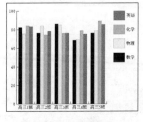

图 9-47　柱形图

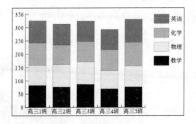

图 9-48　堆积柱形图

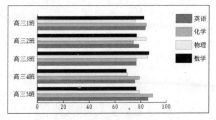

图 9-49　条形图

- 堆积条形图：该图表与堆积柱形图类似，但它是以水平方向的矩形条来显示数据的总量，如图 9-50 所示。
- 折线图：该图表可以显示出某种事物随时间变换的发展趋势，能够很明显地表现出数据的变换走向，如图 9-51 所示。
- 面积图：该图表可以用来表示一组或多组数据，通过不同折线连接图表中的所有点，形成面积区域，并且折线内部可填充为不同的颜色，如图 9-52 所示。

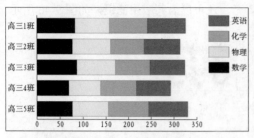

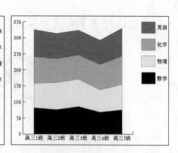

图 9-50　堆积条形图　　　　　图 9-51　折线图　　　　　图 9-52　面积图

- 散点图：该图表是一种特殊的图表形式，它的横坐标和纵坐标都是数据坐标，两组数据的交点形成坐标点，图表中的数据点位置所创建的线能贯穿自身却没有具体方向，如图9-53所示，它只能用来显示图例的说明。
- 饼图：该图表的应用范围较广，其图表的数据整体显示为一个圆形，每组数据按照其在整体中所占的比例，以不同颜色的扇形区域显示，如图9-54所示，但是它不能准确地显示出各部分的具体数值。
- 雷达图：该图表是以一种环形的形式对图表中的各数据进行比较，形成比较明显的数据对比，如图9-55所示，该图表适合表现一些变换悬殊的数据。

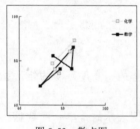

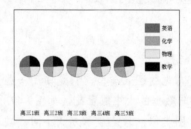

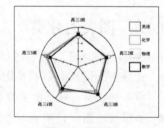

图 9-53　散点图　　　　　　图 9-54　饼图　　　　　　图 9-55　雷达图

9.2.2　创建图表

在了解了图表的类型后，下面对如何创建图表进行讲解。

【例 9-5】使用条形图工具 绘制生产图表，最终效果如图 9-56 所示。

完成效果：效果文件\第9章\生产图表.ai

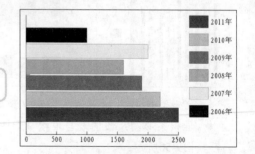

图 9-56　生产图表效果

Step 1　新建一个"生产图表"图像文件，设置宽度为 210mm，高度为 297mm，取向为横向，颜色模式为 CMYK 模式。

Step 2　选择工具箱中的条形图工具 ，在页面中单击鼠标，打开如图 9-57 所示的"图表"对话框，在其中设置宽度为 130mm，高度为

100mm，单击 确定 按钮。

图 9-57 打开"图表"对话框

提示： 选择图表工具后，在页面中单击按住鼠标左键拖曳后，可打开"图表数据"对话框，进行绘制图表。

Step 3 打开"图表数据"对话框，在其中上方的文本框中输入数据，然后按"Tab"键或"Enter"键确认，输入的数据将自动添加到对话框的单元格中，并自动选择下一个单元格，继续输入数据即可，用鼠标单击可选择各个单元格，输入数据后，按"Enter"键确认，如图 9-58 所示。

Step 4 输入完成后，单击对话框中的"应用"按钮 ✓，建立条形图表，单击对话框中的 ✗ 按钮关闭对话框，效果如图 9-59 所示。

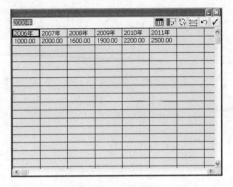

图 9-58 输入数据

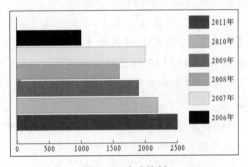

图 9-59 完成绘制

【知识补充】在"图表数据"对话框中的右侧有一组按钮，下面对各个按钮的用途进行讲解。

● "导入数据"按钮 ▦：单击该按钮，可以从外部文件中导入数据信息。

● "换位行/列"按钮 ▦：单击该按钮，可以将横排和竖排的数据相互交换位置。

● "切换x/y"按钮 ▦：单击该按钮，可调换x轴和y轴的位置。

● "单元格样式"按钮 ▤：单击该按钮将打开如图9-60所示的"单元格样式"对话框，在其中可设置单元格的样式。

● "恢复"按钮 ↻：在没有单击"应用"按钮 ✓ 之前可使文本框中的数据恢复到前一个状态。

图 9-60 "单元格样式"对话框

要删除单元格中的数据，只需按"Delete"键后再按"Enter"键即可删除单个单元格中的数据；拖曳选择多个单元格，选择【编辑】/【清除】命令，可删除多个单元格中的数据。

当需要对图表中的数据进行修改时，选择【对象】/【图表】/【数据】命令，或在选择的图表上单击鼠标右键，在弹出的快捷菜单中选择"数据"命令，即可打开"图表数据"对话框，在其中即可对数据进行修改。

9.2.3 设置图表

在 Illustrator CS3 中，可以重新调整各种类型图表的选项，更改某一组数据，还可解除图表组合，应用描边或填充颜色等。

【例 9-6】将例 9-5 中的生产图表类型更改为柱形图，并设置图例显示在顶部，效果如图 9-61 所示。

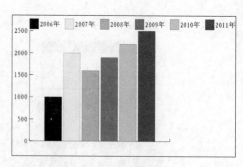

图 9-61　柱形图效果

完成效果：效果文件\第9章\柱形图.ai

Step 1　打开"生产图表"图像文件，然后使用选择工具单击图表，将其选中。

Step 2　双击工具箱中的图标工具，或选择【对象】/【图表】/【类型】命令，或在图表上单击鼠标右键，在弹出的快捷菜单中选择"类型"命令，打开如图 9-62 所示的"图表类型"对话框。

Step 3　在对话框中的"类型"栏中单击"柱形图"按钮 ，更改图表的类型，在"样式"栏中选中"在顶部添加图例"复选框，单击

确定 按钮后的效果如图 9-61 所示。

图 9-62　打开"图表类型"对话框

【知识补充】除了可对图表类型进行设置外，还可对坐标轴进行设置。

在"图表类型"对话框中左上角的下拉列表框中选择"数值轴"选项，此时，"图表类型"对话框如图 9-63 所示。

图 9-63　"图表类型"对话框

- "刻度值"栏：当选中"忽略计算出的值"复选框时，下面的数值框被激活，"最小值"数值框用于设置坐标轴的起始值，也就是图表原点的坐标值，不能大于"最大值"数值框中的数值；"最大值"数值框用于设置坐标轴的最大刻度值；"刻度"数值框用于决定将坐标轴上下分为多少部分。
- "刻度线"栏：在"长度"下拉列表框中选择"无"选项，表示不使用刻度标记；选择"短"选项，表示短的刻度标记；选择"全宽"选项，刻度线将贯穿整个图表，如图9-64所示。"绘制"数值框表示每一个坐标轴间隔的区分标记。
- "添加标签"栏："前缀"文本框是指在数值前加符号，"后缀"文本框中是指在数值后添加符号。在"前缀"文本框中输入kg，在"后缀"文本框中输入天，效果如图9-65所示。

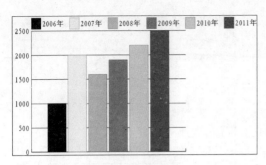

图 9-64　添加刻度线

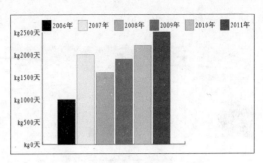

图 9-65　添加符号

9.2.4　自定义图表

除了可以对图表进行编辑外，在 Illustrator CS3 中也可对图表的局部进行编辑修改，还可自定义图案。

【例 9-7】绘制柱形图，使用符号库中的"花朵"命令制作图案图表，最终效果如图 9-66 所示。

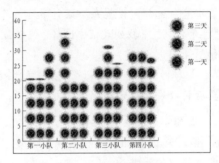

图 9-66　图案图表效果

完成效果：效果文件\第 9 章\图案图表 .ai

Step 1　新建一个"图案图表"的图像文件，设置宽度为 210mm，高度为 297mm，取向为横向，颜色模式为 CMYK 模式。

Step 2　选择工具箱中的柱形图工具 📊，在页面中单击打开"图表"对话框，在其中设置宽度为 140mm，高度为 120mm，在"图表数据"对话框中输入数据，如图 9-67 所示。

图 9-67　输入数据

Step 3　完成后，关闭对话框，柱形图效

果如图 9-68 所示。

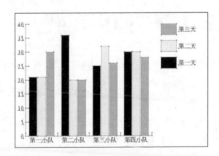

图 9-68　柱形图

Step 4　选择【窗口】/【符号库】/【花朵】命令，打开"花朵"控制面板，选择"向日葵"符号并将其拖曳到页面中，如图 9-69 所示。

Step 5　选择符号，选择【对象】/【图表】/【设计】命令，打开"图表设计"对话框，单击 新建设计(N) 按钮，显示图案的预览，然后单击 重命名(R) 按钮，在打开的对话框中输入"向日葵"，重命名图案，单击 确定 按钮后返回"图表设计"对话框，如图 9-70 所示。

图 9-69 符号

图 9-70 打开"图表设计"对话框

图 9-71 打开"图表列"对话框

Step 6 单击 [确定] 按钮关闭对话框，然后框选符号和图表，选择【对象】/【图表】/【柱形图】命令，打开"图表列"对话框，选择新定义的图案，在"列类型"下拉列表框中选择"重复堆叠"选项，设置每个设计表示 5 个单位，在"对于分数"下拉列表框中选择"缩放设计"选项，如图 9-71 所示。

Step 7 单击 [确定] 按钮关闭对话框，设置后的效果如图 9-72 所示。

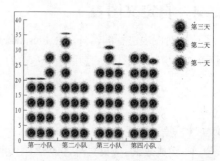

图 9-72 完成设置

【知识补充】新建设计后，在"图表设计"对话框中的预览框中将会显示绘制的图形，单击 [删除设计(D)] 按钮可删除选择的图形，单击 [粘贴设计(P)] 按钮，可将图案粘贴到页面中，并对其重新进行修改和编辑。

9.3 应用实践——制作汽车宣传单

宣传单是直销广告的一种，对宣传活动和促销商品有着重要的作用。宣传单通过派送或邮递等形式，可有效地将产品信息传达给目标受众，为了由浅入深地练习本章所学知识，本例将制作一个汽车的宣传单效果。

9.3.1 了解什么是宣传单

宣传单主要是指四色印刷机彩色印刷的单张彩页，也包括单色机印刷的单色宣传单，还有普通复印机复印的单页文件也可称为宣传单，用于扩大商品或是企业的影响力。

宣传单在商场和超市等公共场所里随处可见，多为推销产品、发布一些商业信息等。如图 9-73 所示即为超市的宣传单。除此之外，还有义务宣传单，如宣传人们义务献血和义务志愿者等。

通常印刷厂印刷的宣传单是用 157 克双铜纸拼版印刷而成。尺寸规格一般为 210mm×285mm，即是一般 A4 大小的复印纸。

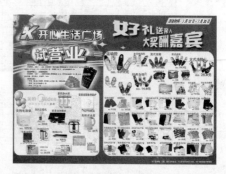

图 9-73 超市宣传单

9.3.2　宣传单的构图

在制作宣传单之前，首先要收集到需要用到的相关信息与素材图像，这些可以通过客户提供。宣传单上的数据与广告语等文字必须按照客户的要求来组织，而素材图像则可以通过网上查找或是客户提供。

- 本例制作的以汽车销售为主题的宣传单，主要体现汽车的性能和销售情况。
- 怎样让整个宣传单看上去整洁、大方，且对要表达的意义一目了然，这个尤为重要，因此要注意各个素材图像的位置。
- 文字的排版也同样重要，文字的大小颜色不一样，表达的意思也不一样。

在 Illustrator CS3 中根据提供的一些汽车素材，制作如图 9-74 所示的汽车宣传单效果，相关要求如下。

- 制作要求：突出汽车性能和汽车生产销量。
- 宣传单尺寸：210mm×285mm
- 取向：横向
- 色彩模式：CMYK模式

图 9-74　汽车宣传单效果

所用素材：素材文件\第9章\汽车1.jpg、汽车2.jpg、汽车3.jpg、汽车4.jpg、汽车.psd、公路.jpg
完成效果：效果文件\第9章\汽车宣传单.ai

9.3.3　宣传单的创意分析与设计思路

宣传单一般应包含有产品文字介绍和产品图像等，是目前宣传企业产品形象的推广方式之一。本例的宣传单重点突出汽车生产销量和性能。

根据本例的制作要求和提供的素材，还可以进行如下一些分析。

- 本例制作的是横向的宣传单，要注意宣传单的尺寸设置，通常印刷厂印刷的宣传单是用157克双铜纸拼版印刷而成。尺寸规格一般为210mm×285mm，即一般的复印纸A4大小。
- 本例在制作时突出汽车的一些基本要素，在右侧放置的是汽车的一些局部图像，便于突出汽车的细节。

本例的设计思路如图 9-75 所示，具体设计如下。

置入素材

绘制影子等图形

完成制作

图 9-75　制作汽车宣传单的操作思路

- 使用"置入"命令将需要的素材文件置入到页面中，并调整位置和大小。
- 使用钢笔工具和矩形工具制作汽车影子等图形。

- 在页面中绘制汽车的生产季度折线图。
- 使用文字工具输入相关文字，完成制作。

9.3.4 制作过程

1. 添加图像素材

Step 1 新建一个"汽车宣传单"图像文件，设置宽度为210mm，高度为285mm，取向为横向，颜色模式为CMYK模式。

Step 2 置入"公路"图像文件，并将其缩放到合适大小，然后单击工具属性栏中的 嵌入 按钮，如图9-76所示。

Step 3 继续置入"汽车.psd"图像文件，对其进行适当调整后，将其放到页面的左侧位置，如图9-77所示。

图9-76 置入素材　　　　图9-77 置入汽车素材

Step 4 使用相同的方法置入其他汽车素材并放置到页面中的合适位置，如图9-78所示。

Step 5 选择工具箱中的钢笔工具，在汽车图图形的下方绘制图形，填充为黑色，如图9-79所示。

图9-78 继续置入素材　　　图9-79 绘制图形

Step 6 选择该图形，选择【效果】/【模糊】/【高斯模糊】命令，在打开的"高斯模糊"对话框中设置半径为50像素，然后将图形后移一层，如图9-80所示。

Step 7 选择工具箱中的矩形工具，在页面右侧绘制矩形，填充为白色，描边为黑色，将其后移几层，效果如图9-81所示。

图9-80 模糊图形　　　　图9-81 绘制矩形

2. 添加文字

Step 1 选择工具箱中的文字工具，在页面的左下方绘制文本框，输入相关文字，设置字体为微软雅黑，字体大小为16pt，颜色为黑色，如图9-82所示。

图9-82 输入文字

Step 2 继续输入文字，设置字体为Bookman Old Style，字体大小为45pt，水平缩放和垂直缩放为150%，颜色为红色，如图9-83所示。

Step 3 在红色文字下方输入汽车的一些相关文字，设置字体为宋体，字体大小为13pt，颜色为黑色，如图9-84所示。

图9-83 输入文字　　　图9-84 继续输入相关文字

Step 4 选择工具箱中的折线图工具，在页面中绘制打开"图表数据"对话框，在其中输入相关数据，如图9-85所示，应用数据后的效果如图9-86所示。

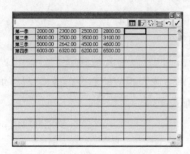

图 9-85 输入数据

白色，如图 9-88 所示。

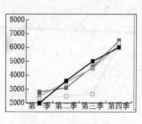

图 9-86 折线图

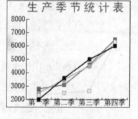

图 9-87 输入图表名称

Step 5 使用文字工具 T 在折线图上方输入"生产季节统计表"文字，设置字体为黑体，字体大小为 24pt，插入空格（后）为 1/4 全角空格，颜色为红色，如图 9-87 所示。

Step 6 在页面上方的图像上输入文字，设置字体为华文隶书，字体大小为 36pt 和 60pt，颜色为白色，使用黑色描边，然后在下方输入英文字母，字体为 Arial，字体大小为 23pt，颜色为

图 9-88 输入广告文字

Step 7 完成后对整个页面进行适当调整，最终效果如图 9-74 所示。

9.4 练习与上机

1. 单项选择题

（1）下列选项中，（ ）不是"字符"控制面板中的设定项。

    A. 文字大小的设定   B. 文字基线的设定

    C. 首行缩排的设定   D. 文字行距的设定

（2）下列选项中，不是"段落"控制面板中的设定项的是（ ）。

    A. 首字缩排设定   B. 段落文字的排式设定

    C. 自动连字符设定   D. 文字行距的设定

（3）在 Adobe Illustrator CS3 的"段落"控制面板中，提供了 5 种文字的对齐方式，下列选项中不包含的是（ ）。

    A. 左对齐   B. 居中对齐   C. 右对齐   D. 顶部对齐

2. 多项选择题

（1）下面关于文字转换为图形的说法正确的是（ ）。

    A. 中文文字只有宋体字体才能转化为图形。

    B. 文字转为图形之后，还可以转回文字。

    C. 如果要给文字填充渐变色，必须将文字转换为图形。

    D. 英文的 TrueType 和 Post Script 字体都可转为图形。

（2）下列有关文字工具描述正确的是（ ）。

    A. Illustrator CS3 在工具箱中提供了 6 种文字工具，分别是：文字工具、区域文字工具、路

径文字工具、直排文字工具、直排区域文字工具和直排路径文字工具。

　　B．如果有大量的文字输入，必须使用区域文字工具。

　　C．当使用路径文字工具时，该路径可以是闭合路径，也可以是开放路径。

　　D．选择【文字】/【文字方向】命令，在弹出的子菜单中选择相应的命令可改变文字的方向。

（3）Adobe Illustrator CS3 中，下列有关图表类型的描述正确的是（　　）。

　　A．柱状图表是以坐标轴的方式，逐栏显示输入的资料，柱的高度代表比较的数值，数值越大，柱的高度就越高

　　B．图表类型一旦确定，就不能做任何改动

　　C．堆积柱形图表用点来表示一组或者多组数据，以不同颜色的折线连接不同组的所有点，而且形成面积区域

　　D．散点图表的 X 轴和 Y 轴都为数据坐标轴，在两组数据的交汇处形成坐标点，有直线在这些点之间连接，使用这种图表可反映数据的变化趋势

3．简单操作题

使用图表工具，利用提供的素材图像制作出如图 9-89 所示的成绩图表效果。

提示：使用饼图工具绘制图表，然后输入文字即可。

所用素材：效果文件\第 9 章\花朵 .psd
完成效果：效果文件\第 9 章\成绩图表 .ai

图 9-89　成绩图表效果

4．综合操作题

（1）要求根据提供的几幅图像素材制作旅游书籍封面，文件大小为 210mm×297mm，取向为竖向，色彩模式为 CMYK 模式，参考效果如图 9-90 所示。

所有素材：素材文件\第 9 章\画 .psd、景色 1.jpg、
　　　　　　景色 2.jpg
完成效果：效果文件\第 9 章\图案图表 .ai

图 9-90　书籍封面效果

（2）要求根据提供的图像素材制作时尚生活的杂志封面，文件大小为 210mm×285mm，取向为竖向，色彩模式为 CMYK 模式，通过对杂志名称的艺术处理，表现出现代感，参考效果如图 9-91 所示。

所有素材：素材文件\第9章\条纹码.psd、人物背景.jpg

完成效果：效果文件\第9章\杂志封面.ai

图 9-91　杂志封面效果

拓展知识

除了本章前面所介绍的宣传单设计知识外，我们在对宣传单进行设计时还需要了解以下几个方面的行业知识。

一、宣传单的行业分类

宣传单在众多行业中都有涉及，如食品宣传单设计、IT 企业宣传单设计、房产宣传单设计和酒店宣传单设计等，其中食品宣传单要从食品的特点出发来体现视觉和味觉等特点，从而诱发消费者的购买欲望；IT 企业宣传单要求简洁明快并结合 IT 企业的特点，来体现 IT 企业的行业特点；房产宣传单设计一般根据房地产的楼盘销售情况做相应的设计，此类宣传单在设计上要体现出时尚、前卫、和谐和人文环境等；酒店的宣传单要求体现高档、享受等特点，在设计时需要用一些独特的元素来体现酒店的品质。

二、宣传单的延伸

从宣传单可以逐渐延伸到宣传册和宣传片，宣传册包含的内容非常广泛，如相对一般的书籍来说，宣传册设计不但包括封面、封底的设计，还包括环衬、扉页和内文版式的设计等。宣传片从其目的和宣传方式不同的角度可分为企业宣传片、产品宣传片、公益宣传片、电视宣传片和招商宣传片等。

三、宣传单的制作与印刷流程

印前，宣传单印刷前期需要对宣传单进行设计和排版。其中设计和排版需要有电脑、激光打印机、扫描仪和制版机等设备才能完成。印刷，宣传单印刷因其使用印刷介质的不同，要采用不同的印刷方式。电脑宣传单纸采用激光打印机印刷；普通宣传单纸采用宣传单胶印机印刷；特种宣传单介质采用丝网印刷机印刷。印后，部分宣传单印刷后还要进行再加工。如电脑宣传单有部分需要进行塑封，所有的电脑宣传单一定要经过切卡机切成宣传单后才能使用。部分宣传单还需要烫金。

四、宣传单欣赏

该图为一幅楼盘的宣传单，主要是为了体现楼盘优势，从而吸引顾客。其中包括楼盘的意境图、乘车路线、地址、楼盘相关销售信息等。在排版上较为整齐，且能使人一目了然。

作者：haiw　来源：www.ymimg.com

第10章
使用混合与滤镜效果

📖 **本章要点**

● 使用混合与封套效果
● 滤镜及效果菜单
● 制作洗衣粉包装

📖 **内容简介**

　　本章主要讲述在 Illustrator CS3 中混合与封套效果以及滤镜的操作，包括混合与封套效果、滤镜及效果的使用等。通过本章内容的学习，可以快速熟悉使用混合与滤镜的相关操作，并学会包装的设计与制作方法。

10.1 使用混合与封套效果

在 Illustrator CS3 中，使用混合命令可以产生颜色和形状的混合效果，从而生成中间对象的逐级变形，而封套命令可以用图形对象轮廓来约束其他对象的行为。

10.1.1 创建混合对象

创建混合对象可以创建一系列样式递变的过渡图形，且可以在两个或两个以上的图形对象之间使用。混合对象的创建主要分为以下两种。

创建混合对象：选择要混合的两个图形对象，选择工具箱中的混合工具，然后分别单击要混合的两个图形对象，创建后的混合图形如图 10-1 所示。

> 提示：选择要混合的图形对象后，选择【对象】/【混合】/【建立】命令，或按"Alt+Ctrl+B"快捷键，也可创建混合对象。

创建混合路径：选择要混合的路径对象，选择工具箱中的混合工具，然后单击要混合路径上的某一锚点，并继续单击另一个路径上的某一锚点，效果如图 10-2 所示。其选择的锚点不同，混合后的效果也不同。

图 10-1 混合图形

图 10-2 混合路径

> 提示：选择混合后的图形对象，选择【对象】/【混合】/【释放】命令，或按"Alt+Shift+Ctrl+B"快捷键即可释放混合对象。

10.1.2 混合的形状

使用混合工具，可以将一种形状变形为另外一种形状，下面进行具体讲解。

【例 10-1】使用混合形状操作绘制灯笼图形，效果如图 10-3 所示。

完成效果：效果文件\第 10 章\灯笼.ai

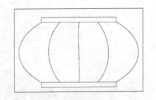
图 10-3 灯笼图形效果

Step 1 新建一个"灯笼"图像文件，设置宽度为 210mm，高度为 297mm，取向为竖向，模式为 CMYK 模式。

Step 2 选择工具箱中的矩形工具，绘

制矩形，并复制一个矩形并移动到下方，如图 10-4 所示。

Step 3 选择工具箱中的钢笔工具 ，在两个矩形中间绘制曲线，如图 10-5 所示。

取向为对齐页面，单击 确定 按钮，然后继续选择【对象】/【混合】/【建立】命令，效果如图 10-7 所示。

图 10-6 打开"混合选项"对话框

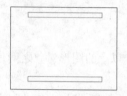 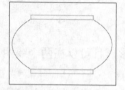

图 10-4 绘制矩形　　图 10-5 绘制曲线

Step 4 选择图形左右两条边线，然后选择【对象】/【混合】/【混合选项】命令，打开如图 10-6 所示的"混合选项"对话框。

Step 5 在其中设置间距为指定的步数 3，

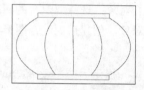

图 10-7 建立混合

【知识补充】除了可以利用混合设置绘制立体的图形效果外，还可对多个对象进行混合变形，首先使用钢笔工具 绘制 4 个不同图形对象，如图 10-8 所示。

选择工具箱中的混合工具 ，单击第一个图形对象，接着按顺时针的方向依次单击每个对象，如图 10-9 所示。

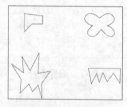 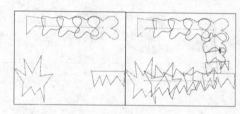

图 10-8 绘制图形　　　　图 10-9 混合变形

10.1.3 编辑混合图形

在制作混合图形之前，需要对混合选项进行设置，否则系统将按默认设置建立混合图形。自动创建的混合路径默认为直线，对这条直线可以像路径一样进行编辑，如添加或减少锚点等。

【例 10-2】使用钢笔工具绘制篝火图形，然后使用混合工具绘制火焰，最终效果如图 10-10 所示。

图 10-10 篝火效果

完成效果：效果文件\第 10 章\篝火 .ai

Step 1　新建一个"篝火"图像文件，设置宽度为 210mm，高度为 297mm。取向为竖向，颜色模式为 CMYK 模式。

Step 2　选择工具箱中的钢笔工具，在页面中绘制一个篝火形状的图形，如图 10-11 所示。

Step 3　将其填充为橘红色（C:0,M:70,Y:90,K:0），无描边，效果如图 10-12 所示。

图 10-13　粘贴图形　　　图 10-14　混合效果

图 10-15　绘制木棒

图 10-11　绘制图形　　　图 10-12　填充颜色

Step 4　选择图形，按"Ctrl+C"快捷键复制图形，再按"Ctrl+F"快捷键原位粘贴图形，填充为黄色（C:6,M:9,Y:78,K:0），无描边，然后按"Shift+Alt"组合键等比例缩小图形，如图 10-13 所示。

Step 5　选择全部图形，双击工具箱中的混合工具，在打开的"混合选项"对话框中设置指定的步数为 4，取向为对齐页面，完成后分别在两个图形上单击，混合效果如图 10-14 所示。

Step 6　选择工具箱中的钢笔工具，绘制木棒，填充颜色为土黄色（C:30,M:47,Y:98,K:0），描边为黑色，如图 10-15 所示。

Step 7　选择所有的木棒图形，按"Ctrl+G"快捷键组合图形，并将其置于底层，如图 10-16 所示。

Step 8　选择工具箱中的椭圆工具，在火焰上绘制一个椭圆形，填充为黑色，无描边，并将其置于最底层，如图 10-17 所示。

图 10-16　将图形置于底层　　　图 10-17　绘制椭圆

【知识补充】在"混合选项"对话框中的"间距"下拉列表框中包含有 3 个选项，下面分别进行介绍。

- "平滑颜色"选项：按进行混合的两个图形的颜色和形状来确定混合的步数，为默认的选项，效果如图10-18所示。

图 10-18　平滑颜色混合

- "指定的步数"选项：主要是控制混合的步数，设置不同的步数其效果不同，如图10-19所示为设置步数为7时的效果。
- "指定的距离"选项：用来控制每一步混合的距离，设置的距离不同，效果也不同，如图10-20所示为设置距离为2的效果。

图 10-19 指定步数混合　　　　　　　　图 10-20 指定距离混合

　　若要将混合图形与存在的路径结合，可同时选择图形和路径，然后选择【对象】/【混合】/【替换混合轴】命令，即可替换混合图形中的混合路径，如图 10-21 所示。

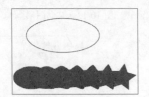

图 10-21　结合路径和混合图形

10.1.4　创建封套

　　在 Illustrator CS3 中提供了不同形状的封套类型，利用这些封套类型可以改变选定对象的形状。封套不仅可用于选定的图形中，还可用于路径、复合路径、文本、网格、混合或导入的位图中。

　　创建封套的方法主要有以下 3 种。

1.　从应用程序预设的形状创建封套

　　选择图形对象后，选择【对象】/【封套扭曲】/【用变形建立】命令，或按"Alt+Shift+Ctrl+W"快捷键，打开如图 10-22 所示的"变形选项"对话框。在其中可以设置变形的样式、方向、弯曲度和扭曲等，如图 10-23 所示为在"样式"下拉列表框中选择"弧形"选项后的效果。

2.　使用网格创建封套

　　选择图形对象后，选择【对象】/【封套扭曲】/【用网格建立】命令，或按"Alt+Ctrl+M"快捷键，打开如图 10-24 所示的"封套网格"对话框，在其中设置行数和列数后，效果如图 10-25 所示。

图 10-22　打开"变形选项"对话框　　　图 10-23　弧形效果　　　图 10-24　打开"封套网格"对话框

　　设置完成后的网格封套可以通过工具箱中的网格工具 来进行编辑，在网格封套对象上单击，即可添加网格数，如图 10-26 所示。按住"Alt"键的同时，单击网格点和网格线，可以减少网格封套的行数和列数。用网格工具 拖曳网格点可改变对象的形状，如图 10-27 所示。

3. 使用路径创建封套

将图形对象和想要用来作为封套的路径（这时的封套路径必须在所用对象的最上层）同时选中，然后选择【对象】/【封套扭曲】/【用顶层对象建立】命令，或按"Alt+Ctrl+C"快捷键，即可使用路径创建封套，如图 10-28 所示。

图 10-25　设置行列　　图 10-26　添加网格　图 10-27　改变形状　　　　图 10-28　用路径创建的封套效果

10.1.5　编辑封套

由于创建的封套是将封套和对象组合在一起，因此既可以编辑封套，也可对对象进行编辑，但是不能两者同时进行编辑。

【例 10-3】使用绘图工具和创建封套的相关操作绘制标志，效果如图 10-29 所示。

完成效果：效果文件\第 10 章\标志 .ai

图 10-29　标志效果

Step 1　新建一个"标志"图像文件，设置宽度为 210mm，高度为 297mm，取向为竖向，颜色模式为 CMYK 模式。

Step 2　选择工具箱中的椭圆工具 和矩形工具 ，绘制圆形和矩形，填充颜色为粉色（C:0,M:86,Y:0,K:0），无描边，效果如图 10-30 所示。

Step 3　使用直接选择工具 选择矩形上方的点，拖曳改变矩形的形状，如图 10-31 所示。

Step 4　选择全部图形，打开"路径查找

器"控制面板，单击"与形状区域相加"按钮 和 扩展 按钮，将其相加为一个图形。

Step 5　选择工具箱中的文字工具 ，在页面的所需位置处输入文字，设置字体为华文细黑，颜色为白色，使用选择工具变换文字大小，如图 10-32 所示。

Step 6　选择文字，选择【对象】/【封套扭曲】/【用变形建立】命令，在打开的"变形选项"对话框中设置变形样式为弧形，垂直为 -10%，其余选项保持不变，设置后的效果如图 10-33 所示。

图 10-30　绘制图形　　图 10-31　改变图形形状

图 10-32　输入文字　　　图 10-33　创建封套效果

Step 7 选择工具箱中的椭圆工具 ○，绘制椭圆形，使用颜色为土红色（C:0,M:100,Y:100,K:62）到土黄色（C:0,M:35,Y:100,K:30）的渐变填充，无描边，如图 10-34 所示。

Step 8 选择工具箱中的矩形工具 □，在椭圆上方绘制矩形，设置填充颜色为土黄色，无描边，如图 10-35 所示。

图 10-34　绘制椭圆　　　图 10-35　绘制矩形

Step 9 使用工具箱中的文字工具 T 输入文字，设置填充颜色为土黄色，数字字体为 Berlin Sans FB，中文字体为微软雅黑，按 "Alt+ →" 快捷键调整字距，如图 10-36 所示。

Step 10 选择 3 个矩形和矩形中的数字，按 "Ctrl+G" 快捷键组合图形，然后选择工具箱中的倾斜工具 ◩，拖曳以倾斜图形，如图 10-37 所示。

图 10-36　输入文字　　　图 10-37　倾斜图形

Step 11 选择组合的图形和下方的文字，将其编组，然后选择【文字】/【创建轮廓】命令，

按住 "Alt" 键不放拖曳复制图形，将其颜色设置为土红（C:22,M:100,Y:100,K:45），无描边，如图 10-38 所示。

Step 12 使用相同的方法复制编组图形到空白处，使用颜色黄色（C:0,M:0,Y:75,K:0）、淡黄色（C:0,M:0,Y:18,K:0）、黄色（C:0,M:0,Y:75,K:0）和淡黄色（C:0,M:0,Y:18,K:0）进行渐变填充，无描边，如图 10-39 所示。

图 10-38　复制图形　　　图 10-39　渐变填充图形

Step 13 选择页面中图形上的两个编组图形，双击工具箱中的混合工具，在打开的对话框中设置指定的步数为 20，然后分别在两个图形上单击，效果如图 10-40 所示。

Step 14 将空白处的编组图形移动到图形上方，然后输入文字，设置字体为微软雅黑，颜色为土红色（C:0,M:100,Y:100,K:63），然后使用倾斜工具调整文字倾斜度，如图 10-41 所示。

图 10-40　创建混合图形　　　图 10-41　输入文字

【知识补充】要对封套内的对象进行编辑，只需选择含有封套的对象，选择【对象】/【封套扭曲】/【编辑内容】命令，或按 "Shift+Ctrl+V" 快捷键，对象将显示原来的选择框，此时，即可对封套内的对象进行编辑。

选择一个封套对象，选择【对象】/【封套扭曲】/【封套选项】命令，将打开如图 10-42 所示的 "封套选项" 对话框，在其中可设置封套的属性。

● 选中 "消除锯齿" 复选框，可在使封套变形时防止锯齿的产生，从而保持图形的清晰度。在编辑非直角封套时，可选中 "剪切蒙版" 或 "透明度" 单选项来保护图形。

图 10-42　打开 "封套选项" 对话框

- "保真度"数值框用于设置适合封套的保真度。
- 选中"扭曲外观"复选框后，下面的两个复选框才能被激活，它可使对象具有外观属性，若应用了特殊效果，则对象会随之发生扭曲变形。
- "扭曲线性渐变"和"扭曲图案填充"复选框，分别用于扭曲对象的直线渐变填充和图案填充。

10.2 ▌ 滤镜及效果菜单

在 Illustrator CS3 中利用滤镜可以快速地处理图像，通过对图像的变形和变色来使其效果更加精美。而使用"效果"菜单可以改变一个对象的外观效果。"效果"菜单和"滤镜"菜单中的命令类似。

10.2.1 "滤镜"菜单和"效果"菜单的区别

对于"滤镜"菜单和"效果"菜单的区别，下面对其具体讲解。

1. "滤镜"菜单

在"滤镜"菜单下包括 3 个部分，第 1 部分为重复应用上一个滤镜的命令，第 2 部分为应用于矢量图的滤镜命令，第 3 部分为应用于位图的滤镜命令，如图 10-43 所示。

图 10-43 "滤镜"菜单

- 重复滤镜命令：在"滤镜"菜单下的第 1 部分有两个命令，分别为"应用上一个滤镜"命令和"上次所用滤镜"命令，这两个命令只有在使用过滤镜后，才变为可用状态。
- 矢量滤镜：该部分包括"创建"滤镜组、"扭曲"滤镜组和"风格化"滤镜组 3 个，在每个滤镜下又包括多个滤镜。
- 位图滤镜：该部分是 Photoshop 兼容滤镜，主要用于处理位图图像，其中包括"像素化"滤镜组、"扭曲"滤镜组、"模糊"滤镜组、"画笔描边"滤镜组、"素描"滤镜组、"纹理"滤镜组、"艺术效果"滤镜组、"视频"滤镜组、"锐化"滤镜组和"风格化"滤镜组，在每个滤镜组下又包括多个滤镜。

2. "效果"菜单

在"效果"菜单下同样包括 3 个部分，第 1 部分为重复应用上一个效果的命令，第 2 部分为应用于矢量图的效果命令，第 3 部分为应用于位图的效果命令，如图 10-44 所示。其中包含的各个命令这里不再具体介绍。

图 10-44 "滤镜"菜单

注意：在应用 Photoshop 兼容滤镜或应用效果菜单制作图像效果之前，必须确定当前新建页面是在 RGB 模式下，否则"滤镜"或"效果"菜单里面的选项将不可用。

10.2.2 使用"滤镜"菜单命令

下面通过"滤镜"菜单中的矢量滤镜绘制图像。

【例 10-4】使用圆角矩形工具、渐变工具和文字工具绘制图形，然后使用自由扭曲命令使文字变形，最终效果如图 10-45 所示。

所用素材：素材文件\第10章\手写.psd
完成效果：效果文件\第10章\手写板.ai

图 10-45　手写板效果

Step 1　新建一个"手写板"图像文件，设置宽度为 297mm，高度为 210mm，取向为横向，颜色模式为 CMYK 模式。

Step 2　选择工具箱中的圆角矩形工具，然后在页面中单击打开"圆角矩形"对话框，在其中设置宽度为 230mm，高度为 155mm，圆角半径为 3mm，如图 10-46 所示。

Step 3　双击工具箱中的渐变工具，然后在打开的"渐变"控制面板中设置渐变颜色为橘黄色（C:15,M:65,Y:100,K:0）到肉色（C:3,M:30,Y:27,K:0）的线性渐变，再设置描边颜色为土红色（C:30,M:75,Y:100,K:0），效果如图 10-47 所示。

图 10-46　绘制圆角矩形

图 10-47　填充与描边颜色

Step 4　使用相同的方法继续在图形上绘制圆角矩形，设置填充颜色为橘黄色（C:15,M:70,Y:100,K:0）到白色的线性渐变，无描边，然后打开"透明度"控制面板，在其中设置不透明度为 35%，效果如图 10-48 所示。

Step 5　使用相同的方法继续绘制圆角矩形，设置描边颜色为白色，无填充，然后在工具属性栏中设置描边粗细为 4，效果如图 10-49 所示。

Step 6　按"Ctrl+C"快捷键复制描边的图形，按"Ctrl+F"快捷键原位粘贴，设置填充颜色为白色，无描边，在工具属性栏中设置不透明度为 45%，效果如图 10-50 所示。

图 10-48　设置不透明度　　　图 10-49　描边图形

Step 7　绘制圆角矩形，设置填充的渐变颜色为橘红（C:0,M:80,Y:100,K:0）、红色（C:0,M:100,Y:100,K:0）和深红色（C:0,M:100,Y:100,K:60）填充图形，无描边，效果如图 10-51 所示。

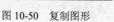

图 10-50　复制图形　　　图 10-51　渐变填充图形

Step 8　选择工具箱中的矩形工具，在手写板的左上方绘制矩形，填充为白色，无描边，然后选择工具箱中的文字工具，在下方输入文字，设置字体为华文琥珀，颜色为白色，如图 10-52 所示。

Step 9　在手写板图形的中间区域继续输入文字，设置字体为 Arial，颜色为白色，然后放大文字，在文字上单击鼠标右键，在弹出的快捷菜单中选择"创建轮廓"命令，创建效果如图 10-53 所示。

Step 10　选择【滤镜】/【扭曲】/【自由扭曲】命令，打开如图 10-54 所示的"自由扭曲"对话框，然后编辑各个节点到合适位置，单击 确定 按钮，文字的变形效果如图 10-55 所示。

图 10-55　应用滤镜后的效果

图 10-52　输入文字　　　图 10-53　创建文字轮廓

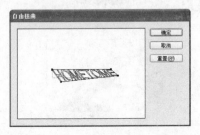

图 10-54　打开 "自由扭曲" 对话框

提示：在 "自由扭曲" 对话框中，若要重新对变形进行设置，可单击其中的 [重置(R)] 按钮对图形进行重新设置。

Step 11　置入 "手写 .psd" 图像文件，将其移到合适的位置，然后对文字和图形进行相应调整，完成制作，如图 10-45 所示。

【知识补充】对于 Photoshop 兼容滤镜的应用方法与在 Photoshop CS3 中相同，这里只针对应用于矢量图的滤镜进行讲解。

- "对象马赛克" 滤镜：该滤镜可以在图形上制作出马赛克效果的图像，在对矢量图应用该滤镜时，必须将图形进行栅格化处理。选择图形后，选择【对象】/【栅格化】命令，即可将图像进行栅格化处理，完成后选择【滤镜】/【创建】/【对象马赛克】命令，打开如图 10-56 所示的 "对象马赛克" 对话框，在其中进行设置并单击 [确定] 按钮后的效果如图 10-57 所示。
- "裁剪标记" 滤镜：该滤镜可以对选定的图形创建剪裁标记，以方便印刷的后期制作，效果如图 10-58 所示。

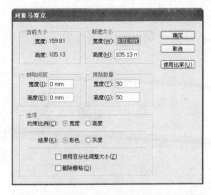

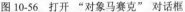

图 10-56　打开 "对象马赛克" 对话框

图 10-57　马赛克效果

图 10-58　创建裁剪标记

- "扭曲" 滤镜组：在该滤镜组中，包括 "扭拧"、"扭转"、"收缩和膨胀"、"波纹效果"、"粗糙化"、"自由扭曲" 6 个命令，应用各滤镜后的效果如图 10-59 所示。
- "风格化" 滤镜组：该滤镜组可以快速地为图形添加具有风格化的效果，其中包括 "圆角"、"投影" 和 "添加箭头" 3 个命令，"圆角" 滤镜可以把选定图形的所有类型的角更改为平滑点，从而使棱角变得圆滑，选择命令后，在打开的 "圆角" 对话框中可设置圆角的半径；"投影" 滤镜可以为选择的图形添加投影，选择命令后，可在打开的 "投影" 对话框中进行设置；"添加箭头"

滤镜可以为选择的路径添加箭头，选择命令后，在打开的"添加箭头"对话框中可选择箭头样式。应用各滤镜后的效果如图 10-60 所示。

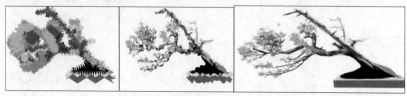

图 10-59 应用各扭曲滤镜后的效果

图 10-60 应用 "风格化" 滤镜组各滤镜后的效果

10.2.3 使用"效果"菜单命令

使用"效果"菜单命令可以为图形制作不一样的特殊外观效果，下面进行具体讲解。

【例 10-5】使用各种绘图工具、渐变工具和"效果"菜单命令等绘制圆脸图标，最终效果如图 10-61 所示。

 完成效果:效果文件\第10章\卡通圆脸.ai

图 10-61 圆脸效果

Step 1 新建一个"圆脸"的图像文件，设置宽度为 297mm，高度为 210mm，取向为横向、颜色模式为 CMYK 模式。

Step 2 选择工具箱中的椭圆工具 ◯，按住"Shift"键不放绘制圆形，设置描边颜色为橘黄色（C:7,M:60,Y:95,K:0），无填充颜色，在工具属性栏中设置描边粗细为 4pt，如图 10-62 所示。

Step 3 选择圆形，使用颜色为黄色（C:7,M:4,Y:85,K:0）到橘黄色（C:7,M:60,Y:95,K:0）的径向渐变填充，使用渐变工具 ▦ 从圆形的中间向外进行拖曳，效果如图 10-63 所示。

Step 4 选择工具箱中的椭圆工具 ◯，按住"Shift"键在圆形的左上方绘制圆形，填充为黑色，描边为橘黄色，并在工具属性栏中设置描边粗细为 4pt，如图 10-64 所示。

图 10-62　绘制圆形　　图 10-63　渐变填充图形

Step 5　使用相同的方法继续绘制圆形，填充为白色，无描边，如图 10-65 所示。

图 10-64　绘制图形　　图 10-65　绘制眼睛图形

Step 6　按住 "Shift" 键选择左侧的眼睛图形，按 "Ctrl+G" 快捷键组合图形，再按 "Alt" 键复制图形，将其移动到右侧，如图 10-66 所示。

Step 7　选择工具箱中的椭圆工具 ，在眼睛图形的下方绘制椭圆形，填充为粉色（C:13，M:95,Y:15,K:0），无描边。

Step 8　选择绘制的椭圆，选择【效果】/【风格化】/【羽化】命令，在打开的如图 10-67 所示的 "羽化" 对话框中设置羽化半径为 2mm，单击 确定 按钮后的效果如图 10-68 所示。

图 10-66　复制图形　　图 10-67　打开 "羽化" 对话框

Step 9　按住 "Alt" 键复制该图形，并进行相应调整，如图 10-69 所示。

图 10-68　羽化后的效果　　图 10-69　复制图形

Step 10　选择工具箱中的椭圆工具 ，按住 "Shift" 键绘制圆形，设置颜色分别为黄色（C:7,M:4,Y:85,K:0）、橘黄色（C:7,M:60,Y:95,K:0）和黄色（C:7,M:4,Y:85,K:0）的线性渐变，然后使用渐变工具从左上方向右下方进行拖曳，渐变填充图形，设置描边颜色为橘黄色（C:7,M:60,Y:95,K:0），效果如图 10-70 所示。

Step 11　在工具属性栏中设置描边粗细为 3pt，然后按住 "Alt" 键复制图形，框选所有图形，按 "Ctrl+G" 快捷键组合图形，如图 10-71 所示。

 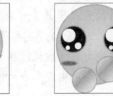

图 10-70　填充图形　　图 10-71　组合图形

Step 12　选择【窗口】/【符号库】/【自然界】命令，打开 "自然界" 控制面板，在其中选择 "云彩 1" 符号，将其拖曳到图像的上方，调整其大小，使用相同的方法继续添加云彩符号，完成后将其置于底层，如图 10-61 所示。

【知识补充】对于 Photoshop 兼容效果这里不再进行讲解，下面针对 Illustrator CS3 中的矢量图效果进行讲解。

- SVG滤镜效果：在 "SVG滤镜" 效果组中可以为选择的图形对象添加多种滤镜效果，选择相应的命令后即可应用效果，也可选择【SVG滤镜】/【应用SVG滤镜】命令后，在打开的 "应用SVG滤镜" 对话框进行选择。
- 风格化效果：在 "风格化" 效果组中选择相应的命令可以增强对象的外观效果，其中包括 "内发光"、"圆角"、"外发光"、"投影"、"涂抹"、"添加箭头" 和 "羽化" 7 个命令。

● 栅格化效果：选择该命令可以使选择的图形对象产生栅格化的外观效果，但并不将对象转化成栅格化图像，即可以选择该命令查看图形对象转化为栅格化后的效果外观。选择命令后，在打开的"栅格化"对话框中进行相应设置，效果如图 10-72 所示。

图 10-72　栅格化之前与栅格化之后的效果

● 路径效果：在"路径"效果组中选择相应的命令可以改变路径的轮廓，其中包括"位移路径"、"轮廓化对象"和"轮廓化描边"3 个命令，"位移路径"命令可以位移选择的路径；"轮廓化对象"命令可以让用户使用一个相对简化的轮廓进行工作；"轮廓化描边"命令应用的对象只能是描边。

● 扭曲和变换效果：该效果组主要用于改变图形对象的形状、方向和位置。

● 3D 效果："3D"效果组主要用于将图形对象改变为 3D 的效果，其中包括"凸出和斜角"、"绕转"和"旋转"3 个命令，效果如图 10-73 所示。

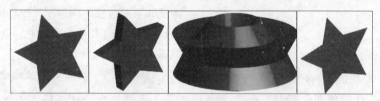

图 10-73　原图形与应用 3D 效果后的效果图形

● 变形效果：在"变形"效果组中包括有多种变形样式，读者可以选择相应的命令观察其效果，这里不再具体讲解。

● 路径查找器效果：在该效果组中的大多数命令与"路径查找器"控制面板中的按钮功能相同，这里不再具体讲解。

● 转换为形状效果：在"转换为形状"效果组中包括"矩形"、"圆角矩形"和"椭圆"3 个命令，应用相应命令后的效果如图 10-74 所示。

图 10-74　原图形与应用效果后的图形效果

10.3　应用实践——制作洗衣粉的封面包装

　　包装是品牌理念、产品特性和消费心理的综合反映，直接影响到消费者的购买欲，同时也是提高产品与消费者亲和力的有力手段。其作用主要是保护商品、传达商品信息、方便使用、方便运输、促进销售和提高产品附加值等。为了由浅入深地练习本章所学知识，本例将制作一个洗衣粉的包装效果。

10.3.1 了解包装的分类

包装是指设计并生成容器或包扎物的一系列活动。包装是国民经济的配套服务行业，伴随着时代的不断发展，包装行业也得以迅速发展，正在形成一个以纸、塑料、金属、玻璃、印刷和机械为主要构成，拥有一定现代化技术与装备，门类较齐全的现代工业体系。

包装多种多样，如食品包装、服饰包装和机械包装等，不同的行业使用的包装材质都不一样。对于现在的包装，主要分为现代包装和绿色包装。现代包装的定义多种多样，主要是为在流通过程中保护产品，方便储运和促进销售的辅助物等的总称；因环境的原因，现在的包装多数使用的是绿色包装，具体是指选用合适的绿色包装材料，运用绿色工艺手段，为包装商品进行结构造型和美化装饰设计。

● 包装的外形是包装设计的一个主要方面，外形要素包括包装展示面的大小和形状。如果外形设计合理，则可以节约包装材料，降低包装成本，减轻环保压力。

● 在考虑包装设计的外形要素时，应优先选择节省原材料的几何体。各种几何体中，若容积相同，则球形体的表面积最小；对于棱柱体来说，立方体的表面积要比长方体的表面积小；对于圆柱体来说，当圆柱体的高等于底面园的直径时，其表面积最小。

10.3.2 包装的相关设计流程

一般在做包装结构设计图时，使用到的软件为 Auto CAD，结构图绘制完成后，一般就可以使用 Illustrator、Photoshop 或 CorelDRAW 等软件来设计包装的平面图。

在制作包装时，其流程一般包括以下几个方面。

● 首先要了解产品的尺寸、形状和用途等，产品包装是否有特殊要求（如防伪或特殊的材料等），要与商家沟通好所有的具体要求。

● 了解基本的相关要求后，如果已经构好图，则可先在纸上进行手绘，该过程可能需要进行若干修改（如尺寸、结构和平面上的相关图形等），完成后就可以用软件进行结构图及平面的描绘了。

● 通常，设计包装的平面图要先绘制出其结构图，然后将结构图导入到 Illustrator 中进行平面设计的绘制，同时要记得使用参考线给出出血的设计。如图 10-75 所示为一款咖啡的包装平面展开图。

● 设计出来给商家确认后，就可以出菲林及印刷，一般的企业在印刷包装时不用 CTF，而用 CTP（制作印版套印时更准确），而用 CTF 出菲林通常都是来出刀模菲林的（即出结构图的菲林）。

图 10-75 包装平面展开图

在 Illustrator CS3 中根据提供的一些素材文件和相关要求，制作如图 10-76 所示的洗衣粉封面包装效果，相关要求如下。

● 商品名称：亮白清香型洗衣粉

● 制作要求：突出产品的主要特点、画面醒目、直观

● 包装尺寸：210mm×297mm

● 取向：竖向

● 色彩模式：CMYK模式

图 10-76 洗衣粉包装效果

所用素材：素材文件\第10章\素材1.psd、素材2.psd
完成效果：效果文件\第10章\洗衣粉包装.ai

10.3.3 包装制作的创意分析与设计思路

包装一般应包含有如下内容：商品名称、商品的用途和生产厂家等，但并不是所用的商品包装都包括这些内容。在包装设计上，应遵循商品本身的特点来进行内容设计。本例的包装重点突出商品名称和洗衣粉的特点。

根据本例的制作要求和提供的素材，还可以进行如下一些分析。

- 本例制作的是洗衣粉的包装设计，制作之前，首先应对商品的一些功能、用途进行了解。洗衣粉可以去除衣物上的污垢，是必不可少的家庭用品，因此设计上不宜太复杂化。
- 本例在色彩的运用上以蓝色为主，以蓝色背景和气泡显示洗衣粉的洁净功能，在整体设计上简洁明快、主题突出，给人以清新洁净的感觉。

本例的设计思路如图 10-77 所示，具体设计如下。

- 新建图像文件，然后置入素材文件。
- 输入相关文字，使用混合工具对部分文字进行相应设置。
- 为页面添加装饰图形，然后使用文字工具添加相应的宣传文字，并为部分文字制作投影效果。
- 使用直线工具绘制封口处的效果，为其制作投影，完成制作。

置入背景素材

输入产品相关文字

添加装饰图形

完成制作

图 10-77 制作洗衣粉包装的操作思路

10.3.4 制作过程

1. 添加产品宣传文字

Step 1 新建一个"洗衣粉包装"图像文

件，设置宽度为 297mm，高度为 210mm，取向为竖向、颜色模式为 CMYK 模式。

Step 2 选择【文件】/【置入】命令，置入"素材 1.psd"图像文件，并将其缩放到合适大

小，如图 10-78 所示。

Step 3 选择工具箱中的文字工具 T，在中间输入"亮白"文字，设置字体为汉仪海韵体简，完成后对文字的大小进行调整，如图 10-79 所示。

图 10-78　置入文件　　　　图 10-79　输入文字

Step 4 按"Ctrl+Shift+O"快捷键，将文字转换为轮廓，然后按"Shift+Ctrl+G"快捷键取消文字的组合，再分别调整其位置，设置文字的填充颜色为深紫色（C:85,M:100,Y:0,K:40），描边为白色，并在"描边"控制面板中设置粗细为5，斜接限制为4，使描边外侧对齐，如图 10-80 所示。

图 10-80　调整文字

Step 5 选择全部文字，选择【对象】/【封套扭曲】/【用变形建立】命令，在打开的"变形选项"对话框中设置变形的样式为弧形，弯曲为 0%，水平扭曲为 -30%，其余选项保持不变，单击 确定 按钮后的效果如图 10-81 所示。

2．添加广告语

Step 1 选择工具箱中的文字工具 T，在文字的上方输入广告语文字，设置字体为汉仪大黑简，调整字体大小后，按"Ctrl+Shift+O"快捷键将其转换为轮廓，再按"Shif+Ctrl+G"快捷键取消编组，如图 10-82 所示。

图 10-81　扭曲文字　　　　图 10-82　输入文字

Step 2 按住"Shift"键同时选择后面 3 个文字，设置填充颜色为红色（C:0,M:100,Y:100,K:0），描边为白色，描边粗细为 2pt，然后调整各个文字的位置如图 10-83 所示。

Step 3 选择前两个文字，填充为白色，设置描边颜色为蓝色（C:85,M:70,Y:0,K:0），粗细为 2pt，如图 10-84 所示。

图 10-83　调整文字　　　　图 10-84　填充与描边文字

Step 4 选择这 5 个文字，按"Ctrl+G"快捷键进行编组，然后按住"Alt"键不放复制文字，将复制后的文字填充为蓝色（C:100,M:100,Y:0,K:0），并设置相同的描边颜色，按"Ctrl+["快捷键后移一层，如图 10-85 所示。

Step 5 选择这两组文字，双击工具箱中的混合工具，在打开的"混合选项"对话框中设置间距为指定的步数 50，取向为对齐页面，然后分别单击两组文字，效果如图 10-86 所示。

图 10-85　复制文字　　　　图 10-86　混合图形

Step 6 选择工具箱中的文字工具 T，在混合文字的下方输入文字，设置字体为汉仪大黑简，颜色为白色，描边颜色为蓝色（C:100,M:100,Y:0,K:0），选择文字，将其转换为轮廓，在"描边"

控制面板中设置描边粗细为 0.5pt，斜接限制为 4，对齐描边为使描边外侧对齐，效果如图 10-87 所示。

3. 添加装饰图形及名称

Step 1 打开 "素材 2.psd" 图像文件，将其粘贴到编辑的页面中，并调整其大小，如图 10-88 所示。

图 10-87 输入并设置文字　　　图 10-88 添加装饰图形

Step 2 选择工具箱中的文字工具 T，在页面的右下方输入文字，设置字体为方正粗倩简体，颜色为深蓝色（C:100,M:100,Y:30,K:0），无描边，如图 10-89 所示。

Step 3 按住 "Alt" 键复制文字，填充为白色，设置描边颜色为（C:100,M:100,Y:12,K:0），然后将文字转换为轮廓，设置描边粗细为 1pt，对齐描边为使描边外侧对齐，效果如图 10-90 所示。

图 10-89 输入文字　　　　图 10-90 复制文字

Step 4 继续输入文字，设置字体为方正粗活意简体，填充颜色为黄色，描边颜色为绿色（C:100,M:0,Y:100,K:0），将文字转换为轮廓，设置描边粗细为 1pt，对齐描边为使描边外侧对齐，如图 10-91 所示。

图 10-91 编辑文字

Step 5 继续输入文字，设置字体为方正粗活意简体，填充颜色为黄色（C:0,M:16,Y:100,

K:0），在空格处输入文字，字体相同，填充颜色为白色，无描边，选择工具箱中的倾斜工具 ，调整文字，如图 10-92 所示。

Step 6 在下方输入产品的相关信息文字，设置字体为方正超粗黑简体，设置上方的字体填充颜色为白色，下方的字体颜色为深紫色（C:85,M:100,Y:0,K:40），按 "Alt+ →" 快捷键调整文字间距，如图 10-93 所示。

图 10-92 倾斜文字　　　　图 10-93 输入并设置文字

Step 7 在页面的左上角输入文字，设置字体为方正超粗黑简体，填充颜色为白色，描边颜色为红色（C:0,M:100,Y:100,K:0），描边粗细为 2pt，在工具属性栏中设置文字为居中对齐，如图 10-94 所示。

图 10-94 输入文字

4. 绘制封口处

Step 1 选择工具箱中的直线工具 ，按住 "Shift" 键绘制一条直线，描边为白色。然后选择【效果】/【路径】/【位移路径】命令，在打开的 "位移路径" 对话框中设置位移为 8mm，连接为圆角，斜接限制为 4，然后填充为白色，无描边，如图 10-95 所示。

图 10-95 位移路径

Step 2 选择【滤镜】/【风格化】/【投影】命令，在打开的 "投影" 对话框中进行设置，如图 10-96 所示。单击 确定 按钮后的效果如图 10-97 所示，完成洗衣粉包装的制作。

图 10-96　打开"投影"对话框

图 10-97　添加投影后的效果

10.4 练习与上机

1. 单项选择题

（1）Illustrator CS3 中，"应用上次使用滤镜"命令的快捷键为（　　）。

    A．Ctrl+E　　　　　　　B．Alt+Ctrl+E　　　　　C．Alt+E　　　　　　　D．Alt+E

（2）下列关于混合工具的描述正确的是（　　）。

    A．混合工具只能进行图形的混合而不能进行颜色的混合。

    B．两个图形进行混合时，中间混合图形的数量是不能改变的。

    C．混合工具不能对两个以上的图形进行连续混合。

    D．执行完混合命令之后，混合路径可以进行编辑。

2. 多项选择题

（1）下面属于 Illustrator CS3 中的滤镜组的有（　　）。

    A．创建　　　　　　　　B．风格化　　　　　　　C．栅格化　　　　　　　D．扭曲

（2）Adobe Illustrator CS3 中若要对两个以上的图形进行混合，下列描述正确的是（　　）。

    A．这些图形必须都是封闭图形。

    B．将所有图形选中，然后选择【对象】/【混合】/【建立】命令。

    C．用混合工具依次在图形上单击。

    D．不能对两个以上的图形执行混合命令。

3. 简单操作题

根据提供的图像素材，制作出如图 10-98 所示图标效果。

提示：先使用钢笔工具绘制心型图形，然后复制，对图形进行混合，输入文字，为其设置变形效果和投影效果，然后置入素材。

    所用素材：素材文件\第 10 章\花纹 .psd、蝴蝶 .psd
    完成效果：效果文件\第 10 章\图标 .ai

图 10-98　图标效果

4. 综合操作题

根据提供的几幅图像素材制作饼干封面包装效果，要求文件大小为 210mm×297mm，取向为竖

向，色彩模式为 CMYK 模式，参考效果如图 10-99 所示。

所用素材：素材文件\第10章\图形.psd、卡通.psd
完成效果：效果文件\第10章\饼干包装.ai

图 10-99　饼干包装效果

拓展知识

　　包装的设计代表着该商品的形象，包装作为实现商品价值和使用价值的手段，在生产、流通、销售和消费领域中，发挥着极其重要的作用。除了本章前面所介绍的包装设计知识外，我们在对包装的设计时还需要了解以下几个方面的行业知识。

一、包装设计的要点

　　一个成功的包装设计必须具备以下几个要点：货架印象、可读性、外观图案、商标印象、功能特点说明，提炼卖点及卖点图文化。

二、包装设计要素

　　包装设计是指选用合适的包装材料，运用巧妙的工艺手段，为商品进行容器结构造型和包装美化设计。其中包装设计的 3 大要素为外形要素、构图要素和材料要素。

　　外形要素是指商品包装四面的外形，包括展示面的大小、尺寸和形状。它是消费者首先接触到的，主要遵循以下几条法则：对称与均衡法则、安定与轻巧法则、对比与调和法则、重复与呼应法则、节奏与韵律法则、比拟与联想法则、比例与尺度法则，以及统一与变化法则。构图要素包括商标设计、图形设计、色彩设计和文字设计，是包装设计中尤为重要的一项。怎样才能吸引消费者的眼球，提高自身的商品认知度，往往都体现在构图设计上。材料要素是商品包装所用材料表面的纹理和质感，往往影响到商品包装的视觉效果，特别的包装材料结合新颖的构图设计，能给人眼前一亮的效果。

三、常用包装类型

　　常见的产品包装，从种类上可以分为以下几种。

● 包装箱：主要包括纸箱、微瓦、普瓦、重瓦、蜂窝纸板和展示架等。

● 包装盒：主要包括彩盒、卡纸盒和微楞纸盒等。

● 包装袋：主要包括塑料包装袋、塑料复合袋和单层塑料袋等。如图10-100所示为用于内包装的OPP袋。

● 包装瓶：主要包括塑料瓶、玻璃瓶、普通瓶和水晶瓶等。

图 10-100　OPP 袋

- 包装罐：主要包括铁罐、铝罐、玻璃罐和纸罐等。
- 包装管：主要包括软管、复合软管、塑料软管和铝管等。
- 其他包装容器：主要包括托盘、纸标签、纸隔档、胶带、瓶封、喷嘴、金属盖和泵等。

四、常用包装材料

产品的包装是产品的重要组成部分，它不仅在运输过程中起到保护作用，而且直接关系到产品的综合品质。常用的包装材料主要包括以下几种。

- 纸包装材料：如包装纸、蜂窝纸、纸袋纸、干燥剂包装纸、蜂窝纸板、牛皮纸、工业纸板和蜂窝纸芯等。
- 塑料包装材料：如封口膜、收缩膜、塑料膜、缠绕膜、热收缩膜、中空板、POF 收缩膜、CPP 和 EPP 等。
- 复合类软包装材料：如软包装、镀铝膜、铝箔复合膜、真空镀铝纸、复合膜、复合纸和 BOPP 等。
- 金属包装材料：如马口铁、铝箔、桶箍、钢带、打包扣、泡罩铝、PTP铝箔、铝板和钢扣等。
- 烫金材料：如烫金材料、镭射膜、电化铝、烫金纸、烫金膜、烫印膜、烫印箔和色箔等。
- 胶粘剂、涂料：如粘合剂、胶粘剂、复合胶、增强剂、淀粉粘合剂、封口胶、乳胶、树脂和不干胶等。
- 包装辅助材料：包括瓶盖、手套机、模具、垫片、提手、衬垫、喷头、封口盖和包装膜等。

除上面介绍的几种材料外，还包括陶瓷材料、玻璃材料、木材和其他包装材料或辅料。

五、包装设计欣赏

来源：三视觉平面设计在线 设计师：柯林·玛莉　　来源：三视觉平面设计在线 优衣库个性手袋

第一幅为设计师柯林·玛莉所设计的化妆品包装，该包装以黑色和白色为主，突出产品名称，包装上简洁大方。

第二幅图为优衣库的手袋包装设计，该包装突出个性感，其平面以个性的插画为主，彰显个性。

第**11**章
杂志设计

📖 **本章要点**

● 杂志设计分析
● "流行"杂志封面和封底设计
● 杂志内页"时尚饮食"栏目设计

📖 **内容简介**

本章主要讲述在 Photoshop CS3 和 Illustrator CS3 中进行杂志设计的操作,包括杂志设计分析、杂志封面和封底设计,以及杂志内页栏目设计。通过本章实例的操作,快速熟悉在 Photoshop CS3 和 Illustrator CS3 中处理和绘制图形图像的操作。

11.1　杂志设计分析

　　杂志是比较专项的宣传媒介之一，它具有目标受众准确、实效性强、宣传力度大和效果明显等特点，而流行性的杂志在设计上可以轻松、活泼，色彩运用也较大胆。版式内的图文编排可以灵活多变，但要注意把握风格的整体性。本例将使用 Photoshop CS3 和 Illustrator CS3 相结合制作杂志的封面。在设计时尚杂志时，首先需要注意以下几个方面。

- 首先要清楚杂志的类型，是专业行业性杂志还是综合性的杂志。
- 在一本杂志里，如何区分相关内容，使杂志在有限的空间内发挥最大的阅读效果。
- 任何的杂志或是书籍最大的受众便是读者，如何让读者在阅读该杂志时感觉到享受也是需要考虑到的重要问题。
- 首先第一眼映入读者眼帘的是杂志封面，因此面向的读者群不同，杂志的封面设计也就不同，现在的大多数时尚杂志在封面制作上，都会采用明星作为封面人物，以吸引读者，如图11-1所示为《嘉人》杂志的封面；但一些散文杂志则会使用一些较有创意的图片作为封面，如图11-2所示为《青年文摘》杂志封面；漫画杂志则会采用原创漫画作为封面，如图11-3所示。

图 11-1　时尚杂志封面　　　　图 11-2　散文杂志封面　　　　图 11-3　漫画杂志封面

- 多数杂志除封面背景的选择上，还有最重要的一点便是文字的颜色和排版，时尚杂志色彩都会较鲜明。

11.2　"流行"杂志封面设计

　　时尚杂志一直都是一本为走在时尚前沿的人们准备的资讯类杂志。杂志的主要内容是介绍完美彩妆、流行影视或时尚服饰等信息。本例制作的是时尚杂志的封面效果，在设计上要营造出生活时尚和现代感。

11.2.1　杂志封面的设计流程

　　在制作杂志的封面之前，首先要确定杂志的大小尺寸，除特殊要求外，杂志一般的尺寸为210mm×285mm。确定后即可对杂志进行设计构图，需要注意以下几点。

- 在进行杂志版式设计构思时，要注意突出和强化主题形象。
- 杂志的版式设计要合理，使标题与文字的版块相呼应，高低顾盼，图文分布疏密有致。
- 时尚杂志的色彩都较为大胆，但是色彩不宜过多，且都需围绕主题色彩进行设置。

根据提供的一些素材图像，使用 Photoshop CS3 和 Illustrator CS3 相结合制作如图 11-4 所示的杂志封面效果，相关要求如下。

- 杂志名称：流行
- 制作要求：突出设计感，在整体设计上简洁大方，色彩丰富。
- 杂志尺寸：285mm×210mm
- 分辨率：300像素/英寸
- 色彩模式：CMYK模式

图 11-4 杂志的封面效果

所用素材：素材文件\第11章\人物.jpg、条纹码.psd
完成效果：效果文件\第11章\封面背景.jpg、杂志封面.ai

11.2.2 杂志封面的创意分析与设计思路

杂志是有固定刊名的，以期、卷、号或年、月为序，定期或不定期连续出版的印刷读物。因此，杂志包括主题和当前期刊的内容等部分，其尺寸为 16 开和 32 开不等。本例设计的杂志大小为 16 开（即 210mm×285mm）。

根据本例的制作要求和提供的素材，还可以进行如下一些分析。

- 在制作杂志之前，首先需要确定大小、版式以及当前期需要刊登的相关内容等。
- 确定好版式后，要对排版进行构思，一般来说，最好在纸上勾出设计排版的草图，直到得到满意效果为止。要注意的是，杂志中的一些主要信息应在醒目位置，以此来吸引人们眼球。
- 在杂志设计上，要体现特色，营造出需要表达的氛围。

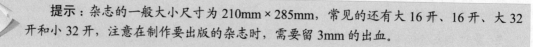

提示：杂志的一般大小尺寸为 210mm×285mm，常见的还有大 16 开、16 开、大 32 开和小 32 开，注意在制作要出版的杂志时，需要留 3mm 的出血。

本例的设计思路如图 11-5 所示，具体设计如下。

制作杂志背景

添加文字

完成制作

图 11-5 制作杂志封面的操作思路

- 启动Photoshop CS3，新建图像文件，确认好图像文件大小，添加素材图像，对其进行适当处理，作为杂志的封面背景。

- 在 Illustrator CS3 中置入封面背景，然后添加相应的文字。
- 使用椭圆工具和"路径查找器"控制面板绘制装饰圆形，使用混合和替换混合轴命令制作装饰杂志的半圆图形。
- 输入杂志的相关文字，对其进行填充与描边设置，最后添加条纹码图像，完成杂志封面的制作。

11.2.3 使用 Photoshop 制作杂志背景

Step 1 在 Photoshop CS3 中新建"封面背景"图像文件。设置宽度和高度分别为 210mm×285mm，分辨率为 300 像素/英寸，颜色模式为 RGB 模式。

Step 2 设置渐变颜色分别为黑色（R:52, G:52,B:52）、灰色（R:157,G:157,B:157）和灰色（R:221,G:221,B:221），然后进行径向渐变填充，如图 11-6 所示。

图 11-6 渐变填充背景

Step 3 打开"人物.jpg"图像文件，选取人物图像将其拖入到编辑的图像窗口中，适当变换其大小和位置，如图 11-7 所示。

Step 4 合并图层，并复制合并后的图层，将图层的混合模式设置为正片叠底，选择【滤镜】/【渲染】/【镜头光晕】命令，在打开的"镜头光晕"对话框中设置亮度为 150%，选中"105 毫米聚焦"单选项，效果如图 11-8 所示。

图 11-7 添加人物素材　　图 11-8 添加镜头光晕

Step 5 完成后将图像文件保存到相应位置中。

11.2.4 使用 Illustrator 制作文字和图形等

1. 添加标题文字

Step 1 启动 Illustrator CS3，新建一个"杂志封面"图像文件，设置宽度为 210mm，高度为 285mm，取向为竖向，模式为 CMYK 模式，然后将前面完成后的"封面背景"图像文件置入其中。

Step 2 选择工具箱中的直排文字工具 T，在页面中输入标题文字，设置字体为华文细黑，然后按"Ctrl+Shift+O"快捷键将文字转换为轮廓，如图 11-9 所示。

Step 3 选择工具箱中的直接选择工具，按住"Shift"键的同时，单击第 2 个文字需要删除的节点，将其同时选取，然后按"Delete"键删除，选择矩形工具绘制一个矩形，如图 11-10 所示。

图 11-9 输入文字　　图 11-10 绘制矩形

Step 4 按住"Shift"键的同时选择文字和矩形，然后打开"路径查找器"控制面板，在其中单击"与形状区域相加"按钮 □ 和 扩展 按钮，然后设置渐变颜色为黄色（C:0,M:40,Y:100,K:0）和红色（C:0,M:100,Y:100,K:35），进行线性渐变填充，并设置描边为白色，如图 11-11 所示。

Step 5 选择文字，打开"描边"控制面板，设置描边粗细为 5pt，并使描边外侧对齐，如图 11-12 所示。

图 11-11　填充文字　　　图 11-12　设置描边选项

Step 6 选择工具箱中的文字工具 T ，在页面中输入需要的白色文字，设置字体为 Birch Std，颜色为红色，在"字符"控制面板中设置所选字符的字符间距为 40，然后选择文字变换其大小和形状，如图 11-13 所示。

Step 7 选择文字，打开"透明度"控制面板，设置不透明度为 40%，然后对各文字的大小和位置进行适当调整，如图 11-14 所示。

图 11-13　输入文字　　　图 11-14　设置不透明度

2. 添加封面文字内容

Step 1 选择工具箱中的文字工具 T ，在标题文字的下方输入相关的日期白色文字，设置字体为 Agency FB，在"字符"控制面板中设置所选字符的字符间距为 -20，按"Alt+↑"快捷键调整行距，如图 11-15 所示。

Step 2 继续在相应的位置处输入文字，设置字体为微软雅黑，字距为 -80，填充颜色为青色（C:100,M:0,Y:0,K:0），效果如图 11-16 所示。

Step 3 选择数字 0，在"字符"控制面板

中单击右上角的 ≣ 按钮，在弹出的快捷菜单中选择"上标"命令，然后在"字符"控制面板中设置基线偏移为 5pt，效果如图 11-17 所示。

图 11-15　输入日期文字　　　图 11-16　输入文字

Step 4 在刚刚输入的文字后面继续输入相关的文字，设置字体为微软雅黑，颜色为青色和白色，完成后按住"Shift"键不放选择输入的文字，在"字符"控制面板中设置字符的间距为 -80，如图 11-18 所示。

图 11-17　设置上标　　　图 11-18　输入并调整文字

Step 5 选择工具箱中的矩形工具，在适当的位置绘制一个矩形，填充为灰色（C:67,M:60,Y:56,K:6），无描边，然后在矩形上输入文字，设置字体为黑体，颜色为白色，在"字符"控制面板中设置字符间距为 100，如图 11-19 所示。

Step 6 继续在矩形文字的下方输入文字，设置字体为微软雅黑，颜色为红色（C:15,M:100,Y:90,K:10），字符间距为 -80，如图 11-20 所示。

图 11-19　绘制矩形与输入文字　　　图 11-20　输入文字

Step 7 继续在页面中的适当位置输入文字，设置字体为黑体，颜色为青色，然后选择字母文字，设置颜色为红色（C:15,M:100,Y:90,K:10），如图 11-21 所示。

图 11-21　输入文字

3. 制作装饰图形

Step 1　选择工具箱中的椭圆工具 ◯ ，按住 "Shift" 键不放在页面中绘制两个圆形，然后使用选择工具 ▶ 同时选取两个圆形，在 "路径查找器" 控制面板中，单击 "排除重叠形状区域" 按钮 ◻ ，生成新的图形对象，再单击 扩展 按钮，如图 11-22 所示。

Step 2　设置填充颜色为黄色（C:0,M:0,Y:100,K:0），无描边，双击镜像工具 ◁ ，在打开的 "镜像" 对话框中选中 "垂直" 单选项，单击 复制(C) 按钮，复制一个镜像图形，如图 11-23 所示。

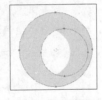

图 11-22　绘制圆形　　　图 11-23　复制圆形

Step 3　选择复制后的圆形，将其移到合适位置并调整其大小，然后选择这两个图形，按 "Ctrl+G" 快捷键进行编组，完成后移到页面中的合适位置处，如图 11-24 所示。

图 11-24　添加装饰图形

4. 添加栏目名称

Step 1　选择工具箱中的文字工具 T ，在页面的适当位置输入文字，设置字体为汉仪综艺体简，字符间距为 -30，颜色为橘黄色（C:0,M:66,Y:100,K:2），如图 11-25 所示。

图 11-25　输入文字

Step 2　按住 "Shift" 键同时选取输入的文字，按 "Ctrl+Shift+O" 快捷键将其转换为轮廓，设置描边为白色，粗细为 2pt，并使描边外侧对齐，如图 11-26 所示。

Step 3　选择工具箱中的椭圆工具 ◯ ，在页面中绘制椭圆，在椭圆图形的两侧处添加锚点，然后使用直接选择工具框选需要的锚点，按 "Delete" 键删除，效果如图 11-27 所示。

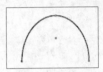

图 11-26　描边文字　　　图 11-27　删除锚点

Step 4　使用椭圆工具 ◯ 绘制圆形，设置填充颜色为橘黄色（C:0,M:68,Y:100,K:15），无描边，然后选择圆形，按住 "Alt+Shift" 键的同时向右拖曳复制一个圆形，如图 11-28 所示。

Step 5　双击工具箱中的混合工具 � ，在打开的 "混合选项" 对话框中设置间距为指定的步数 11，取向为对齐页面，分别在圆形上单击，效果如图 11-29 所示。

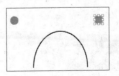
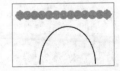

图 11-28　复制圆形　　　图 11-29　混合图形

Step 6　选择所有圆形，选择【对象】/【混合】/【替换混合轴】命令，效果如图 11-30 所示。

Step 7　选择工具箱中的星形工具 ☆ ，在设置后的图形下方绘制星形，填充为相同的颜色，然后组合图形，如图 11-31 所示。

Step 8　选择组合的图形，将其移到页面中

的相应位置，并旋转图形，在图形中间输入文字，设置字体为 Arial，颜色为绿色（C:100,M:0,Y:100,K:0），然后将文字转换为轮廓图形，使用 2pt 的白色进行描边，并使描边外侧对齐，如图 11-32 所示。

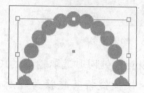
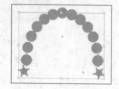

图 11-30　混合后的效果　　图 11-31　绘制星形

5. 添加其他栏目名称

Step 1　选择工具箱中的文字工具 T，在下方输入相关文字，设置字体为青色，字符间距为 60，如图 11-33 所示。

图 11-32　移动图形并输入文字　图 11-33　输入文字

Step 2　使用椭圆工具 ⬭ 绘制圆形，设置填充颜色为橘黄色（C:0,M:62,Y:100,K:0），无描边，然后按 "Alt+Shift" 键拖曳复制图形，按 "Ctrl+D" 快捷键再复制两个图形，如图 11-34 所示。

Step 3　在图形上方输入文字，设置字体为微软雅黑，颜色为白色，按 "Alt+ →" 快捷键调整字距，然后继续在后面输入文字，设置颜色为黄色（C:0,M:50,Y:100,K:5），如图 11-35 所示。

图 11-34　绘制圆形　　　图 11-35　输入文字

Step 4　继续输入文字，设置字体为汉仪大宋简，数字的字体为 Edwardian Script ITC，按 "ALt+ ←" 快捷键调整字符间距，如图 11-36 所示。

Step 5　按 "Ctrl+Shift+O" 快捷键将文字转换为轮廓，设置颜色为褐色（C:0,M:72,Y:100,K:23），描边颜色为白色，描边粗细为 4pt，并使

描边外侧对齐，如图 11-37 所示。

图 11-36　输入文字

图 11-37　描边文字

Step 6　选择文字，将其取消编组，选择数字 30，设置填充颜色为深红色（C:0,M:62,Y:100,K:78），并调整其大小，然后编组文字，使用矩形工具绘制矩形，填充为黄色，使用深红色（C:0,M:0,Y:100,K:0）描边，并将其后移一层，如图 11-38 所示。

图 11-38　绘制矩形

Step 7　继续在下方输入文字，设置字体为微软雅黑，按 "Alt+ ↑" 快捷键调整行距，设置颜色为青色，然后在前面绘制圆形，下方文字的字体相同，填充颜色为红色（C:15,M:100,Y:90,K:10），适当调整字距，如图 11-39 所示。

图 11-39　输入文字

Step 8　使用矩形工具 ▭ 在页面的合适位置处绘制矩形，填充为白色，无描边，设置不透明度为 40%，注意调整其排列顺序，如图 11-40 所示。

6. 添加条纹码

Step 1　置入 "条纹码 .psd" 图像文件，缩

放其大小并移动到合适位置处，如图 11-41 所示。

图 11-40　绘制矩形

Step 2　在条纹码的上方输入文字，设置字体为微软雅黑，颜色为白色，适当调整其字符间距，如图 11-42 所示。

图 11-41　添加条纹码　　图 11-42　输入文字

Step 3　至此，完成杂志封面的制作。如图 11-43 所示。

图 11-43　完成制作

11.3 ▌ 杂志内页栏目设计

杂志栏目是指杂志中的内容，主要是详细介绍某一样事物，在其设计上主要是文字的排版，下面便设计一页以肌肤为主题的栏目。

11.3.1　杂志栏目的注意事项

在制作栏目之前，需要注意以下几个方面的内容。

- 首先便是确认栏目的主题内容，本例主要是以介绍杂志封面上的"敏感季节缔造完美肌肤"为题的栏目内容。
- 内容确定后，即可对该页面划分板块，如文字和图形的相互搭配等。划分时可先在纸上画出大概结构。
- 对于杂志内的内容相关的文字，一般都用相同的字体大小。
- 最后便是色彩的搭配，一般内页的颜色都不多，且与文章的内容要相对符合。
- 一般在杂志上刊登的文章，都要经过作者本人的同意。

根据提供的相关素材制作如图 11-44 所示的栏目效果，相关要求如下。

- 栏目主题：敏感季节缔造完美肌肤。
- 制作要求：突出主题内容，图文搭配适当，色彩大方、明丽。
- 杂志栏目尺寸：285mm×210mm。
- 分辨率：300像素/英寸。
- 色彩模式：CMYK模式。

所用素材：素材文件\第11章\素材 1.jpg

完成效果：效果文件\第11章\路牌 .psd、素材 .psd、杂志栏目 .ai

图 11-44　杂志的栏目效果

11.3.2　杂志栏目的分析与设计思路

本例中要制作的是封面上的以"敏感季节缔造完美肌肤"为题的栏目内容，因此收集的素材和文字内容都要围绕该主题来展开，不要出现一些与该内容无关的图像或是文字。如图 11-45 所示为儿童杂志的内页，如图 11-46 所示为感悟人生栏目。

图 11-45　儿童杂志栏目

图 11-46　感悟人生栏目

本例的设计思路如图 11-47 所示，具体设计如下。

● 启动 Photoshop CS3，在其中绘制图像和删除图像的背景。

● 在 Illustrator CS3 中新建图像文件，使用椭圆工具和文字工具制作杂志题目，然后使用矩形工具绘制矩形，并混合图形，使用直线工具绘制虚线效果。

● 使用圆角矩形工具绘制装饰图形，然后使用文字工具等输入文字，使用椭圆工具绘制段落前的符号。置入素材图像，设置文本绕排等效果。

● 使用矩形工具和文字工具制作背景和输入文字，完成制作。

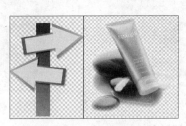

使用 Photoshop 处理图像　　制作标题　　完成制作

图 11-47　制作杂志栏目的操作思路

11.3.3　使用 Photoshop 处理相关素材

1．绘制图形

Step 1　启动 PhotoshopCS3，新建一个"路牌"图像文件，设置宽度和高度都为 500 像素，分辨率为 300 像素/英寸，颜色模式为 CMYK，背景为透明。

Step 2　新建一个图层，选择工具箱中的矩形工具，绘制一个矩形，按"Ctrl+Enter"快捷键转换为选区，并使用颜色为棕色（C:60,M:90,Y:100,K:55）到黄色（C:28,M:63,Y:82,K:0）的线性渐变填充，如图 11-48 所示。

Step 3　取消选区后，新建图层，然后选择工具箱中的自定形状工具，选择"箭头 9"形状，绘制箭头，使用颜色为土黄（C:51,M:81,Y:100,K:23）到黄色（C:15,M:45,Y:65,K:0）的线性渐变填充，取消选区后的效果如图 11-49 所示。

图 11-48　绘制矩形　　　图 11-49　绘制箭头

Step 4　新建图层，使用相同的方法继续绘制一个箭头形状，然后填充为淡黄色（C:3,M:19,Y:36,K:0），按"Ctrl+T"快捷键缩放到合适大小，如图 11-50 所示。

Step 5　合并箭头所在的两个图层，然后适当对其旋转缩放，效果如图 11-51 所示。

图 11-50　绘制图形　　　图 11-51　变换图形

Step 6　为该图层添加默认的投影图层样式，然后复制图层，并对其图像进行适当变换，效果如图 11-52 所示。

图 11-52　复制图层

Step 7　最后合并所有图层，将其保存到相应位置即可。

2．去除图像背景

Step 1　打开"素材 1.jpg"图像文件，如

图 11-53 所示双击背景图层，在打开的对话框中单击 确定 按钮，将其转换为普通图层。

Step 2 选择工具箱中的快速选择工具 ，将白色的背景载入选区，并设置羽化为 15 像素，按 "Delete" 键删除，取消选区后的效果如图 11-54 所示。

Step 3 最后以 PSD 的格式进行保存。

图 11-53 打开图像文件   图 11-54 删除背景

11.3.4 使用 Illustrator 进行文字和图形排版

1. 制作栏目标题

Step 1 启动 Illustrator CS3，新建一个 "杂志栏目" 的图像文件，设置宽度为 210mm，高度为 285mm，取向为竖向，模式为 CMYK 模式。

Step 2 选择工具箱中的椭圆工具，按住 "Shift" 键不放绘制圆形，设置填充颜色为橘黄（C:0,M:62,Y:100,K:0），无描边，效果如图 11-55 所示。

Step 3 选择圆形，按住 "Alt+Shift" 组合键不放向右拖曳圆形到合适位置，复制一个圆形，如图 11-56 所示。

图 11-55 绘制圆形   图 11-56 复制圆形

Step 4 按两次 "Ctrl+D" 快捷键复制圆形，如图 11-57 所示。

图 11-57 复制圆形

Step 5 选择工具箱中的文字工具 T ，在适当位置处输入文字，设置字体为汉仪中圆简，按 "Shift" 键不放调整文字大小，颜色为白色，然后按 "Alt+→" 快捷键调整字符间距，如图 11-58 所示。

Step 6 继续输入文字，字体相同，颜色为橘黄（C:0,M:62,Y:100,K:0），按 "Alt+→" 快捷键调整字符间距，如图 11-59 所示。

图 11-58 输入文字

图 11-59 继续输入文字

2. 添加图形

Step 1 选择工具箱中的矩形工具 ，在合适位置处绘制矩形，设置填充颜色为绿色（C:80,M:20,Y:65,K:0），无描边，如图 11-60 所示。

图 11-60 绘制矩形

Step 2 选择工具箱中的矩形网格工具 ，在页面上单击打开 "矩形网格工具选项" 对话框，设置宽度和高度都为 9mm，水平分隔线为 1，垂直分隔线为 2，单击 确定 按钮得到一个矩形网格，设置描边为白色，描边粗细为 2pt，将其移到图形上并变换其大小，效果如图 11-61 所示。

图 11-61 添加矩形网格

Step 3 选择工具箱中的直线工具 ，在页面顶部按住"Shift"键绘制直线，使用深绿色（C:88,M:71,Y:71,K:42）描边，在"描边"控制面板中选中"虚线"复选框，间隔为5pt，如图11-62所示。

图 11-62　绘制虚线

Step 4　继续使用直线工具在下面绘制一条相同属性的虚线，如图11-63所示。

图 11-63　继续绘制虚线

Step 5　选择工具箱中的矩形工具▣，按住"Shift"键不放在页面中绘制两个矩形，分别填充为绿色（C:80,M:20,Y:65,K:0）和橘黄色（C:0,M:62,Y:100,K:0），如图11-64所示。

图 11-64　绘制矩形

Step 6　双击工具箱中的混合工具⬚，在打开的"混合选项"对话框中设置间距为指定的步数3，单击████确定按钮，然后分别在两个矩形上单击，效果如图11-65所示。在"透明度"控制面板中设置不透明度为35%，效果如图11-66所示。

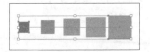 

图 11-65　混合图形　　　图 11-66　设置不透明度

Step 7　完成后，将其移动到合适位置并变换其大小，按照相同的方法在页面顶部绘制相同的图形效果，如图11-67所示。

图 11-67　绘制混合图形

3.　划分板块

Step 1　选择工具箱中的圆角矩形工具▢，按住"Shift"键在页面中绘制圆角矩形，设置描边颜色为绿色（C:80,M:20,Y:65,K:0），然后复制多个图形，并变换各个图形的大小角度，最后设置不透明度为80%，效果如图11-68所示。

Step 2　组合绘制的圆角矩形，将其移动到页面的相应位置，然后再复制一个，并移到页面的右下角位置处，如图11-69所示。

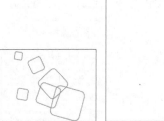 

图 11-68　绘制圆角矩形　　图 11-69　整个页面效果

Step 3　使用工具箱中的矩形工具和钢笔工具划分出页面的大致结构，如图11-70所示，若后期觉得不满意，也可随时更改。

4.　输入文字内容

Step 1　选择工具箱中的文字工具 T ，在适当位置处输入文字，设置字体为汉仪中圆简，颜色为橘黄色（C:0,M:62,Y:100,K:0），按"Alt+方向"快捷键调整字符间距，如图11-71所示。

Step 2　继续在下面输入相关文字，设置字体为新宋体，字体大小为10点，颜色为黑色，其中的题目文字字体为新宋体，颜色为绿色，如图11-72所示。

Step 3　置入"路牌.psd"图像文件，选择【对象】/【文本绕排】/【建立】命令，建立文本绕排效果，然后将其移动到合适位置，如图11-73所示。

Step 4　继续输入文字，字体、字体大小和颜色都与前面的相同，效果如图11-74所示。

要注意段落文字都是使用文字工具绘制的文本框中输入的，若文字显示不完全，可拖曳文本框的大小显示全部文字。

图 11-72　输入文字

图 11-70　大致结构

图 11-71　输入文字　　　　图 11-73　建立图文绕排

图 11-74　输入其他文字

 注意：对于前面划分的栏目结构，可根据实际需要改变。

Step 5　置入"素材.psd"图像文件，将其

移动到页面的相应位置，并置于底层，设置其不透明度为50%，如图 11-75 所示。

图 11-75　设置图像不透明度

Step 6　选择工具箱中的矩形工具，在适当位置绘制矩形，填充为橘黄色（C:0,M:62,Y:100,K:0），无描边，不透明度为50%，如图 11-76 所示。

图 11-76　绘制矩形

Step 7　选择工具箱中的椭圆工具，将段落文字前的序号更换为圆形，颜色为绿色（C:80,M:20,Y:65,K:0）效果如图 11-77 所示。

5. 输入其他的文字内容

Step 1　选择工具箱中的矩形工具，在页面下面绘制矩形，填充颜色分别为绿色（C:80,M:20,Y:65,K:0）和橘黄色（C:0,M:62,Y:100,K:0），然后输入文字，字体为汉仪中圆简，颜色为白色，如图 11-78 所示。

图 11-77　绘制圆形

图 11-78　绘制矩形与输入文字

Step 2　使用钢笔工具绘制箭头形状，填充颜色为绿色（C:80,M:20,Y:65,K:0），无描边，然后在上面输入白色文字，完成后组合文字和图

形，对其建立文本绕排，最后输入相关文字，如图 11-79 所示。该页面中的段落文字都为新宋体。

图 11-79　输入文字

Step 3　使用矩形工具在页面下方绘制矩形，颜色为橘黄色（C:0,M:62,Y:100,K:0），设置不透明度为 40%，再继续绘制矩形，颜色为橘黄色（C:0,M:62,Y:100,K:0），并都置于底层，如图 11-80 所示。

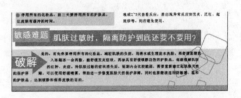

图 11-80　绘制矩形

Step 4　完成后在页面的顶端输入页眉的相关文字，字体为 Arial，颜色为橘黄色（C:0,M:62,Y:100,K:0），最终效果如图 11-44 所示。

11.4　练习与上机

1. 单项选择题

（1）在 Photoshop CS3 中，按（　　）快捷键可快速使用前景色填充颜色。

　　A．Ctrl+Shift　　　　B．Alt+Delete　　　　C．Ctrl+D　　　　D．Shift+Delete

（2）图像的变换操作是 Photoshop 图像处理的常用操作之一，下列（　　）命令可以一次性实现图像多种变换效果。

　　A．画布大小　　　　B．变换选区　　　　C．自由变换　　　　D．图像大小

（3）在 Illustrator CS3 中，下列关于画笔工具的描述正确的是（　　）。

　　A．画笔工具绘出的一定是可编辑的封闭路径。

　　B．画笔工具绘出的是可编辑的路径。

　　C．画笔工具绘出的路径上锚点的数量是固定的。

　　D．画笔工具绘出的路径上的锚点都是直线点。

（4）在 Illustrator CS3 中，不属于"字符"控制面板中的设置选项为（　　）。

　　A．文字大小的设定　　B．文字基线的设定　　C．首行缩排的设定　　D．文字行距的设定

2. 多项选择题

（1）在 Photoshop CS3 中，下面（　　）操作可以在"通道"控制面板上进行。

　　A．删除包含各颜色信息的通道　　　　　　B．复制 Alpha 通道

　　C．改变各颜色信息的色阶　　　　　　　D．创建新的 Alpha 通道

（2）下列关于在 Illustrator CS3 中文字处理的描述正确的是（　　　）。

　　A．可将某些文字转换为图形。　　　　　B．文字可沿路径进行水平或垂直排列。

　　C．文字是不能执行绕图操作的。　　　　D．文字可在封闭区域内进行排列。

3．简单操作题

（1）在 Photoshop CS3 中，制作出如图 11-81 所示的樱桃。

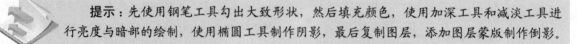
提示：先使用钢笔工具勾出大致形状，然后填充颜色，使用加深工具和减淡工具进行亮度与暗部的绘制，使用椭圆工具制作阴影，最后复制图层，添加图层蒙版制作倒影。

（2）在 Illustrator CS3 中，绘制如图 11-82 所示的人物插画效果。

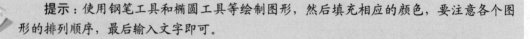
提示：使用钢笔工具和椭圆工具等绘制图形，然后填充相应的颜色，要注意各个图形的排列顺序，最后输入文字即可。

完成效果：效果文件\第11章\樱桃 .psd

图 11-81　樱桃效果

完成效果：效果文件\第11章\人物插画 .ai

图 11-82　人物插画效果

4．综合操作题

　　要求根据提供的几幅图像素材制作杂志的栏目效果，文件大小为 210mm×285mm，取向为竖向，色彩模式为 CMYK 模式。参考效果如图 11-83 所示。

所用素材：素材文件\第11章\人物 .psd、戒指 .psd、化妆品 .jpg

完成效果：效果文件\第11章\杂志栏目2 .ai

图 11-83　杂志栏目效果

拓展知识

本章主要讲解的杂志封面和栏目内容的制作，除了本章前面所介绍的杂志设计知识外，我们在进行设计时还需要了解杂志设计的其他相关知识。

在设计杂志的封面时，要注意杂志的外形、字体、色彩和构图。封面的外形除少数特殊设计外一般是长方形或方形，这由杂志的开本决定。有时为了设计的需要，在纸张允许的范围内可以调整长宽比例，以改变通常的形状。在输入杂志的封面文字时，要注意文字与图形应相对集中布局，在阅读中形成节奏和层次感，使文字紧凑，图形灵活。杂志封面的色彩选择十分重要，因为读者进入书店浏览图书时，首先映入眼帘的便是色彩，因此在色彩的搭配上要根据杂志的主要消费人群来设计。杂志封面设计的构图是将文字、图形和色彩等进行合理安排的过程，其中文字占主导作用，图形和色彩的作用是衬托书名。

总的来说，杂志的封面设置应把握设计原则，即遵循形式美的原则，充分体现书籍内涵，其设计应与读者互动、交融。如图 11-84 所示则为网络上（中国设计之窗）的杂志封面和封底效果。在图中可以看出，杂志所采用的颜色能与封面人物图片的颜色相契合，而文字、素材图片等的颜色运用与杂志整体上都较为和谐，不产生冲突。

图 11-84　封面与封底效果

第12章
笔记本电脑广告设计

📖 **本章要点**

- 广告设计分析
- 绘制广告人物插画
- 添加广告的文字与相关素材

📖 **内容简介**

本章主要讲述利用 Photoshop CS3 和 Illustrator CS3 软件制作笔记本电脑广告的操作，包括广告设计分析、绘制广告人物插画、添加广告的文字与相关素材。通过本章实例的操作，快速熟悉在 Photoshop CS3 和 Illustrator CS3 中处理和绘制图像的操作。

12.1　广告设计分析

广告以多种多样的形式出现在城市中，是城市商业的发展的写照。广告通过电视、报纸和霓虹灯等媒体来进行发布。好的广告要强化视觉冲击力，并抓住观众的视线。本例将 Photoshop CS3 和 Illustrator CS3 相结合制作笔记本电脑的广告。

在设计广告时，首先需要注意以下几个方面。

● 广告设计也是视觉传达艺术设计的一种，其价值在于把产品载体的功能特点通过一定的方式转换成视觉因素，使之更直观地面对消费者。

● 随着现代科技的进步，普通的广告设计已经难以满足需要，因此在随处可见的广告中，不可缺少的便是创意。如图12-1所示为相机的创意广告。

● 独特性是创意广告设计的原则，怎样让设计的广告在同类别广告中脱颖而出，让人们记忆深刻，从而引起商品效应，这就需要设计者经过一定的联想、夸大、浓缩、扭曲和变形来设计作品。

● 广告的设计是一个相对较长的过程，从得到客户所提供的资料开始，需要经过不断的尝试和探索，来完成广告的设计制作。完成后，还需交由客户，得到其肯定后才算是成功完成该广告的设计。

广告分为多种形式，有户外广告和楼顶广告等，如图 12-2 所示为户外广告，如图 12-3 所示为公交车的车体广告。

图 12-1　相机创意广告

图 12-2　户外广告

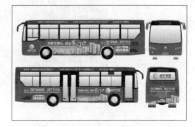
图 12-3　公交车车体广告

12.2　绘制广告人物插画

在现代的广告中，特别是一些宣传性的广告中，多数都会采用人物和商品相结合进行设计，而在人物的选择上，大多数商品厂商会使用明星来作为商品的代言人，从而带动消费。本例将在 Illustrator 中绘制一个人物插画来与商品相结合。

12.2.1　插画的相关要求

现代插画艺术发展迅速，已经被广泛地用于杂志、周刊、广告、包装和纺织品领域。使用 Illustrator 绘制的插画简洁明快、独特且形式多样，已经成为最流行的插画表现形式，本例以绘制广告人物插画为例，讲解插画的绘制方法与技巧。

在绘制插画之前，需要注意以下几点。

- 插画的大小尺寸并无特别要求，可根据需要设置。
- 插画的色彩搭配要合理。

使用 Illustrator 绘制如图 12-4 所示的插画效果。相关要求如下。

- 制作要求：设计上简洁明了，色彩运用合理。
- 杂志尺寸：297mm×210mm。
- 取向：竖向。
- 色彩模式：CMYK模式。

图 12-4　插画效果

完成效果：效果文件\第12章\人物插画.ai、人物插画.psd

12.2.2　人物插画的创意分析与设计思路

确定插画的相关要求后，便是插画的构图，人物插画在绘制上有一定的难度，若是没有美术基础，则对人物的比例较难以把握。因此在绘制之前，可以在网络上找到一些与之相关的插画素材进行参考，如图 12-5 所示和如图 12-6 所示。

图 12-5　插画 1

图 12-6　插画 2

本例的设计思路如图 12-7 所示，具体设计如下。

- 启动Illustrator CS3，新建图像文件，确认好图像文件大小，然后使用钢笔工具绘制人物的头部形状，并填充相应的颜色。
- 使用钢笔工具绘制人物的眼睛部分，并填充相应的颜色，使用椭圆工具绘制眼珠等。
- 使用钢笔工具绘制人物的其他部分，并填充颜色，完成人物的绘制。

绘制头部

绘制眼睛

完成制作

图 12-7　绘制人物插画的操作思路

11.2.3　使用 Illustrator 绘制插画人物

1. 绘制头部

Step 1　在 Illustrator CS3 中新建"人物插画"图像文件。设置宽度和高度分别为 210mm×297mm，取向为竖向，颜色模式为 CMYK 模式。

Step 2　选择工具箱中的钢笔工具，绘制出人物头部的大致形状，绘制过程中选择工具箱中的直接选择工具进行调整，如图 12-8 所示为使用黑色描边的效果。

Step 3　使用颜色为肉色（C:0,M:53,Y:53,K:0）填充图形，无描边，如图 12-9 所示。

图 12-8　头部的大致形状　　图 12-9　填充颜色

Step 4　选择工具箱中的钢笔工具，绘制头发的部分，然后填充为棕色（C:43,M:95,Y:100,K:10），无描边，如图 12-10 所示。

Step 5　继续使用钢笔工具绘制左侧的头发，如图 12-11 所示。

图 12-10　绘制头发　　图 12-11　绘制左侧头发

2. 绘制眼睛

Step 1　使用钢笔工具绘制眼白和眼帘部分，分别填充为白色和棕色（C:55,M:93,Y:94,K:44），无描边，如图 12-12 所示。

Step 2　在"渐变"控制面板中设置颜色为黄色（C:20,M:58,Y:87,K:0）和棕色（C:56,M:94,Y:98,K:47）进行线性渐变填充，然后使用椭圆工具绘制眼珠形状，无描边，并将其下移一层，如图 12-13 所示。

图 12-12　绘制眼睛　　图 12-13　绘制眼珠

Step 3　继续使用椭圆工具在眼珠的部分绘制椭圆形，分别填充为黑色和白色，无描边，如图 12-14 所示。

Step 4　按照前面相同的方法绘制另外一只眼睛，如图 12-15 所示。

图 12-14　绘制椭圆　　图 12-15　完成眼睛的绘制

Step 5　使用钢笔工具在眼睛的上方绘制眉毛，填充为棕色（C:55,M:93,Y:94,K:44），无描边，如图 12-16 所示。

Step 6　继续使用钢笔工具绘制眼影图像，填充为灰色（C:50,M:69,Y:68,K:7），无描边，注意将其排列在眼睛的后一层，如图 12-17 所示。

图 12-16　绘制眉毛　　图 12-17　绘制眼影

Step 7　完成后，选择眼睛的各部分，按"Ctrl+G"快捷键组合。

3. 绘制鼻子

Step 1 选择工具箱中的钢笔工具，绘制鼻子的轮廓，并使用棕色（C:31,M:73,Y:88,K:0）描边，如图 12-18 所示。

Step 2 继续使用钢笔工具绘制鼻子的暗部区域，分别填充颜色为红棕色（C:11,M:71,Y:71,K:0）和黑色（C:70,M:75,Y:75,K:43），如图 12-19 所示。

图 12-18 绘制鼻子轮廓　图 12-19 绘制鼻子的暗部区域

4. 绘制嘴唇

Step 1 选择工具箱中的钢笔工具，绘制嘴唇的大致形状，并使用粉色（C:0,M:70,Y:43,K:0）、红色（C:20,M:100,Y:96,K:0）和粉色（C:0,M:78,Y:43,K:0）进行线性渐变填充，无描边，如图 12-20 所示。

Step 2 继续使用钢笔工具绘制嘴唇线条，并使用黑色（C:64,M:82,Y:97,K:55）填充，无描边，如图 12-21 所示。

图 12-20 绘制嘴唇形状　图 12-21 绘制嘴唇线条

Step 3 继续使用钢笔工具绘制牙齿的形状，并填充为白色，无描边，如图 12-22 所示。

Step 4 使用钢笔工具和椭圆工具在嘴唇上绘制高光部分，并调整其不透明度分别为 84% 和 77%，如图 12-23 所示。

5. 绘制面部阴影

Step 1 选择工具箱中的钢笔工具，绘制头发在面部的阴影部分，并填充为土红色

（C:12,M:71,Y:73,K:0），无描边，如图 12-24 所示。注意要将其放置在头发的下面。

图 12-22 绘制牙齿形状　图 12-23 绘制高光部分

Step 2 继续使用钢笔工具绘制面部的阴影，并填充为相同的颜色，无描边，调整不透明度为 50%，如图 12-25 所示。

图 12-24 绘制头发阴影　图 12-25 绘制面部阴影

6. 绘制头发细节

Step 1 选择工具箱中的钢笔工具绘制头发，并填充为棕色（C:32,M:85,Y:96,K:1），无描边，如图 12-26 所示。

Step 2 使用相同的方法绘制其他地方的部分头发，填充相同的颜色，如图 12-27 所示。

图 12-26 绘制头发　图 12-27 绘制头发细节

Step 3 使用相同的方法继续绘制较深颜色的头发，填充颜色为棕色（C:49,M:97,Y:100,K:24），无描边，如图 12-28 所示。

Step 4 完成后，调整眼睛与头发的排列顺序，然后组合所有图形，如图 12-29 所示。

图 12-28　绘制较深颜色的头发　　图 12-29　调整图形顺序

7. 绘制手臂

Step 1　使用钢笔工具 和矩形工具 绘制出人物身体和笔记本电脑的大致形状与位置，如图 12-30 所示。这里将笔记本电脑所处的位置填充为黑色。

Step 2　使用钢笔工具 将这些线条连接起来，并填充为与脸部皮肤相同的颜色，依然保持描边的状态，如图 12-31 所示。

图 12-30　绘制身体的大致形状　　图 12-31　填充图形

提示：填充颜色后，要注意手臂和身体的排列顺序，前面已经将头部的部分进行了编组，这里需将其取消编组，调整手臂位置在脸部的上方。

Step 3　使用钢笔工具 将脖子的部分勾勒出来，填充为棕色（C:27,M:71,Y:67,K:0），并将其排列到相应的位置，如图 12-32 所示。

图 12-32　绘制脖子的部分

Step 4　使用钢笔工具 沿手臂绘制阴影，填充为棕色（C:12,M:71,Y:73,K:0），无描边，如图 12-33 所示。

Step 5　继续使用钢笔工具 绘制手臂阴影，并填充相同的颜色，取消描边后的效果如图 12-34 所示。

图 12-33　绘制手臂阴影　　图 12-34　绘制阴影

Step 6　使用钢笔工具 绘制手臂上的高光部分，填充为白色（C:0,M:17,Y:11,K:0），如图 12-35 所示。

Step 7　对手臂的阴影适当进行调整，得到如图 12-36 所示的效果。

图 12-35　绘制高光部分　　图 12-36　调整阴影

Step 8　选择工具箱中的椭圆工具 ，绘制椭圆形，并填充为白色，选择【效果】/【模糊】/【高斯模糊】命令，为其应用 10 像素的模糊效果，如图 12-37 所示。

8. 绘制衣服

Step 1　将身体部分的描边去掉，使用钢笔工具 将衣服的轮廓勾勒出来，并填充为红色（C:2,M:84,Y:82,K:0），如图 12-38 所示。

Step 2　选择所有图形，按"Ctrl+G"快捷键。保存图形，在 Photoshop 中打开文件。

图 12-37　绘制椭圆

图 12-38　填充衣服颜色

棒工具选择衣服的红色区域，使用画笔工具进行涂抹，效果如图 12-40 所示。最后保存为 PSD 格式的图像即可。

Step 3　选择工具箱中的裁剪工具，裁去不需要的部分，如图 12-39 所示。

Step 4　选择一种星形的画笔，调整其直径和间距，并将前景色设置为白色，然后使用魔

图 12-39　裁剪图形　　　图 12-40　编辑衣服的图案

12.3 添加广告的文字与相关素材

完成人物的绘制后，即可在 Photoshop CS3 中添加相关的素材与文字等元素，其中文字的部分也可在 Illustrator CS3 中完成。

12.3.1　图像处理的相关要求

根据提供的素材图像，使用 Photoshop 制作如图 12-41 所示的效果，相关要求如下。

- 制作要求：设计上要突出产品，体现商品的名称和厂家等信息。
- 杂志尺寸：900像素×1100像素。
- 分辨率：300像素/英寸。
- 色彩模式：RGB模式。

图 12-41　广告效果

> **所有素材**：素材文件\第12章\intel.jpg、电脑.jpg、电脑2.jpg
> **完成效果**：效果文件\第12章\笔记本电脑广告.psd

12.3.2　图像处理的设计思路

本例的设计思路如图 12-42 所示，具体设计如下。

- 在Photoshop CS3中新建图像文件，确认好图像文件大小后使用圆角矩形工具和钢笔工具等绘制电脑图像，并填充相应的颜色。
- 拖入素材图像，对其进行自由变换，盖印图层，将其调整为电脑屏幕的大小。
- 使用矩形工具绘制装饰图像，并输入文字。
- 打开素材图像，复制文字和图像图层，调整其色相和饱和度，完成制作。

绘制电脑

绘制装饰图形

完成制作

图 12-42 制作笔记本电脑广告的操作思路

12.3.3 使用 Photoshop 对相关图像进行处理

1. 处理背景

Step 1 启动 Photoshop CS3，新建一个 "广告" 的图像文件，设置宽度和高度分别为 1100 像素 × 900 像素，分辨率为 300 像素 / 英寸，模式为 RGB。

Step 2 设置渐变颜色分别为灰色（R:188, G:188,B:188）、白色、灰色（R:146,G:146,B:146）线性渐变填充背景，如图 12-43 所示。

图 12-43 填充背景

Step 3 打开 "人物插画 .psd" 图像文件，将人物图像拖至要编辑的图像窗口中，按 "Ctrl+T" 快捷键，将其缩放至合适大小，效果如图 12-44 所示。

图 12-44 添加图像

2. 绘制电脑图像

Step 1 新建图层，选择工具箱中的圆角矩形工具 ，在其工具属性栏中设置半径为 5px，在图像的黑色区域绘制原角矩形，然后填充为黑色，如图 12-45 所示。

Step 2 双击该图层，打开 "图层样式" 对话框，选中 "斜面与浮雕" 复选框，在其中设置深度为 100%，大小为 7 像素，软化为 5 像素，单击 确定 按钮后的效果如图 12-46 所示。

图 12-45 绘制圆角矩形

图 12-46 添加图层样式

Step 3 新建图层，选择工具箱中的圆角矩形工具 ，在其工具属性栏中设置半径为 5px，在图像中绘制一个稍微小一些的圆角矩形，按 "Ctrl+Enter" 快捷键转化为选区，设置选区羽化为 5 像素，然后使用白色填充选区，如图 12-47 所示。

Step 4 取消选区后，对该图层创建图层蒙版，然后使用黑色到白色进行渐变填充，如图 12-48 所示。

图 12-47　填充选区　　　图 12-48　添加图层蒙版

Step 5　选择工具箱中的画笔工具 ，选择一个柔角的画笔，在其工具属性栏中将直径设置为较大，不透明度为 10%，然后在图像上进行涂抹，如图 12-49 所示。此时的大致形状已经确定。

3. 增强电脑的质感

Step 1　选择工具箱中的钢笔工具 在电脑图像的下方绘制一条线段，然后使用画笔为 3 像素的白色进行描边，如图 12-50 所示。

图 12-49　使用画笔涂抹　　　图 12-50　绘制线条

Step 2　为该图层创建图层蒙版，然后设置前景色为黑色，设置画笔的不透明度和流量，使用画笔擦出如图 12-51 所示的效果。

Step 3　使用相同的方法分别在电脑图像的两边位置处绘制白色线条，如图 12-52 所示。

图 12-51　擦出线条　　　图 12-52　绘制白色线条

Step 4　新建图层，使用钢笔工具 绘制路径，然后转换为选区，并设置羽化为 2 像素，填充为白色，取消选区后的效果如图 12-53 所示。

Step 5　将矩形所在的图层载入选区，设置前景色为黑色，然后将电脑图像左上角处的图像涂抹成黑色，如图 12-54 所示。

图 12-53　添加高亮光　　　图 12-54　涂抹图像

Step 6　新建图层，使用钢笔工具 在电脑图像的右上方绘制路径，将其转换为选区后，设置羽化为 1 像素，并填充为白色，如图 12-55 所示。

Step 7　为该图层填充图层蒙版，使用黑色到白色进行镜像渐变填充，并设置图层的不透明度为 50%，如图 12-56 所示。

图 12-55　填充颜色　　　图 12-56　添加图层蒙版

Step 8　选择工具箱中的横排文字工具 ，在电脑图像的中间位置处输入电脑的品牌名称，设置字体为 Impact，颜色为白色，字距为 150，字体大小按 "Ctrl+T" 快捷键调整，如图 12-57 所示。

图 12-57　输入文字

4. 添加素材

Step 1　按 "Ctrl+Shift+Alt+E" 快捷键盖

印图层，打开"电脑 .jpg"图像文件，选取电脑图像，将其拖至编辑的图像窗口中，并缩放至合适大小，如图 12-58 所示。

图 12-58 拖入素材图像文件

Step 2 选择盖印后的图层，将其进行缩放，并放置在电脑图像的上方，效果如图 12-59 所示。

图 12-59 调整图像顺序

Step 3 对图像进行自由变换，得到如图 12-60 所示的效果。

图 12-60 自由变换图像

Step 4 合并这两个图层，按"Ctrl+T"快捷键缩放其大小，将其移到图像的相应位置，如图 12-61 所示。

Step 5 新建图层，选择工具箱中的矩形选框工具，在其工具属性栏中设置样式为固定大小，宽度和高度都为 64px，然后在图像中绘制，并各自填充为不同的颜色，如图 12-62 所示。

图 12-61 缩放图像 　　　图 12-62 绘制矩形

Step 6 按"Shift"键选择矩形所在的所有图层，然后合并图层，调整图层的不透明度为 50%，如图 12-63 所示。

图 12-63 调整不透明度

5. 输入文字

Step 1 在图像的右上方输入电脑的品牌文字，设置字体为 Impact，间距为 150，颜色为紫色（R:139,G:67,B:94），如图 12-64 所示。

图 12-64 输入品牌名称

Step 2 打开"电脑 2.jpg"图像文件，选取电脑图像并拖至编辑的图像窗口中，缩放至合适大小，复制白色的文字放置到电脑图像上，如图 12-65 所示。

图 12-65 添加素材图像

Step 3 复制这两个图层，选择电脑图像所在的图层，打开"色相／饱和度"对话框，选中"着色"复选框，调整颜色，如图 12-66 所示。

Step 4 使用相同的方法继续复制并调整图像颜色，然后进行合适变换放置到图像的相关位置，如图 12-67 所示。

图 12-68 输入文字

Step 6 在图像的最底部位置处输入商店的地址和电话相关信息，设置字体为方正粗倩简体，颜色为白色，如图 12-69 所示。

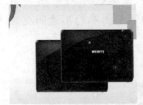 

图 12-66 调整图像颜色　　图 12-67 调整图像

Step 5 在电脑品牌文字下面输入广告语，设置字体为方正粗倩简体，然后栅格化文字，使用颜色为紫色（R:139,G:67,B:94）、红色（R:229,G:72,B:46）和红色（R:153,G:43,B:35）渐变填充文字，如图 12-68 所示。

图 12-69 完成制作

Step 7 打开"intel.jpg"图像文件，选取图像，将其拖入到图像文件中，调整其大小，最终效果如图 12-41 所示。

12.4 练习与上机

1. 简单操作题

在 Photoshop CS3 和 Illustrator CS3 中，制作出如图 12-70 所示的宣传册封面效果。

提示：在 Photoshop 中使用选框工具和剪贴蒙版命令等制作宣传册的封面底图效果，然后使用色相／饱和度调整图像颜色；在 Illustrator 中，使用"画笔库"控制面板添加装饰箭头图形，使用钢笔工具、复合路径命令和渐变工具绘制标志图形，最后添加文字即可。

所有素材：素材文件\第12章\景色.jpg
完成效果：效果文件\第12章\宣传册封面.psd、宣传册封面.tif、宣传册封面.ai

图 12-70 宣传册封面效果

2．综合操作题

根据提供的图像素材，结合 Photoshop CS3 和 Illustrator CS3 的应用，制作月饼包装效果，要求在 Illustrator 中设置文件大小为 230mm×255mm，取向为竖向，色彩模式为 CMYK 模式。参考效果如图 12-71 所示和如图 12-72 所示。

图 12-71　包装平面图效果

图 12-72　包装盒效果

> **所用素材**：素材文件\第12章\条纹码.psd、月饼.jpg、国画.jpg、云彩.jpg、花边.psd
> **完成效果**：效果文件\第12章\包装结构图.psd、包装.psd、包装平面图.ai、包装盒展示.psd

拓展知识

　　本章主要讲解的是笔记本电脑广告的制作，在前面已经对广告制作设计的相关知识进行了相应的讲解，这里主要介绍在绘制人物插画时针对鼠绘插画的一些知识技巧。

- 在电脑中，纯粹使用鼠标进行绘制插画的过程比使用数位板绘制或扫描进电脑要难得多，通常对人物或物体的线条绘制不好。
- 因为是鼠绘，所以用得较多的便是钢笔工具，熟练使用钢笔工具是鼠绘插画的基础技巧。
- 多找一些别人做得好的作品，参考好的部分，可以临摹一些简单线条的插画，然后根据自己的理解尝试添加一些元素。但是，在拥有一些基础后，便要尝试自己创作图形，不要一味模仿别人的风格，每个人的喜好、风格不一样，绘制出的图画就不一样。
- 如果是在Photoshop中绘制人物，针对人物脸部或是衣服的颜色深浅，则较多使用的工具为加深工具、减淡工具和海绵工具，将这些工具使用得当，可增强人物或物体的立体感效果。

　　总之，要鼠绘好插画，便要多学、多练、多看、多接触不同风格的插画，不断尝试，这样才能做出好的作品。

　　除了本书的两款软件外，下面推荐一些多用于插画创作的软件，如 Easy Paint Tool SAI，它占用的内存小，而且线条平滑，整体画面平滑干净，适合手绘，如图 12-73 所示为画面质感为磨砂纸的效果；Painter 是一款极其优秀的仿自然绘画软件，拥有全面和逼真的仿自然画笔，是专门为插画画家和摄影师开发的，如图 12-74 所示。

图 12-73　sai 插画

图 12-74　Painter 插画

附录　练习题答案

第1章　平面设计的基础知识

　【单项选择题】

　　(1) A

　　(2) D

　　(3) B

　　(4) A

　【多项选择题】

　　(1) AD

　　(2) ABC

第2章　Photoshop CS3的基本操作

　【单项选择题】

　　(1) B

　　(2) B

　　(3) C

　　(4) A

　　(5) D

　　(6) C

　【多项选择题】

　　(1) AB

　　(2) BCD

第3章　选择、绘制和修饰图像

　【单项选择题】

　　(1) B

　　(2) B

　　(3) A

　　(4) D

　【多项选择题】

　　(1) ABC

　　(2) ABD

　　(3) ABC

　　(4) ABC

　　(5) BD

第4章　使用图层、蒙版和通道

　【单项选择题】

　　(1) B

　　(2) A

　　(3) A

　【多项选择题】

　　(1) AC

　　(2) ABCD

　　(3) BCD

第5章　路径和文字的应用

　【单项选择题】

　　(1) C

　　(2) B

　　(3) D

　　(4) C

　　(5) C

　【多项选择题】

　　(1) AB

　　(2) ABCD

　　(3) AB

第6章　调整图像与应用滤镜

　【单项选择题】

　　(1) A

　　(2) B

　　(3) B

　　(4) A

【多项选择题】

（1）ABD

（2）ABD

第 7 章　Illustrator CS3的基本操作

【单项选择题】

（1）A

（2）A

（3）B

（4）A

（5）D

【多项选择题】

（1）ACD

（2）AC

（3）ABCD

（4）ABC

第 8 章　创建与编辑图形

【单项选择题】

（1）A

（2）C

（3）C

【多项选择题】

（1）ABC

（2）ACD

（3）AC

第 9 章　文字与图表工具

【单项选择题】

（1）C

（2）D

（3）D

【多项选择题】

（1）ACD

（2）ACD

（3）AD

第 10 章　使用混合和滤镜效果

【单项选择题】

（1）A

（2）D

【多项选择题】

（1）ABD

（2）BC

第 11 章　杂志设计

【单项选择题】

（1）B

（2）C

（3）B

（4）C

【多项选择题】

（1）ABD

（2）ABD